翻身嫁對郎

3

風文創 503

方以旋 著

目錄

第二十八章

皇長孫妃初選的結果下來了，顧媛竟在入選之列，顧家上上下下都很高興，老夫人將顧媛叫過去特意叮囑一番，看著她的目光既憐惜又寵溺。

顧二爺本以為因為顧家先前那麼觸霉頭，顧媛入選的希望恐怕不大，但既然有機會能去競選，顧二爺自然是要指點一番，無非是庭訓教導之類，又請了安氏對顧媛好好說一說名門淑媛的儀態和端莊。從前他外放濟北，沒工夫教女兒，顧媛和賀氏學得不成樣子，近來顧媛似乎乖巧多了，他心中極寬慰。

安氏還記著顧媛在邯鄲賀家的所作所為，心中對一個姑娘家居然幹出去賭坊的事不可思議。她覺得顧媛的性子被賀家養野了，這樣子去皇家哪行？於是安氏對待顧媛極嚴苛，從說話言談、走路舉止、神態表情，都不能出一絲錯。

顧媛苦不堪言。她回去就找賀氏訴苦，哭得一把鼻涕一把淚，賀氏心疼壞了，為了她與安氏吵了一架。安氏覺得自己真憋屈，乾脆撒手不管，顧媛樂得輕鬆，一日日嗜睡起來，胃口也跟著不好。

賀氏還以為是安氏先前將顧媛累著了，準備用自己的私房給顧媛補身子，未料顧媛開始嘔吐，吃什麼就吐什麼，嚇得賀氏要給她請大夫看看。

現在顧家可比不得從前了，他們如今生個小毛小病，還要去醫館請大夫。

顧媛想到了什麼，一把抓住賀氏的手，淚眼汪汪連連搖頭。

賀氏安慰她。「媛姊兒別怕，不會有事的，有病咱就治，不能諱疾忌醫。」想到顧媛這麼爭氣過了初選，賀氏就油然而生一股驕傲。「妳以後要入主東宮，未來的皇后可是妳呢，咱們將身體養好，等妳嫁給皇長孫，為他生下長子，往後的富貴榮華還少得了？」

賀氏遙想著未來的美好光景，只覺心潮澎湃。

「這選妃啊，都是要選身體好、能生養的，宮裡多得是嬤嬤給妳檢查身體，她們眼睛利著呢，有一點瑕疵都逃不過。」賀氏越發堅定要給顧媛好好理理身體。

顧媛額上冷汗直冒。初選過後的小娘子，定是要由這些嬤嬤查看，必得清清白白又沒有暗疾的。若是驗出哪個貞潔不保，不說她名聲掃地，只怕全家都要蒙受欺君之罪。

顧媛嚇得哆嗦，眼淚止也止不住。過了好一會兒，才帶著哭腔，囁嚅地喚了聲「娘……」

後面的話還沒說出口，賀氏的侍婢櫻桃在門口道：「二夫人，邯鄲賀家有信送來。」

顧媛一聽到「邯鄲賀家」四個字，嚇得面無血色，她瞧見賀氏一步步走向門口接過那封信，拆開來細看。

天光大亮，顧媛遠遠就能看到那近乎透明的紙上，縱橫著行行列列的字。她趕緊將自己蜷縮進薄被裡，渾身顫抖不已。

「啪嗒」一聲，輕薄的紙張掉落在地上，櫻桃疑惑地要去撿起來，冷不防被賀氏猛地往外推，一個踉蹌險些跌倒，而後便聽「砰」一聲，房門緊閉。

「怎麼了？這是……」櫻桃喃喃自語。

她是識字的，方才匆匆一瞥，只看到「元帕」二字。這元帕是女子出嫁後，新婚之夜落紅，來證實女子貞操的，然後入家廟燒給祖先，才將媳婦的名字寫入家譜。

賀家寫給二夫人的信上，說這個做什麼？

賀氏僵著身子愣在原地，她還怔怔望著地上那張紙，白紙黑字，寫得清清楚楚，賀氏卻不敢相信自己的眼睛。

她的女兒……竟然已經失貞了？

賀氏大步走過去，顧媛縮在被子裡不肯出來，聽到外頭賀氏緊繃的聲音。「媛姊兒，妳告訴娘，這不是真的！」

顧媛哽咽無言，流了滿臉的淚。她也希望這不是真的，可是它確實發生了呀！

顧媛在賀家，和兩個表兄進出的可不只是賭坊，還有青樓與倌館。她也是好奇，女扮男裝和賀大郎去了綺紅樓。那種煙花之地，多得是下九流的招數，飲用的酒水裡下了藥，顧媛就這麼糊裡糊塗地喝了，又糊裡糊塗地與賀大郎……

至今仍記不太清那混亂的一晚，但身上的痕跡和疼痛，還有那羞於見人、染了鮮紅的床單，顧媛也幾度崩潰，想過一頭撞死得了。

可她惜命，捨不得死。

閔氏要為賀大郎向顧家提親，顧媛心中還念著安雲和，說什麼也不肯，可生米煮成熟飯，再如何隱瞞，總有拆穿的時候。顧媛答應給閔氏錢，用錢堵住賀家人的口，但誰又知道，顧家就這麼落魄了呢！

顧媛鑽出被子，撲通跪倒在賀氏腳下，嚎啕大哭。「娘，您幫幫我，救救我！被爹爹、祖母知道了，我肯定是沒命了！只要給點錢，只要五千兩，舅舅、舅母他們什麼都不會說的，他們會把元帕還回來。娘，您就我這麼一個女兒啊！您忍心看我去死，忍心白髮人送黑髮人嗎？」

一記晴天霹靂，將賀氏劈得人魂分離。

她的一生，驕傲跋扈過，任性刁蠻過，也曾做過出格之事，可她再如何過分，斷不至於在婚前便將貞潔失了啊！

她唯一的女兒啊！她視若生命的女兒……這麼不自愛！不自重！

顧媛嚶嚶啼哭不止，賀氏腦中也一團亂麻，想到女兒最近又嗜睡又嘔吐，還有知曉她不再是處子，賀氏隱隱猜到了緣由，差點也要崩潰了。

這件事絕不能讓二爺知道……賀氏開始操心起賀家提出的那五千兩的條件。

五千兩，真的不是小數目，她自己私房嫁妝加起來也沒有這個數……本也可以向顧二爺或是老夫人討要，可這要怎麼說？說實情，媛姊兒定要被打死的！

賀氏一時焦頭爛額，心力交瘁。她帶著顧媛悄悄出府，說是要為顧媛置辦幾件像樣的首飾，好參選之後的七道關卡，安氏聽著有理，還勻了一筆銀子出來。

賀氏找了家小藥鋪子，塞了塊銀子，讓老大夫給顧媛把脈。雖然脈象還淺，但果不其然是喜脈，一個多月了……

賀氏一瞬被抽走了全身的力氣。

顧媛真算起來才十三歲，身子還沒長好，怎麼能有身孕！

她強打起精神，讓老大夫開了打胎藥，回府裡親自煎給顧媛吃。這些事都是賀氏親力親為，連最信任的丫鬟都不讓接近，那一大盆血水潑出去，賀氏就全身脫力地倚在柱子旁低泣。

櫻桃遠遠看見了，心中疑竇頓起，等賀氏走後，她還能聞到一股血腥味。

她是賀氏的貼身婢子，自然清楚賀氏的月信大概什麼時候，才剛過去啊……難道是三小姐？

「二夫人最近怎麼神神秘秘的？」櫻桃嘟囔一聲，搖搖頭走開了。

邯鄲賀家那裡催得緊，賀氏如何也湊不出這五千兩。她知道大嫂閔氏是個什麼都做得出的，女兒的名聲全在自己手裡，為了女兒的一輩子，賀氏只好惡向膽邊生。

「府裡頭的銀錢都握在二爺手中，據說李姨娘是塊肥肉，可連安氏都挖不出丁點兒，恐怕是真窮。」

賀氏覺得與其去李姨娘那裡翻箱倒櫃，還不如枕邊人來得痛快。

顧二爺將府裡頭的積蓄都藏起來了，賀氏與顧二爺同床共枕許多年，顧二爺一些藏東西的習慣，她還是知道的。果然她在書房一遝厚實的書裡翻找出一些銀票，先前那套宅子，賣了有近萬兩，如今縮減府上開銷，用得不多，還剩了七、八千。

賀氏想著要給賀家五千兩，她再拿個一千兩給顧媛好好補身體，於是取走六千兩的銀票，顧二爺渾然不知。

直到第二場大選開始，要請顧媛去給老嬤嬤檢查身體，顧媛說什麼也不肯去。宮裡頭那些老嬤嬤都是人精了，光看一眼便知道這姑娘是不是處子之身。她要是去了，紙包不住火，定然露餡兒！

安氏和顧老夫人輪番上陣，勸她不要膽怯，就大大方方地給人家看，顧媛打小底子好，不怕查出什麼毛病。

安氏看顧媛面色蠟黃，想到近些天顧媛都窩在房間裡，不由問道：「媛姊兒該不是病了吧？」

賀氏心裡咯噔一下，急忙否認，可這麼一來就有欲蓋彌彰之嫌，安氏疑心越來越重。

前兩日還好好的，能吃能睡，突然就跟大病一場似的氣血兩虛？這個樣子怎麼能行？

安氏立馬教人請大夫過來，賀氏攔著不讓人去，問她為什麼，賀氏又支支吾吾說不出個所以然。

顧老夫人都看不下去了。賀氏是從小在她身邊長大的，顧老夫人對她瞭解得很，她這定是瞞著她們做了什麼大事。

「妳將事情都說清楚了，原原本本地交代，否則我饒不了妳！」顧老夫人怒喝。

賀氏啞口無言。

這時顧二爺氣急敗壞地闖進屋裡，拿著一整套書砸在地上，狠狠拍了桌子。「妳說清楚，錢都去哪兒了？」

他這會兒剛要給掌櫃的撥銀子呢，後腳就發現藏在書裡的幾張大面額銀票都沒了，剩下的幾百兩，連塞牙縫都不夠！他的書房一般人不得隨意進出，問過書僮也只說二夫人來過。以賀氏對他的瞭解，翻找出銀票還是可能的。可她要這麼多錢做什麼？

顧二爺沒有立即來找賀氏對質，他選擇了盤問櫻桃。櫻桃是賀氏的貼身婢子，對賀氏的事知曉得一清二楚，可這次顧二爺問她什麼，她什麼都不知道。

原以為櫻桃是在給賀氏打掩護，然而以他逼供的手段，竟發現櫻桃沒說謊，櫻桃又說起二夫人近來行為舉止異常，提起邯鄲賀家那封信，什麼元帕、銀子，還有賀氏倒掉的血水……有一個想法慢慢在顧二爺腦子裡成形，連他自己都嚇了一跳。

今日顧媛死活不肯去查驗身體，賀氏又胡攪蠻纏，再看女兒蒼白蠟黃的小臉，顧二爺幾乎是斷定了。

他就給賀氏最後一個機會，讓她將話說明白！

賀氏渾然不覺顧二爺已到底線，嘴硬道：「二爺問我這些做什麼？什麼錢，我不清楚……」

話沒說完，一個高大的身影就來到她面前，手指扣住賀氏的下巴，一字一頓陰沈沈的。「真的不清楚？」

賀氏從沒見過這樣的顧二爺，她慌亂地搖頭繼續否認。

顧二爺大手一揮，將賀氏甩一邊去，抄起地上厚厚的書冊就往顧媛身上砸去。「我打死妳這個逆女！妳知道自己都在做些什麼？毀了自己不說，還要連帶著家人一起！」

「老二，有什麼話好好說，動手動腳做什麼？」

安氏和顧老夫人上來拉他，顧二爺又踢了她一腳，顧媛不敢開口，一個勁兒地哭。

顧二爺冷冷笑起來。「好好說？妳們問問她，都做了些什麼！」

顧二爺氣怒地坐下來，賀氏抱著顧媛，不讓人靠近。

果然自古慈母多敗兒，顧媛有今天的造化，賀氏功不可沒！

幾番輾轉終於從她們口中套出真相，顧老夫人一口痰上來就暈了過去，安氏眼眶通紅，顧二爺乾脆不去看她們，只好回絕前來請顧媛的女侍。

那女侍一看小姑娘的面色，大致就不抱希望了，顧媛選妃一事只得不了了之。

顧崇琰接連「呸」了幾聲。「成事不足，敗事有餘！就說那丫頭是個不安分的，自甘墮落，還差點害得我們跟著一起死！」

話雖這麼說，但心裡還是有些雀躍。顧媛真要是被選上做什麼皇長孫妃，飛上枝頭變鳳凰，那顧二爺就跟著雄起了。

顧崇琰最看不得這個二哥比他過得好，要死就一起死嘛，憑什麼人家高高在上，他就要低賤如塵？好沒道理！尤其在聽到鳳華縣主連初選都沒過，顧崇琰更覺大快人心！

「小蹄子還想鯉魚躍龍門？連顧媛那小婊子都過了初選，她連個門檻都沒踏進去呢！哎呀，老天真是開了眼！」顧崇琰哈哈大笑。

然而這份喜悅並沒維持多久，他就聽說福建大勝的消息。

前福建巡撫柳建文巧施妙計逼退倭寇，又找出證據，證實倭寇上岸之事與自己毫無干係。鎮國公世子蕭瀝與兵部右侍郎楊岩共同見證，人證物證俱在，柳建文立了功，是英雄，是大功臣！

方武帝要給柳建文加官進爵，同時要給柳家一定補償——對柳氏一族的禁令全部解除，賞銀萬兩，又將南四省鹽引交給柳家，正式成為皇商。

顧崇琰腦中轟然乍響，一口氣憋在胸口，悶得他心肺劇痛。

本來，他可以是嘉怡郡主的郡馬，他會有兩個縣主女兒，一個世子兒子，他會有一個做王爺的老泰山，一個皇商岳家，會有大舅兄官居要職，會有權臣貴胄對他拋出橄欖枝，會有眾人羨慕他後臺強硬、腰纏萬貫……可現在，一樣都沒了！

顧崇琰神色鬱卒，氣悶地捶胸頓足，一瞥眼看見李姨娘和顧婷，頓時全身散發怒氣，大步走過去。

顧婷正摸著李姨娘的肚子問道：「娘親要給婷姊兒生小弟弟嗎？」

李姨娘失笑地問道：「婷姊兒希望娘親生個弟弟嗎？」

顧婷很認真地點頭。「爹爹只有我這個女兒了，應該再有一個兒子。」

顧妍他們幾個與顧家脫離了關係，顧三爺只剩顧婷一個孩子了，從此她就是爹爹的掌上明珠，只有她一個人。

可這樣的話聽在顧崇琰耳朵裡，就成了另一重意思……好像在隨時提醒著他，與柳氏的恩斷義絕，與柳家還有西德王府的互不相干！

顧崇琰重重咳了聲，顧婷高興地小跑過去，嬌聲喊著「爹爹」，顧崇琰卻道：「婷姊兒先回去吧，爹爹有些事要和妳娘親說……還有，爹爹不止有婷姊兒一個女兒。」

顧婷驀地一怔，李姨娘看向他的目光都淡了。

「婷姊兒先回去。」李姨娘安撫顧婷，顧婷卻抬頭深深望了眼顧崇琰。

向來敬愛的父親眼裡，絲毫看不見往日的寵溺……她心下一沈，轉身急急跑開。

李姨娘盡力壓抑住心底的怒氣，冷冷看他。「三爺說的話可真有意思，除卻婷姊兒，妾身不知您何時還有別的女兒？」

「妳不是說柳家定要獲罪連坐嗎？不是說這事沒得商量，柳建文要受重罰嗎？不是說妳大哥的乾爹是皇上身邊的大紅人，所有消息都是準的嗎？」顧崇琰禁不住大聲吼起來。「柳家鹹魚翻身，柳建文絕地逢生，我和柳氏和離，幾個孩子與我形同陌路！我什麼都沒了！就是因為妳，我什麼都沒了！」

顧崇琰一股腦兒將罪責都歸到李姨娘身上，力竭聲嘶，目眥盡裂。他不知道事情怎麼會發展到這個地步。明明擺在他面前的，是前程似錦，手裡這麼好的牌，怎麼偏偏打成了死局？

李姨娘冷笑一聲。究竟當初是誰，將她說的話奉作金科玉律，對她百依百順，言聽計從？是誰為了能從魏都那裡得來可靠的消息，將一輩子的殷勤小意全都用到她身上？

當她能給他帶來利益的時候，他將她視若珍寶，可一旦發現有人能給他帶來更大的利益時，他又反過來怪罪她擋了他的路。

當初是誰，聽到柳建文犯了罪，就避之唯恐不及，要竭力與柳氏撇清關係？在她的一點點引導之下，不惜藉由親生女兒的手，來加害同床共枕十數年的妻子。等被發現了，尚且心安理得，沒有一絲愧疚之心。

當初休妻的時候，他可高興著呢！以為將柳氏的錢財都拿到手了，還興高采烈地與她炫耀。就算是今日之前，都抱有一絲僥倖心理，期盼著他們通通下地獄。如今人家發達了，他還將所有事都怪到她頭上！

是，她後來與魏都失聯，所說的一切都是信口胡謅，可若不是顧崇琰心生貪婪，投機取巧，事態會到這個地步嗎？就算她是從犯，那也是因為有了他這個主謀！她不過是剛好順應他心中那隻魔鬼的呼喚而已。

後悔了？痛恨了？想要和柳氏再續前緣了？想要重新認回那幾個孩子了？呵，這就是他顧崇琰的偏疼愛重……可真是廉價！

李姨娘早就看清這個自私自利的男人了，然而此時此刻，心中還是不由生冷。她自嘲地笑笑。「是啊，三爺，都是妾身的錯呢，可事情都發生了，三爺這時候來譴責我，似乎晚了點吧？有這個時間，三爺不妨好好想想，怎麼將郡主哄回來吧。」

說完，李姨娘嬌聲輕笑，提步繞過顧崇琰。

哄回來？他都已經將柳氏得罪死了，要怎麼哄回來？

顧崇琰的臉色一瞬青黑，頹然跌坐在地，這一時關於柳氏的好就紛紛出現在腦子裡。

柳氏從來都將他放在心上，她怎麼捨得、怎麼忍心拋棄他不管不顧呢？

一日夫妻百日恩，柳氏只不過是在與他鬧小脾氣。女人麼，總會有小氣的時候，他雖是大丈夫，偶爾低個頭認個錯，也沒什麼。如此一想，心中便不可抑制地熱了起來……

八月秋風一起，蟹肥菊美。

晏仲一早便送了兩筐螃蟹來王府，指名道姓地要配瑛縣主收下，顧妍大感無奈。

福建大捷、柳家獲釋，最樂意見此的莫過於他們幾個，晏仲心裡肯定歡喜……可他高興歸高興，送兩籮筐螃蟹來，分明是嘴饞了要她做吃的。

「我與衡之的頑疾，多虧了晏先生才能有起色，還未曾好好謝過人家……」柳氏正為柳家高興，興致也高，看著兩筐子青灰的螃蟹道：「河蟹還得趁新鮮，這麼多一時可吃不完。擇日不如撞日，請了晏先生來吃頓全蟹宴吧，也好當面道個謝。」

顧妍心道，這可不正中了晏仲下懷？但一想到也多虧晏仲，方武帝才改變主意重新查證舅舅通敵叛國一事，著實要好好謝一番。

看柳氏撩了袖子撿起一隻青蟹，顧妍心中微動。「娘親莫不是要親自掌勺？」

柳氏笑著點頭。「確實是很久沒有下廚了，正想試試看有沒有手生。」

這實在是太過難得的事！

顧妍雙眼發亮，歡欣鼓舞地就教人給晏仲傳話去，然後一頭栽進廚房要給柳氏打下手。她從不知道，原來母親會做菜，更不知道，原來母親刀工和廚藝這樣好！

西德王哈哈笑道：「妳外祖母廚藝出色，妳娘小時候也喜歡窩廚房裡，染一身油煙味，可是盡得真傳。」

顧妍聽得瞠目結舌，又很興奮。顧婼素來十指不沾陽春水，但聽說娘親下廚，一時也按捺不住過來了，可她侷促地站在一旁，想幫忙卻幫不上。

柳氏看著好笑，教她將蟹腿裡的肉挑出來，於是顧婼就笨拙又小心地挑蟹肉，倒教一旁的小丫頭沒了用武之地。

顧衡之乾脆搬張小板凳往廚房門口一坐，只等哪道菜好了，先美其名曰嚐嚐鹹淡，實則是吃了個半飽。最後還是顧妍說螃蟹性寒，不許他多吃，他這才訕訕地停口。

說是全蟹宴，其實便就幾樣——蟹肉蛋、豉香蟹、醬炒蟹、清蒸蟹，蟹粉豆腐……又蒸了蟹黃小籠包和蟹粉酥。

顧妍想著晏仲的口味重，讓芸娘加了道辣炒蟹，柳氏便又做了幾道清淡的配菜，並將上好的陳年花雕酒放到爐子上溫起來。

早前晏仲贈送的番椒被顧妍用來醃做泡椒，和酸蘿蔔、酸菜一起，恰好做了道開胃小菜。果不其然，晏仲十分喜歡，甚至在酒過三巡之後，要了兩罈抱回去。

一場筵席，賓主盡歡，柳氏和顧妍幾人便將晏仲送到門口。

晏仲喝得面紅耳赤，還不忘稱讚道：「郡主的廚藝讓晏某大開眼界，今日是有口福了！」

他眯眼覷了眼顧妍，一手抱一只泡菜罈子，咧嘴笑起來。「小丫頭還真是讓人驚喜不斷，我覺得，以後這樣的機會可以再多一些……」

今日與柳氏在廚房一通忙活，顧妍心中又新奇又興奮，便配合著揶揄道：「等哪天晏先生恩義深重，自然短不了您的。」

言下之意，天下可沒有白吃的午餐。

晏仲嘖嘖出聲。「吃不了虧的小丫頭！」

眾人都笑了，卻不知此時有一雙眼睛正沈沈地盯著他們。

顧崇琰洗漱一新，換了身行頭，本是滿心歡喜地來到王府，卻被侍衛一通打走。若不是他反應快護著臉，只怕此時已經掛彩，但儘管如此，身上也有些狼狽。

西德王下了死令，顧家人與狗一律不得入內！

顧崇琰暗罵了聲老東西，只得遠遠守著，期待運氣好，能遇上柳氏出府。

等啊等，終於給他等到了，卻見柳氏還有幾個孩子與一個壯漢有說有笑，那壯漢和顧妍還頗為熟稔的樣子……他就沒見何時顧妍給他這種好臉色過。

顧崇琰酸得厲害，挑剔審視的目光在晏仲身上來回梭巡。

莫不是柳氏的新歡？

顧崇琰心中的不屑聲越來越大。一個長相英武粗獷的糙漢子，連他半分都比不上，柳氏的眼光可真是越來越好了，不要臉的蕩婦！

然而只要一想起柳氏如今的身分地位，顧崇琰趕緊將什麼不愉快都扔去餵狗，整理一下儀容，款步走出，站到臺階下，抬眸凝視柳氏。

他看到柳氏神色驚訝，溫和笑道：「玉致，妳過得可好？」

柳氏眉心微蹙，眼神十分平淡，比之看陌生人，還多了幾絲冰冷。

顧崇琰一陣心虛，又將目光移向幾個孩子。「阿妍和衡之似乎都長高了，婼姊兒也越來越亭亭玉立了。」

因不想見到此人，顧婼對晏仲福了福身，轉而便回府裡去，一旁的顧衡之鼓起腮幫子，跟隨顧婼的腳步，只甩給顧崇琰一個背影，這讓顧崇琰尷尬莫名。

晏仲方吃飽喝足，起了心思看好戲，見顧妍冷著一張臉，柳氏神色淡漠，大概便猜到這位是何方神聖，於是他提著兩只罈子，往門口落地柱上一靠，看戲！

柳家剛翻身，顧崇琰就來報到，顧妍大致想到是怎麼回事了。她淡淡說道：「顧三爺，尊卑有別，請你稱呼嘉怡郡主。」

顧崇琰臉上有點掛不住，按捺著脾氣才沒有瞪回去，垂眸嘆道：「玉致，先前都是我的錯，這些日子我想了許多，有在江南的，有在燕京的，林林總總、反反覆覆地出現在夢裡……都是我不好，是我不對，我現在悔不當初。什麼都別想了，我們將不好的通通忘掉，以後我什麼都聽妳的，妳讓我往東我絕不往西，我們好好地過，過一輩子。」

顧崇琰深情款款，柳氏眸光微動，在顧崇琰的滿心期待裡，輕聲笑了。

「顧三爺可是說真的？」柳氏挑起細眉問，逆光裡看不清神情。

顧崇琰連連保證。「百年修得共枕眠，我從未有一刻如此確信過。」

從前聽到那些，柳氏興許還會感動得淚流滿面，但如今，也不過是不痛不癢的幾句話，她便當作茶餘飯後的笑料來聽。

柳氏「哦」了聲。「既如此悔不當初，李夫人又是如何？」

李姨娘被扶正，顧婷成了嫡出小姐，哪還有柳氏什麼位置？顧崇琰這話說得委實可笑極了。

顧崇琰臉色一白。他若知道柳氏能有今天這樣的造化，打死他也絕不會扶正李姨娘的！

可如今……

他慌亂地解釋。「玉致，妳放心，妳永遠都是正室夫人，我知道妳從來不喜歡李氏，不喜歡婷姊兒，我將她們都趕走，以後只有妳和孩子們……」

「顧三爺！」柳氏正容喝斷他。

柳氏覺得可笑極了。都說夫妻本是同林鳥，大難臨頭各自飛。飛散了的比翼鳥，還能返回來？

「王府門前，顧三爺還請謹言慎行，別說胡話了。」她淡淡說道，擺了個手勢送客。早有無數侍衛嚴陣以待，一聽柳氏下令，抄起棍棒便衝出來。

晏仲看得有趣，哈哈大笑，這聲音傳進顧崇琰耳朵裡刺刺地發疼。不知好歹的女人，他都這麼低聲下氣了，居然還擺譜！

顧崇琰氣急，躲開紛落下來的棍棒，指著晏仲大聲道：「就是這個姦夫對不對？妳現在有新歡了，就不理會舊人，我沒嫌棄妳不檢點，妳還不識相？」

王府門口的動靜早惹來圍觀的人，柳氏本想打道回府，聽到這話，真是氣得肝都疼了。

顧妍容色一凜，冷冷道：「哪來的瘋子學狗亂吠？」她正色望向晏仲。「晏先生，依您看，他可還有救？」

晏仲知曉她什麼意思，配合地搖頭嘆道：「病入膏肓，回天乏術，這瘋病，沒得治了！」

眾人恍然大悟。自晏仲妙手回春治好鄭貴妃，他的名聲在民間廣為流傳，連神醫晏仲都說沒得治，這人大概真的就這樣了。

沒人將顧崇琰說的話放在心上，大家一齊對他指指點點，還有跟著起鬨說打得好的。顧崇琰只好如過街老鼠，抱著頭灰溜溜地回去。

晏仲笑得見牙不見眼，沒人留心到，他手裡的青花罈子由兩個變成了三個。

從此，顧三爺在西德王府門前發瘋的事，一度成了茶餘飯後的笑談，哪怕深如宮廷，都有所耳聞。

夏侯毅握著那只自製的不倒翁怔怔出神，而夏侯淵早不知在他面前來來回回轉了多少圈，一個勁兒地喃喃自語。「她為什麼還給我？我做得不好看嗎？明明很精緻、很漂亮啊！」

夏侯毅不由苦笑。精心製作的東西被退回來，心情都是一樣的鬱悶和挫敗。

「五弟，你說她為什麼不要？」夏侯淵坐到夏侯毅對面，睜著一雙眼問。

夏侯毅沈默。他若是知道，何至於在這裡和大哥一起苦惱煩悶？他不如大哥一樣精通木匠手藝，做這只不倒翁的時間足夠大哥做五個，一雙手劃了不少刀，但是那個女孩，還是不領情呢。

夏侯毅也實在想不出，自己究竟是何時得罪了顧妍，似乎是在上元燈會初見，便對他隱含敵意。若是生氣他幫著表姑搶燈籠，可為何現在她能與表姑相處融洽，對他就依舊藏怒宿怨？他擠破腦袋都想不出所以然。

夏侯淵又原地轉了幾圈，終於忍不住地一跺腳往外衝。「不行，我要問清楚去！」

夏侯毅趕緊攔住他。「大哥，人家是姑娘家臉皮薄，她既然退回來了，定然有理由，你這麼火燒火燎去問，讓她情何以堪？」

說到這裡也很無奈。大哥除卻木藝，其他什麼都不喜歡，也從不顧忌男女大防。世家名門的閨秀小姐都講究德容言功，無論理由再如何冠冕堂皇，終究還是私相授受，她們怎麼能收？他也是跟著大哥瘋了一回……

夏侯毅抬起手指揉揉眉骨，最後只尋了個蹩腳的理由為自己開脫。「大哥不是要選妃了嗎？也該收心了。」

夏侯淵頓時垮下臉。「那些個小娘子，自詡萬種風情，根本無趣死了！她不一樣，她會玩九連環，喜歡木老鼠，我以後可以做傀儡偶給她演傀儡戲，還能和她比賽解環扣，想著便覺得好玩極了。」

就見夏侯淵忽地一拍額，恍然道：「我記得她也有參加選妃的啊，我去和母親說，好讓她走個捷徑。」

母憑子貴，王選侍在東宮同樣是有頭有臉有地位的，底下那些參與選妃的評官，負責初選把關，卻多少是要看上頭的意思行事。

夏侯淵抬腳就走，興高采烈地去找王選侍說起張祖娥。

王選侍還是頭一回見自己兒子這樣看重一個姑娘，心裡一好奇，找人送來張祖娥的畫像，再一見這姑娘容貌絕麗，端正有福，確實是個上佳的人選……最要緊的是，兒子喜歡啊！

王選侍將夏侯淵當寶貝，自然不會駁了兒子的請求，吩咐人多關照張祖娥，卻意外得知，張祖娥連初選都沒過！

她大感奇怪，張祖娥容顏出挑、面相有福，怎麼會在初選就被剔除了？遂動用特權讓張祖娥重新回到大選行列。於是所有評官都知曉張祖娥是上頭看上的人，她幾乎不費吹灰之力，便一路通過八關選秀。

選秀一直持續到九月末，在桂香馥郁裡，終於定下三位淑女，分別是燕京張祖娥、大興方家娘子和金陵段家娘子。

夏侯淵中意的自然是張祖娥，然而當夏侯淵的乳娘靳氏看了這三個女子的畫像後，開口就道：「張家娘子雖容貌出色，但大夏以纖瘦嬌弱為美，她體態豐盈，難免缺了風情，不能成為正選。」

夏侯淵眉頭一皺，目光落到自己乳娘靳氏的身上。靳氏已是三十出頭的婦人，但她看起來只有花信年華，在夏侯淵的記憶裡，靳氏一直都是個極美的女人，他見過諸多美人的仕女圖，都不及靳氏來得嫵媚風情。

夏侯淵對靳氏尤為依賴……他有個羞於見人的小秘密，他喝著靳氏的母乳，一直喝到七歲，靳氏對他而言，是個特別重要的人。

夏侯淵選擇沈默，靳氏便以為是自己說動了他。

最終張祖娥和段娘子、方娘子三人還是被引見到方武帝面前。這年的張祖娥十四歲，身體修長豐滿，容顏氣度皆數一等，鋒芒亦完全將身邊二人蓋了過去，方武帝也覺得她十分出色。何況他知曉，張祖娥與顧妍是極要好的手帕交，愛屋及烏，自然偏向張祖娥。

方武帝便欽定，張祖娥為皇長孫妃，段氏、方氏各為左右側室，待張祖娥及笄後與皇長孫大婚，段氏、方氏則於皇長孫大婚後三月進門。

滿城譁然，張祖娥從京都眾閨秀中脫穎而出，一躍成為準皇長孫妃，眾人也紛紛向中軍都督府同知張國紀道喜。

不出意外的話，人家就是國丈爺了！

張府的門檻險些被踩爛，昭仁殿裡的鄭貴妃卻氣得摔了一只琉璃杯。「是誰幹的！人不是被剔了，怎麼又回來了？」

她自認成竹在胸，將那些家中底蘊深厚的小娘子想法子排除了，最後剩下的都是些高不成、低不就之輩，鄭貴妃不放在眼裡，誰知等今日皇長孫妃一定，她瞧一眼便懵了。

鄭昭昭與她說，皇長孫對張家娘子情愫暗生，此人尤其需要注意，她便將張祖娥早早弄了出去，怎知還是讓她入選了！

跪在地上的宮娥道：「據說，是王選侍一手操辦的。」

鄭貴妃臉色剎那陰沈。「蠢婦！看來是活得不耐煩，皮癢了。」

宮娥更加垂低腦袋，鄭貴妃道：「吩咐下去，該怎麼做就怎麼做，別留痕跡……」

「是。」宮娥簡明扼要答了，領命退下。

鄭貴妃閉上眼，好一陣才算平息肝火，恨恨說了句。「沒用的東西！」

不提鄭貴妃如何窩火，顧妍一聽張祖娥成為欽定皇長孫妃時，驚訝得一時回不過神。

明明已經陷入絕境，竟還能有如此反轉！

「難道他倆真是命定的緣分？」

顧妍一下沒了主意，今生的張祖娥和夏侯淵互相欽慕，她也不知這究竟是好事或是壞事。

為了祝賀張祖娥成為準皇長孫妃，顧婼親手繪了一份十二花神圖冊，顧妍則繡了「必定如意」香囊，又調配牡丹瓊華香，齊齊贈與張祖娥，蕭若伊乾脆往醉仙樓叫了一桌席菜送往張府。

自此已有諸多京都小娘子急著與張祖娥套好關係，能有未來的皇長孫妃成為自己閨中密友，往後自當受益無窮，這些人中不乏包括顧婷、沐雪茗，就連一向不屑與人打交道的鎮國公二小姐蕭若琳，這時倒也大大方方送了禮。

張祖娥按著禮數相回，卻一律謝絕賞花遊園的邀請，唯有收到顧妍和顧婼的禮物時會心一笑，再見到蕭若伊送的那桌珍饈美饌時失笑出聲，親手鏤刻了檀香木扇回贈她們，羨煞京都一眾名媛。

過後顧妍曾問過張祖娥，選上皇長孫妃是否歡喜，張祖娥羞紅了臉，支支吾吾半晌，鄭重地點頭。

顧妍便知道，很多事和前世完全不同了，未來的成定帝和張皇后，鴛盟相許，情真意切，患難與共，互相扶持，未必會步上前世結局。

顧妍到底尊重張祖娥的選擇。

第二十九章

南方戰事一經平息，蕭瀝班師回朝。與此同時柳建文受命回京述職，途中先去姑蘇祭拜亡嫂柳陳氏，這才帶著妻子明氏和義子紀可凡前往燕京。

燕京的秋意已然蕭索寂寥，黃葉紛飛裡，身穿鎧甲的少年騎著高頭大馬，帶領軍隊浩浩蕩蕩回京，高城上聚集了許多人圍觀。

在眾人眼裡，他就是英雄，俊美無儔的容貌讓人驚嘆不已。

有關鎮國公世子的傳言很多，有說他冷漠無情、狂傲暴躁的，有說他人高馬大、粗獷英武的，有說他嗜殺成性、茹毛飲血的，卻獨獨沒有人說過，他是個結實英挺、孔武俊朗的少年。

蕭瀝淡淡掃了眼，沒有在這密密麻麻的人群裡看見熟悉的身影。他按著章程去兵部交兵符，又回國公府梳洗一番，到宮裡面見方武帝和太后，待走出宮門時，已是黃昏。他走過去輕撫戰馬的鬃毛，嘴角微微鬆緩下來，卻想到西德王贈送的水軍權杖，便翻身上馬往西德王府疾馳而去。

既然將冷簫留給顧妍使喚，哪怕他遠在福建依舊清楚某些事，比如他們與顧家脫離關係，比如她如今是方武帝最疼愛的配瑛縣主，再比如她如今正在西德王府……

蕭若伊沒去城門口接他，此刻她正在西德王府，抱了隻小刺蝟，「噔噔噔」地跑到顧衡之面前，將牠放到阿白身邊。

顧衡之怔了怔，便聽蕭若伊道：「這隻叫大黑，我前兩天在果園裡發現的，給阿白作個伴吧！」

大黑要比阿白壯實圓滾多了，尖刺更加黑亮，一根根硬如鋼針。

顧衡之當然歡喜，剛抱起大黑，又聽她喃喃說道：「把阿白給大黑做媳婦，然後生一窩小白小黑，這樣去哪兒都有一溜兒刺蝟跟著，是不是很好看？」

顧衡之想了想那個畫面，突然嘴角一抽。「阿白是公的……」

蕭若伊愣愣地說：「……大黑也是公的。」

就聽「噗哧」一聲笑從他們身後傳出來，顧妍連忙收斂住。

蕭若伊尷尬極了，站起來道：「阿妍，告訴我，妳什麼都沒聽到！」

顧妍連連擺手。「是，是，我什麼都沒聽到。」

蕭若伊臉都紅了，剛要開口，目光遠遠落在一點，突然笑著招手喚道：「大哥！」

顧妍一窒，慢慢回頭，果然見蕭瀝遠遠站著。秋陽刺得眼睛疼，逆光裡幾乎看不清他的神情，只能察覺那人越來越近。

顧衡之跳起來跑過去，圍著蕭瀝轉了圈，蕭瀝就俯下身子摸摸他的腦袋。

他看起來似乎黑了，又高了，一雙黑白分明的眼睛卻格外明亮，顧妍只來得及問道：

「你什麼時候回來的？」

蕭瀝靜靜看了她一下，淡淡道：「剛回，來還王爺的水師權杖，王爺順道留了我用晚膳。」

蕭若伊癟癟嘴，拉了顧衡之走開，嘰嘰咕咕說著就走遠了。

顧妍突然有些侷促，福了福身。「還沒來得及與蕭世子道謝，冷簫幫了我許多。」

蕭瀝沈默了一下，「哦」一聲。顧妍以為他沒下文了，他卻突然道：「那麼，該輪到妳了。」

她怔了會兒，突然感到好笑。他蕭瀝做不到的事，她又能有何能耐？但很奇怪地又覺得，這樣並沒什麼不好。

「自然。」她側過頭去笑著說：「若是有機會能夠幫到蕭世子的話，定然不遺餘力。」

小姑娘站在自己面前，她只到他的胸口，低著頭，能看到她白皙飽滿的額頭。

蕭瀝嘴角輕輕彎起，他聽到自己輕緩的聲音說：「好。」

四周靜了一瞬，深秋的風帶來幾縷敗落的桂香。

青禾疾步走到顧妍身邊，附耳低聲說了幾句，顧妍的目光便陡然發亮，熠熠生輝。「真的？」

見青禾頷首點頭，顧妍臉上的笑意再也止不住，她對蕭瀝微微欠了身，小步跑著往園外去。

隔得這樣近，他耳力向來很好，青禾方才說的，他都聽到了。

顧修之回來了，被攔在門外，所以她急不可待地要去見他，為他解圍……

蕭瀝不意外顧修之回來，在福建的時候，他就發現這個少年也在當地軍隊的編制裡。以前顧修之給人的印象，是個衝動莽撞的少年，而到了福建，他依舊憤慨急躁，卻只對敵人，與人相處時，還是真誠和氣的。他是那一組裡衝得最前、殺得最狠的，將自己所有的退路都阻斷，只顧背水一戰。那股熱血的勁頭，蕭瀝有時也會被撼動，這是真正上過戰場之人的渴望與驕傲，因此他對顧修之刮目相看，也猜到顧修之回到燕京定是要找顧妍的。

他們兄妹倆感情極好，猶記得那日和顧妍一道從山賊老窩裡逃出來時，那個少年對顧妍的緊張與在意，還有不自覺流露出的珍重，總讓他覺得怪異。他沒告訴顧修之，顧妍早不在長寧侯府，也料到他必會白跑一趟……

蕭瀝沈默一會兒，別過頭望著一旁的蕭若伊，淡淡說：「天色晚了，妳該回去了。」

蕭若伊不滿。「你怎麼不回去？祖父說不定為你準備了慶功宴。」

「王爺留我用晚膳，而且我應當感謝西德王饋贈水師之恩。」

蕭瀝有些自嘲地想，鎮國公府可不是所有人都期待他回歸的，說不定期望他乾脆死在外面得了。

蕭若伊卻說什麼也要留下來，美其名曰一個人回去不安全，蕭瀝便隨著她去。

西德王府門前一時混亂，侍衛聽顧修之自報家門，二話不說便要將人轟走，顧修之哪裡肯，硬要衝進去，雙方打了起來。等顧妍趕到的時候，王府的侍衛已然倒下一撥，又換了一批。

「都住手！」顧妍大喝一聲，所有人的動作停下來。

顧修之急急跑到顧妍面前，見她一切安好，這才鬆下一口氣。

無怪乎他如此緊張，當顧修之回到長興坊九彎胡同，就見到長寧侯府匾額卸了，大門緊閉、久無人居的模樣，找了街坊鄰居一問，才知曉顧家被奪爵，賣了府邸搬去西城。他一路問到平安坊，進了家門。簡簡單單的小院，僕役寥寥無幾，只勉強算得上寬敞豁亮。

顧修之根本不清楚這其中發生什麼事，本想去找顧妍，卻遭顧崇琰破口大罵，將他趕走。三叔脾氣差了許多，從前俊朗清雅的，現在滿身酒氣。

他跑去找顧老夫人，顧老夫人癱軟在床上，嘴眼歪斜，口角流涎……他們說顧老夫人被氣得中風了，挺嚴重的。安氏守在旁邊照顧著，看到他回來就將他罵了一頓，罵著罵著自己就先哭了。

家中變得很亂……二伯母精神不大好，還會瘋言瘋語，據說是因為二伯父的小妾玉英生了個大胖小子，日日冷落她。顧媛和邯鄲賀家訂了親，臉色蠟黃，形容憔悴，也許她是不滿意這樁婚事。

可眾人都看過來了，獨獨沒見到顧妍。

安氏恨道：「若不是那幾個賤人，我們會落魄到今日這種田地？」

他不許安氏說這種話，安氏就大罵。「你出走大半年音信全無，知道什麼？他們現在一個個的都是高床軟枕，我們窩在這鳥不拉屎的地方，都是拜他們所賜！是我的兒子，你就該和母親同仇敵愾！」

顧修之知道，阿妍他們斷做不出這種事來，定是安氏誇大其詞……或是因為他們欺人太甚，阿妍是正當防衛。

顧修之拂袖就往外跑，不管安氏在身後疾聲呼喊。他要知道什麼，絕不能問他們！他們只會添油加醋，說阿妍有多不好……但所幸，顧妍看起來過得不錯。

顧妍見他身上還穿了件灰撲撲的粗布長袍，滿頭大汗，便知曉他是馬不停蹄一路趕來，中間轉折了多少可想而知。她忙眨眨眼隱去淚意，拉著他的衣袖進屋。「二哥先去梳洗一下，有什麼想問的、想說的，我們慢慢說。」

顧修之安下心，什麼事就不急了，由著顧妍帶去梳洗。

晚膳分了兩桌，男女各一桌，中間用屏風隔著。

西德王取出珍藏的葡萄酒，和兩個後生共飲，顧衡之饞得慌，西德王一本正經道：「小孩子喝什麼酒，長大後也要成酒鬼。」

話是說給屏風後的人聽的，西德王賊笑著悄悄拿筷子蘸了點酒讓顧衡之嚐嚐，顧衡之眼睛發亮，纏得更緊了。西德王無奈，只好又給他倒了一杯，誰知一杯過後，他就暈紅了臉，咂吧咂吧嘴一頭栽下。

顧妍和柳氏聽聞聲響，從屏風後繞過來，大驚失色，少不得抱怨幾句。西德王自知理虧，縮了脖子站著，這麼個高大的老人，突然像個做錯事的孩子，顧妍什麼氣都沒了，只讓人將顧衡之趕緊送回去，不放心地又去尋大夫給他看。

燈光璀璨裡，只看得到她眉間輕鎖，神色擔憂，說不出的溫婉美好。

顧修之心裡咯噔跳了一下，忙捂了胸口，大約酒勁也上來了，他面頰泛起淡淡的紅暈。

等大夫來看過說無事，眾人這才放了心，酒宴繼續，談話也漸漸高亢了。

他們說起在福建抗倭之事，必不可少的要提到柳建文。

「柳大人真是神了，那日海上風浪大作，天空灰暗，當地經驗老到的漁民說這是颶風要來了，很快就會風雨大作，房子都能吹塌，起碼得過兩、三日風雨才停，倭寇更不會在這時候來攻打。」顧修之喝了許多，臉頰泛紅，雙目鋥亮。「可是柳大人卻道，這場颶風不會經過蕉城，蕉城影響不大，應當全面戒嚴。果然倭寇在次日就攻打上來，他們搞突襲，帶的人不多，我方準備充分，將之全數殲滅，然後趁著黎明晨光，又將數十里海域外的倭寇打回老家，他們只好乖乖投降了。」

說得繪聲繪色，幾乎能讓人聯想到那時的情景。顧妍微微地笑，蕭若伊嘖嘖讚嘆，西德王眯了眼，頓感一種與有榮焉的驕傲。

女眷用完膳便去耳房休息，顧修之乘機從西德王口中大致知曉事情的來龍去脈。

顧妍信任顧修之，西德王則相信顧妍，他願意將一切的內幕都說給顧修之聽，顧修之此後便是長久的沈默。

他不知道，自己不在的這段時日裡，原來顧妍受了這麼多委屈。在福建浴血奮戰時，他不要命地衝鋒陷陣，有一次也受了嚴重的傷，躺了半個月，至今肩部還有些隱隱作痛。可他不後悔，他這樣拚命，為的便是要讓自己強大，讓自己有這個本錢來獨立，同樣也能去保護別人。他覺得自己已經盡力做好，但是還不夠快，他要更迅速地壯大。

顧修之起身，對著西德王和蕭瀝深深作揖，這是他發自內心的感謝，若非他們出手相助，阿妍他們定要被吃得骨頭渣子也不剩。

畢竟顧修之不知道西德王與柳氏間的淵源，在他眼裡，西德王便是救世主，救柳氏一家人於水火之中。

西德王朗笑受著，蕭瀝沈默不語，也沒有讓開。

在福建從軍了一陣，顧修之自己也是掙了軍功的，他想靠軍功走武道，入仕途。但有了顧家這層影響，未來的路會很難走。

顧修之只好求西德王，西德王便道：「你既有功在身，讓皇上額外開恩並非難事，只需再有人引薦。」說著看向蕭瀝。

蕭瀝點點頭。「城外神機營，多騎兵、步兵，掌火器，以你的資歷，進左右哨軍當一名武臣，綽綽有餘。」

這是答應的意思，顧修之很意外，又再三謝過。

酒過三巡，夜色濃了，再下去便要宵禁，蕭瀝、蕭若伊和顧修之都得各自回府，顧修之不情願去顧家。他不想回去繼續瞧著他們的嘴臉，聽他們的抱怨，還不如在外找家客棧留宿得了。

顧妍不知道怎麼說，對顧家，她也有深深的排斥。

蕭瀝道：「去鎮國公府吧，沒人敢來國公府鬧。」

眾人十分驚訝，紛紛看向他，蕭瀝渾然不覺，又說：「國公府有許多空置的客房，這點不用擔心。」

顧妍額角微跳。這個是重點嗎？他什麼時候如此樂於助人了？

似是看出她的疑惑，蕭瀝解釋道：「我們在福建共同抗倭，也算有同袍之誼，最後一場戰事，除卻柳大人精研布陣防守得當，也多虧了修之深入腹地殺了敵方措手不及。」

其實何必那麼麻煩，二哥即便留宿在西德王府亦沒什麼大礙。不過蕭瀝既然這麼說了，顧妍也不疑有他，顧修之張了張口，到底還是隨著蕭瀝一道去國公府。

一夜安眠，第二日一早，安氏就來西德王府找人。

顧修之昨日回家，她還沒來得及說什麼，那小子就不見了……不用說，定是來了西德王府！

她看顧修之黑了、高了不少，一雙手也磨得粗礪，想起鎮國公世子昨日歸京，她慢慢就猜到，顧修之是從軍去了！當下氣得不輕——她一心一意培養他讀書成材，這臭小子就拿她的好心當成驢肝肺。

安氏叫顧大爺去把顧修之領回來，顧大爺性情軟弱，不敢去西德王府叫板，安氏嘔得全身上下無一處不疼。卻聽顧二爺帶回一個消息，顧修之在福建從軍，立了軍功，而今也是個衛所小旗，這是他靠自己拚殺出來的。

安氏一聽就懵了，原先滿腹的鬱氣，在這一刻多雲轉晴。她迫不及待地與人說道，自己的兒子有多麼爭氣。平安坊的街坊都是些平民小戶，素日裡連貴人都沒見過，看他們欣羨和肅然起敬的眼神，安氏有種發自內心的虛榮和驕傲，特意張羅了一桌子席面，等著顧修之回來好好慰勞他一番。

然而等到太陽落山了，一點動靜都沒有，等到菜都涼了，半個人影不曾出現。讓下人去跑腿，最後只說西德王府不讓進府，也沒找二少爺回來，安氏就這麼煩悶地折騰了一個晚上。

王府門前還站著幾個高大威猛的侍衛，凶神惡煞地看著就不好惹，安氏不由縮了縮脖子，旋即又理直氣壯。

那西德王再如何霸道，還能連婦人也一道打了？她的兒子還在他們府上，她不過就是來找兒子，占著理呢！

安氏自認理直氣壯，叫了丫鬟杏桃上去稟明來意，那侍衛不留情面道：「顧二少爺不在王府，顧夫人可以回了。」

安氏早料到他們要這麼說，冷哼一聲。「昨日我兒一夜未歸，我只是來尋兒子回家，並非惹是生非，煩請通報一聲。」

那侍衛哈哈大笑。「兒子丟了應該去官府，王府又不是善堂，妳來這兒做什麼？」

幾個侍衛跟著笑，安氏一張臉憋得通紅，她用力吸幾口氣平復，擠了個笑。「我兒與府上配瑛縣主自幼感情深厚，昨日他未回府，定是來找配瑛縣主了。我也不是要無理取鬧，只想確定兒子平安無事，也好放心。」

那侍衛聽得不耐煩，狠狠攢起粗眉。「都說了顧二少爺不在府裡，說多少次都一樣，顧夫人，妳要繼續胡攪蠻纏，休怪我等趕人。」

安氏臉皮到底沒有那麼厚，她只好輕笑道：「既如此，我也不好打擾。只是修之自小就不大會照顧自己，他離家大半年，做娘的委實想念，若何時想起來了，讓他回家來看看……唉，到底顧家大不如前了，可血緣親情還在，還有父母期盼著孩子能承歡膝下，過會兒我讓人多送幾件衣物來，都是我親手做的。也不知道這孩子長高了沒，還合不合身……」

一番話說得感人肺腑，卻是在坐實西德王府強留人家兒子，還死不承認，連放人回家與親人團圓都不肯，如此行徑，連惡霸都不如！

守門的侍衛到底是粗人，聽不明白這層意思，罵罵咧咧就要趕人，安氏泫然欲泣，有路過的人不由駐足竊竊私語。

從府裡頭走出一個金髮碧眼的白皮膚男子，那些侍衛紛紛稱其為「托羅大人」。安氏是認得托羅的，就是這個人，帶著官兵衙役幾乎將侯府洗劫一空。

托羅挑起眉毛，用他不正宗的大夏話慢慢說道：「顧夫人，妳真的誤會了。顧二少爺著實不在西德王府。他如今是鎮國公府的客人，妳若想送衣物，煩請送往鎮國公府，王府不好從中轉手。」

眾人訝然，原來不是西德王府強留人家兒子，而是鎮國公府。可鎮國公府會做這種事嗎？

安氏臉色一白，嚇得眼淚都收回去了。她現在將髒水潑到西德王府上，人家轉而就將鎮國公府擋前面……可就算給她一百個膽子，她也絕不敢去得罪鎮國公啊！

「原來是這樣！哎呀，這孩子也沒跟我說一聲，害得我好生擔心。」心裡再如何不願意，安氏也只好對托羅大大行了一禮。「真是多謝托羅大人了，修之能成為國公府的客人，那是他的福氣，國公府又哪會短了他什麼呢，是我多慮了。」

她企圖矇混過關，托羅卻不解。「國公府不會短了顧二少爺什麼，難道王府就會？原來顧夫人是這麼想的。」

安氏微怔，臉上一陣臊熱，連連否認道：「不不不，都是我在胡言妄語，托羅大人別放在心上。」

真是一刻鐘也待不下去了，安氏匆匆遮了臉落荒而逃。

安氏當然不敢去鎮國公府門前鬧，人家是真正意義上的勛貴，府中還豢養了一支軍隊，只怕她還沒靠近就被人轟走了，那才是什麼臉面都沒有。

安氏想想剛才的事，大覺丟人，又罵了幾遍顧修之這個臭小子。但轉念一想，顧修之既然能成為國公府的客人，那是修了幾輩子的福氣？若能搭上國公府這棵大樹，可以少奮鬥多少年啊？

一腔鬱氣盡散，只等著顧修之回來後要好好與他談談，然而等啊等的，等來顧修之成了神機營左哨軍武臣，也沒再回過顧家一回。

安氏心中鬱鬱，一場風寒後竟也病倒了。

顧家如何淒涼不提，顧妍卻高興壞了，因為舅舅柳建文回京了。

舅舅在京都任職時便有府邸在南城，去了福建幾年，一直空置著，柳氏特意去了趟柳府，教人上上下下都清掃一番，而後帶著顧婼、顧妍和顧衡之候著為其接風洗塵。

管事通稟說柳大人和夫人回來了，顧妍就急急忙忙跑出去，柳氏還納悶，怎麼她比自己還要心急。等到二門口，就見明氏牽著顧妍悠悠然走進來，顧妍正滿臉興奮地與明氏說著話，柳建文溫雅笑著跟在一旁，他們身後是一個十七、八歲，樣貌清俊的少年，正雲淡風輕地笑著。

柳氏迎上去，眼睛不由泛了淚意，輕聲喚著三哥、三嫂，那少年卻喚柳氏郡主。

柳建文畢竟許久不在京都，顧衡之和顧婼都覺得有些眼生，仍是禮貌地打了招呼，可到少年這兒卻頓住了。

顧妍就道：「這位是紀師兄！」

小女兒聲音甜甜，比起顧婼和顧衡之有些侷促，顧妍對待他們親暱得就像是一家人，明氏喜出望外，覺得這小姑娘和自己甚是有緣。

紀可凡是柳建文最得意的門生，亦是個孤兒，這些年跟著柳建文，早已如親生兒子一般，柳建文也有意收他為義子。柳氏清楚這一點，讓紀可凡不用如此見外，叫她姑姑便好，顧婼和顧衡之則隨著顧妍喚紀師兄。

幾人少不得繼續寒暄一番，一路進了中堂，柳氏與柳建文和明氏在外間說話，紀可凡則與顧妍他們到次間裡，擺上了茶水。

顧妍細細聽著外頭的動靜，她聽到母親低低的啜泣聲，說著舅舅受苦了。

舅舅本就清瘦，剛剛一看，好像又瘦了許多，鬢邊白髮都多了幾縷。而印象裡的舅母一直是個溫雅美人，歲月幾乎沒在她身上留下什麼痕跡，可今日見到她，卻發現她眼角也有幾絲細紋。因為舅舅的事，舅母一定操了不少心。

顧妍聽到舅舅安慰母親。「一切都過去了，別太放在心上，最重要的是我們都還好好的。這世上哪有真正一帆風順的生活，覺得難熬，那是看不開，某些事發生得太早，還沒完全準備好迎接……玉致，我一直擔心妳，但妳讓我很驚訝。」

柳氏破涕為笑。「因為我也在長大，不是那個總躲在三哥身後的孩子，也該學著獨當一面了。」

顧妍淺淺地笑。對她而言，經歷過一世，便會格外珍惜某些東西，而對母親而言，也是痛徹心腑後，才下定決心走出禁錮她的囚牢。現在所有人都在，真的很好。

顧衡之對紀可凡很好奇，自來熟地湊過去，將盤子裡的桂花茶凍推到他面前，道：「紀師兄，吃這個。」

紀可凡含笑頷首，拿銀籤子插了塊放進嘴裡，表情微滯後，評價道：「味道……挺特別的。」

顧衡之深表同意，連連點頭。「這個是我大姊做的。」

顧婼耳尖微紅，輕斥道：「你不喜歡就放著！」

自從上次和柳氏一起做了頓全蟹宴，顧婼閒著沒事總會去下廚，當然初學者的成果有些糟糕，顧婼卻樂此不疲。

顧衡之吐了吐舌頭，也拿銀籤子插了一塊放嘴裡，然後眉毛就擰成一團，眼珠子左左右右轉了圈，沒尋到可以吐的地方，一狠心吞嚥下去，咕嚕咕嚕灌了杯茶水。

「大姊，妳是不是拿細鹽當成雪糖了？」

顧婼微怔，隨後耳根都紅了，極快速地睃了眼紀可凡，手指捏著衣角說不出話來。

「是這樣，難怪如此特別。」紀可凡輕笑，又插了一塊放嘴裡，淺淺笑道：「不過還是挺好吃的。」

顧婼一愣，抬眸便見少年包容地笑。她忙低下頭，在某個看不見的角度，嫩白的臉微微泛紅了。

顧妍暗瞪顧衡之一眼，顧衡之就雙手捏著耳朵垂下腦袋，她頓時哭笑不得，再看向紀可凡，少年還和記憶裡一樣英朗清俊，穿著身皂色斕邊的天青直裰，儒雅清和。

顧妍將他當成兄長，說話間自帶著熟稔。「紀師兄一路奔波勞累，可要好好歇息。」

紀可凡搖頭道：「勞累尚不至於，比起老師，我能做的微乎其微。」

顧妍問起在福建的事，紀可凡也不大清楚，他只道：「老師被宋都指揮使押送往京都，我和師母都被軟禁在府邸，當時蕉城的一切暫時由布政司使王嘉掌管，他斷絕所有外在消息，我一無所知……後來還是老師將倭寇剷除，得來他們與蕉城商戶往來的帳簿，老師這才洗清冤屈。」

這個王嘉，顧妍早便懷疑了，真有這麼大本事，上一輩子她怎麼都沒聽過？

「那王大人也跟著一道來京都？」

紀可凡點頭道：「王大人在揭露福建商戶與倭寇勾結一事上立了大功，雖然老師被冤枉，但瑕不掩瑜，也被一道召回京述職，他比我們早到，好像是被封了錦衣衛右指揮僉事。」

錦衣衛右指揮僉事……這個職稱顧妍並不陌生。錦衣衛的鎮撫司，便是交由右僉事來掌管的。上一世成定年間，魏都為排除異己，大肆迫害西銘一黨，有多少人是折損在鎮撫司？

包括楊岩，也是被當時的右僉事許正純折磨致死，舅舅遭受炮烙之刑，亦與許正純密不可分。可王嘉既做了右僉事，許正純又去了哪裡？

「前右僉事許大人呢？」顧妍問道。

紀可凡淡淡說：「他一年多前便因病去世了，因左右僉事職位皆空，蕭世子當時恰好回京，便暫代錦衣衛左僉事一職。」

顧妍驚訝地挑眉。她只記得許正純是武舉人出身，慢慢拔擢到錦衣衛，後來自發歸降了閹黨。只可惜他命不好，過沒兩年風光日子，在魏都氣焰最囂張、獨攬朝政的時候，就得病一命嗚呼了，本該是幾年之後的事，他原來在這世死得這樣早？

顧妍沒再繼續問什麼，紀可凡也不再繼續說。

過一會兒便擺宴為柳建文一行接風洗塵，之後柳氏又帶他們一道去王府見西德王。

柳建文與柳建明兄弟倆父母早亡，幼時是由大伯父和伯母撫養長大的。西德王出海經商那年，柳建文剛娶妻沒多久，明氏對這位伯父的印象只停留在他一雙琥珀色的眼瞳上，但柳建文卻太熟悉了，他見到西德王，大吃一驚，隨後便跪在老人家面前，眼眶通紅。明氏是個心巧的，見西德王一雙眼睛，幾乎便明白了，隨著一道跪下。

西德王老懷深慰，親自扶二人起身，又少不得笑中有淚，一番契闊。

時值十一月，天氣漸漸冷了，御花園裡一小片楓葉林鮮紅如火，方武帝要顧妍到宮裡來賞楓。自從上回太虛道長一席話，顧妍再未入過皇宮，太后的病果然就慢慢好了，方武帝心知這是太后在耍花招，但好歹是生母，也不想過分計較，只等風頭過後，什麼都沒發生。

顧妍推脫不得。有時候方武帝任性胡鬧就像是個孩子，偏偏他又是九五之尊，顧妍只好依言照做，於是她就被內侍一路領到御花園。

方武帝已在亭中候著，桌上放置著果脯、點心，紅泥小暖爐裡的水也咕嚕嚕冒起泡泡。他遠遠瞧見顧妍，站起身招手，她只好加快腳步跑近。

「這麼急做什麼？」方武帝失笑，從懷中取出明黃色的絹帕要給她拭汗。

顧妍連忙讓開，驚惶道：「皇上，配瑛自己來便可。」

方武帝緩緩放下手，心中一瞬失落，旋即看著她道：「朕有許久不見配瑛了，怎麼好像清減了？」

顧妍斂容說道：「不是瘦了，只是正在躥個兒，長高了。」

「是嗎？」方武帝站到她面前，用手比了比，點頭道：「好像是高了些，都到朕的胸口了。」

顧妍一時不知該作何反應，方武帝讓她坐下，從一只青白釉粉底瓷罐裡取了茶餅出來。

「朕剛剛學會了烹茶，今兒來獻獻醜，妳先吃些點心，可不許嫌棄啊！」

他說著就拿起茶餅放到爐火上慢慢燻烤，漸漸有淡淡的茶香四溢。隨侍的宮娥、內侍個個眼觀鼻、鼻觀心，心底卻不由掀起驚濤駭浪，都傳配瑛縣主得蒙聖寵，他們原只一笑置之，可如今皇上親自為其烹茶，委實讓人震驚不已，這可不單單是受寵了，只怕昭仁殿裡那位，也不過如此。

顧妍聞著這迷人的茶香，神色一時有些恍惚。茶道、香道乃陶冶情操之用，她前世與舅母學過，都有所涉獵。夏侯毅拜入舅舅門下，他也是喜好這種風雅事，他們常常一起烹茶對飲。

這一世已經很少烹茶了，一則是沒這個心情，二則是不想回憶那段過去。有時候也會想，夏侯毅到底拿他們當什麼呢？

為什麼一邊能夠和他們愉快融洽地相處，一邊卻又可以毫不猶豫地把他們推入火坑？是真的不用心，不曾動過一點點真感情，還是他根本就沒有心？

紅泥暖爐的水噗噗沸騰，方武帝將茶餅烘乾搗碎，又用篩子篩成細末，便要將茶末放入爐中，一隻纖白如玉的手擋在面前。

方武帝微怔，顧妍輕聲道：「皇上，還是配瑛來吧。」

這麼沸的水，茶葉倒進去後，所有的茶香都蒸騰，留在湯水裡的精華可就少了。茶道並不是一、兩天學得好的，方武帝怕只是接觸了皮毛。

方武帝當然樂意看顧妍烹茶，忙教人換一壺水。這次送水來的是個小內侍，身形比起其他人要瘦小許多，一雙手很粗礪，將小爐放下時，能看到他掌心指節處的厚繭。

顧妍有些奇怪地抬眸一瞥，驀地張大雙眼。那內侍一張臉平凡普通至極，無甚特別之處，然而稀奇的是，這位公公，與先前在顧家時秦姨娘身邊的婢子素月長相極為相似。

她幾乎可以肯定他就是素月，難怪當初官府怎樣都找不到這個人。

內侍低眉垂目，未曾看顧妍一眼，轉過頭便若無其事地退下。

顧妍收回目光，淡淡一笑。眼前水又開了，冒起魚眼似的小泡泡，她往裡面撒了少許鹽，舀出一勺水，邊用竹夾攪拌爐水，邊倒入茶末，待騰波鼓浪時，才將方才舀出的水倒回，這樣一鍋子茶湯就算煮好。

少女烹茶的動作優雅舒緩，下頷白淨，弧度柔美。方武帝恍恍惚惚覺得，似乎眼前的小人兒與記憶裡某個影像慢慢重合。

顧妍輕輕說道：「若要繼續熬煮，則水老不可食。」

魏庭上前便將爐中茶水倒出，沏了頭一盞給方武帝品嚐。

茶香馥郁，方武帝輕呷一口，立即舒服地瞇起眼睛。「配瑛煮的茶，比朕喝過的所有都要好！」

方武帝今天很高興，吃完茶，就鬧著要去摘海棠樹的果子，魏庭勸了幾句，方武帝不聽，還勒令他在這兒陪著顧妍，自己帶了幾個內侍就走了。

顧妍看向魏庭淺淺地笑，倒了杯茶，站起來遞給他。「魏公公辛苦了，也嚐嚐配瑛的手藝。」

魏庭連忙推脫不敢，顧妍挑眉道：「魏公公莫不是瞧不起配瑛？」

魏庭只好接過茶盞慢慢地品。由於他本身也是喜好飲茶，但他自己不會烹煮，將才方武帝大讚，他也只當是方武帝為了給顧妍面子隨口一說，沒想到這麼一嚐，確實十分不錯。

魏庭眼睛微亮。「縣主茶藝了得，一飲而下，口齒留香。」同時又有些好奇，這麼個小丫頭是和誰學茶道。

顧妍微笑著為其解惑。「幼時喜好翻看《茶經》，在長寧侯府時，母親也請過茶道師傅教授，如今許久不用，都有點生疏了。」

魏庭朗笑著誇她，顧妍又為他沏一盞，忽道：「說起長寧侯府，倒有一事有點奇怪。」

魏庭自是要問何事，她卻避而不談，只問：「方才那位換水的公公是誰，我瞧著怎麼有些面善呢？」

「那是御膳房裡小樂子，首席御廚的關門弟子，刀工十分了得……可他一直在御膳房裡待著，極少來外頭走動，縣主想必是看錯了。」

「嗯，我也覺得是看錯了。半年多以前在侯府還見過一個叫素月的婢子，和那位小樂子公公長得極像。」顧妍若有所思地點頭。「怎麼在深宮內廷的公公會去外頭，還成了女子呢？想想也不可能的。」

魏庭倏然一怔。看似說者無意，聽者已然有心。

小樂子是首席御廚的徒弟，魏庭當然是要關注一下，他知道半年多前小樂子請假出宮去見親人，還是他特批的呢！怎麼會去了侯府，還成了一個丫鬟？

小樂子全名叫蘇樂。蘇樂，素月……難道是巧合？配瑛縣主還說他們倆長得像？

魏庭疑竇叢生，見顧妍的模樣根本不似說笑，偷偷留了個心眼。他記得，蘇樂和魏都走得極近，而且，魏都和長寧侯府裡的某位還有些沾親帶故。

顧妍自來熟般又為他倒上一杯茶，像隻小麻雀似的嘰嘰喳喳地說話。「舅舅從福建回來了，給我講了許多趣聞，他說大海遼闊又神秘，是造物主創造的奇跡。」

魏庭附和道：「柳大人博學淵識，非常人所能比。」

顧妍連連點頭。「是呢，最有意思的還是舅舅昨天與我說起，海中有一種叫鰮的魚，幾乎出海便死，可死了的鰮賣不了好價錢，當地的漁民便想了個辦法，在鰮魚群中放入幾條淡水鯰魚。鯰魚好動，逼迫攪和著鰮，這樣從海邊運到市場上的鰮，有七成能是活的，反而鯰魚被鰮折騰得沒了氣，漁民因此賺了許多錢。」

魏庭微滯，腦中有什麼東西一閃而過，又聽她道：「我問舅舅這是為什麼，舅舅說，就像人一樣，只有在逆境中才會有危機意識，逼迫自己發揮出潛能，甚至能將敵人打垮，實現反擊……一個人能有多少潛力，那是無法估量的。」

小姑娘學著大儒的口氣說話，魏庭不覺得如何有趣，反而背脊生寒。他想到了自己，他逼迫壓榨的人多了去，很多人都等著將他拉下臺，他從來不將他們放在眼裡，然而高處不勝寒，寂寥驕傲久了，他慢慢也會怕的。偶爾作夢，自己從金鑾殿的高臺上摔下來，頭破血流，而有一人正居高臨下看著自己。

魏庭眸光一凜，定定看向顧妍。

她好像全不知自己都說了些什麼。是巧合？若是有意為之，這個小丫頭可不得了了……

正想著，他忽然聽到一個壓低而不悅的聲音。「你們在說什麼，說得這麼開心？」

魏庭下意識抬頭，就見方武帝執著一串紅彤彤的海棠果大步走過來。他飛快垂眸，暗道不妙，配瑛縣主在皇上面前小心翼翼的，方才與他說話就拋卻這層顧忌，皇上恐怕不舒心了。

當然，他還是不會自大到認為方武帝是在嫉妒他，可皇上定只會將火發洩到自己身上，他才捨不得對配瑛縣主說一句重話呢！

果然方武帝走過來就狠狠瞪了魏庭一眼，目光掃到他手裡的瓷杯，又重重哼了一聲。魏庭頭又垂了幾許，感覺手裡的杯子越發燙手。

方武帝才不會在魏庭身上浪費時間，他轉過身將那串海棠果給顧妍遞過去。果子上還沾了些露珠，深深的紅色比滿園楓葉有過之無不及。

顧妍注意到他手上有泥漬，而那明黃龍袞袍服一角也沾了一片。

方武帝不好意思地笑了笑。「年紀大了，腿腳不索利，剛才不小心摔了一跤。」

他身後跟著的一群內侍臉色都不好，深秋的天，額上細細密密布了層汗。

顧妍看他略帶討好的眼神，雖然知曉這一切都是因他口中所說的「阿媽」，卻也不由失笑。她接過那串海棠果。「皇上還是請御醫來看看吧。」

方武帝搖頭，執拗地問道：「你們剛剛在說什麼？」

魏庭忙將茶盞放桌上，自己先招供了。「縣主在與奴婢說柳大人，柳大人見多識廣，才華橫溢。」

方武帝贊同地點頭。「柳暢元的學問做得不錯，朕有意讓他任國子監祭酒，教導大夏莘莘學子，配瑛妳說如何？」

這種事顧妍怎好置喙，她只推脫說不懂，方武帝想了想，道：「朕相信暢元的能力，阿毅那小子一直上宗學，朕不指望他考狀元，起碼該找個正經老師教教學問。」

方武帝這是要讓夏侯毅拜舅舅為師？這不就和上一世一樣了嗎？

「不可！」顧妍立即說道。

「為何不可？」

「因為，因為……」這話在舌尖翻滾了幾遍，顧妍強笑道：「五皇孫資質出眾，當得起更好的，舅舅只怕不能勝任，有負皇恩。」

方武帝當她謙虛，擺了手，不在意道：「這有什麼，朕相信柳暢元做得好！」

他爽朗大笑，幾乎已是板上釘釘的事，顧妍真想大聲說不要，偏偏這一刻思緒空白，竟吐不出一個字。

好不容易平復了一下，卻被一道尖細的嗓音插足。「皇上，太后有請。」

顧妍驚惶地望去，是太后身邊那個韓公公。

方武帝的好心情也一下子不好了，他懶懶地擺手道：「朕知道了。」讓內侍送顧妍去午門後，方武帝回乾清宮換了身衣裳，又去昭仁殿看了鄭貴妃，陪她用了午膳，這才慢悠悠地去慈寧宮。

慈寧宮裡的太后臉色極差，韓公公如坐針氈。每次差人去請，回來都是說，皇上就快到了，可這說就快就快的，卻足足過了一個時辰，方武帝才姍姍來遲。

太后看著他就是一聲冷笑。「皇帝終於捨得過來了！」

方武帝不以為意，行了禮便往一邊坐下。「朕是一國之君，自然是忙的，母后突然召見，兒子一時脫不開身。」

太后輕笑。「忙著和配瑛縣主在御花園煮茶賞楓，忙著在昭仁殿陪鄭貴妃用午膳？難怪了，倒是哀家不湊巧，打攪了皇帝的好興致。」

剛執起的茶杯被重重放下，方武帝沈聲道：「母后有什麼事快說了吧，朕還有許多忙的。」

「福王封王也有大半年了，一直留在宮裡頭算什麼？洛陽的封地，難道是擺著看的？」太后輕嗤。「大夏自太祖以來，哪個王爺不去就藩？皇帝可別忘了祖制。」

方武帝拍案而起。「母后！您莫不是太閒了？總管這些朝堂上的事是如何？朕已經不是小孩子了，不需要母后凡事親力親為！」

當初立太子，就是太后逼著、群臣逼著，逼了十多年，才看在老天的意思而立。如今他只想要自己最喜歡的兒子能在宮中，讓他偶爾見一見面，這點微薄的願望，她也要剝奪嗎？

「祖制！祖制！您天天將祖制放在嘴上，那您可知道，朕是皇帝，大夏歷來哪個皇帝活得像朕這麼窩囊！」方武帝一陣咬牙切齒，手指狠狠指著她。「小時候您管著，首輔逼著，朕認了，等朕長大了，學著做個好皇帝，您還處處限制朕……好，那朕交給您，朕什麼都不管了，您又不肯！

「大夏這麼多年風調雨順過來，百姓安居樂業，人民富足安康，母后，您對得起先祖，該高興了，您究竟還要什麼？朕已經依言立了太子，福王是朕的兒子，朕就想多留他幾年，享個清福，您又不滿意。是不是要朕死了，沒人會忤逆您的意思，您就真的高興了！」

方武帝目眥盡裂，他要將肚子裡滿滿的怨氣吐出來，憋了近四十年的怨氣，今天就一吐為快。他知道母后是宮女出身，先帝在世時便沒有什麼地位，連兒子都不是在自己身邊養的，一朝成為太后，難免患得患失，尤其想把屬於自己的東西操控在手裡。

他憐憫她在夾縫裡活著，一直遷就，但真到了這個地步，委實忍無可忍，一國之君，偏偏就作不了他自己的主！

方武帝大大發洩了一回，身體有些微晃，眾宮娥、內侍恨不得個個鑽到地縫裡去，最好將才說的話一個字都沒有聽到。

太后拿起手腕上的一串佛珠，一粒一粒地撥弄。她神色異常平靜，殿宇內也安靜異常。

良久，方武帝緩和下來，太后這才抬眸看他，一雙渾濁的眼睛，明明滅滅的，如風中搖擺不定的燭焰。

她問：「如果是寧太妃，你是否也會如此？」

方武帝緊緊攢眉，搖頭失笑。「母后，太妃明白兒臣，若是她，定不會提及半字。」

「福王是鄭貴妃所生，可他也是朕的兒子，母后的孫子，兒臣知道您心疼王淑妃，心疼太子，兒臣不反對，但也請不要厚此薄彼。」方武帝長嘆一聲，行了禮便走。

太后沈默半晌，輕笑起來。「他還說哀家厚此薄彼呢，他又何嘗不是？」

韓公公道：「太后，為何不好好說？皇上還是願意聽您話的。」

太后擺擺手作罷。「哀家老了，精力大不如前，指不定哪天就去了，可鄭三娘還年輕，她還有很長的路……由著姓鄭的胡作非為，哀家到底不放心。」

韓公公低頭不語。

「罷了，哀家也不介意讓他再多恨哀家一點，如今朝堂上，風平浪靜太久了……」她一個人喃喃自語。

第三十章

顧妍頗有些魂不守舍，她沒有直接回西德王府，而是去了柳府。

由於柳建文不在府中，他去找楊岩敘舊，一時半會兒可回不來。明氏問她何事，顧妍又不知從何答起，她只好藉口說今日皇上在御花園烹茶，她想和舅母學一學手藝，明氏自然傾囊相授，且驚訝地發現她竟一點就通，手法用度控制得十分精準，根本天賦異稟，她由此更加喜歡這小姑娘。

顧妍回了王府，還是驚魂不定。

若方武帝真讓夏侯毅拜入舅舅門下，她真不知道要怎麼辦了。上一世的悲劇，若說其根源在魏都，那引火索便是夏侯毅，火星是她提供的……一路燒過去，屠殺了大片，還把自己搭在裡面。是她活該，但其他人何其無辜！承載了這麼多條人命，這是她一生償還不了的過錯……

顧妍將自己關在房間裡不吃不喝，柳氏燉了燕窩粥讓人給她送去，好不容易哄著她喝下小半碗，一轉身，她就吐了個乾乾淨淨。柳氏趕緊教人將大夫請來，大夫瞧了半晌，只說鬱結於胸，開了安神寧氣的湯藥，先睡一覺。

柳氏開始懷疑顧妍今日去宮裡究竟發生了什麼。她去問青禾、景蘭，然而她們二人雖跟著一道去，卻入不了宮門，只說顧姸進宮約一個多時辰便出來了，那時臉色慘白，像受了驚嚇，然後就急急忙忙去了趟柳府，與明氏煮茶，說了一會兒話，回來便是如此。

柳氏心想應該還是宮裡的事，可怎麼一出宮就去柳府了呢？

她去尋了明氏，又根本問不出什麼，西德王也讓人打聽宮裡出了什麼事，但結果一切太平。

顧姸喝了藥便睡了，夜深人靜，風聲呼呼，床頭一盞光亮微弱的燈靜靜燃著，透過青碧色羅帳，可以看到她眉心緊緊蹙起，呼吸沈重，額頭布滿了汗珠。

夢裡是一大片的鮮紅，菜市口擠滿了圍觀者，一排一排的犯人跪著，劊子手大刀一揮，就有幾個人頭骨碌碌地落地，撒了滾燙的鮮血。砍到後來，勁小了，刀鈍了，一個人往往要砍兩、三刀才能將頭顱斬下來……她和紀師兄隱在人群裡，全身顫抖，雙目赤紅。

那時五城兵馬司的巡邏嚴苛，他們好不容易喬裝打扮躲過了盤查，還是在城外被截下。弓箭手對準了他們，紀師兄將她護著，自己卻被箭矢穿心而過，顧姸很想尖叫出聲，很想大聲哭喊，可嗓子眼像是堵住了，吐不出一個字……

顧姸騰地睜開眼坐起，手緊緊抓住身前的薄被，大口大口喘氣。她往臉上胡亂地抹一把，一片濡濕，分不清是汗還是淚。

「小姐可是夢魘了？」外間值守的青禾趕忙起身，點了盞燈過來掀開簾子，扶著顧姸就給她擦汗。再一摸她後背，小衣都微微濕了。「奴婢讓人送水來。」

青禾急著往外走，顧妍也跟著下床，腿軟無力，摔在了踏板上，「咚」的一聲。

青禾聽聞聲響回過身，忙將她扶起。「小姐要什麼，說一聲，奴婢來便好。」

顧妍一個勁兒地喃喃：「舅舅，我要去找舅舅……」她又要往外走，可身上哪有力氣？

「小姐！外頭正宵禁，怎麼找柳大人？」青禾忙倒了杯溫茶。「先喝口水壓壓驚，有什麼事，天亮了再說。」

顧妍機械般地喝著，屋裡的燈火閃閃爍爍，橙黃色的光亮讓她微微回了神。

「青禾？」聲音沙啞得不像話。

青禾忙點頭。「都是夢，夢與現實都是相反的，小姐別擔心。」

青禾趕緊教人送熱水進來，又替顧妍將汗濕的衣裳換下。等收拾好了，顧妍躺到床榻上，手腳還一片冰涼。

這些夢，在剛重生那會兒，幾乎夜夜出現。她咬著牙不肯說，慢慢地夢少了，有些淡忘了，可那種椎心蝕骨的疼痛，哪裡是說沒就沒了的？

深秋的天亮得晚，直到黎明前，顧妍的眼皮沈重得睜不開，才迷迷糊糊睡去。

青禾一直沒敢熟睡，內室輾轉的摩挲聲不斷，等動靜停了，天也亮了，她便起身洗漱，悄悄掀開簾子看了眼，這才發現小姑娘臉色異常潮紅，呼吸沈重，手一摸，滾燙得厲害，她忙又去請大夫。

柳氏和顧婼聞訊趕了過來，見顧妍燒紅了臉，嘴裡還在不停夢囈，柳氏伸手探了探她額頭的溫度，驚道：「是什麼時候燒的？」

「該是早上的時候……昨晚上小姐睡得不踏實，夜裡夢魘驚醒了一回，一直到天亮才睡去。」

等到大夫匆匆趕過來把脈，餵了一帖藥下去，顧妍終於慢慢消停。

「昨晚都怎麼了？」顧婼把青禾叫出去過問。

青禾一五一十細細地答。「……一醒來就說要找柳大人，好不容易才攔下來，之後便一直醒著，到天色矇矇亮，便沒動靜了。」

「又是三哥？阿妍到底怎麼了？」柳氏唸叨了一句，到底還是讓人去柳府報了個信。

等過了午時，顧妍的燒大致退了，迷迷糊糊地說著口渴，柳氏親自倒水餵給她喝。

「娘親？」顧妍睜開眼，神色還很迷惘。

柳氏輕笑道：「有沒有哪裡不舒服？」

顧妍搖搖頭，半坐起身，靠著一個水紅色的大迎枕，看向窗外。「幾時了？」

「差不多未時。」柳氏說道。

這時外頭就有人稟報說，柳大人來了。

顧妍眼睛微亮，柳氏讓人給她稍稍洗漱一下，這才將柳建文請進來，同行的還有明氏。

明氏少不得關切幾句，顧妍一一答了，目光卻時不時落在柳建文身上。明氏見狀讓她好好休息，便和柳氏去了外間。

柳建文慢慢坐到床邊錦杌上，目光在她身上轉了轉，失笑道：「阿妍急著找舅舅何事？」

顧妍鼻子驀地一酸，眼眶微紅。她趕忙收斂情緒，急急說道：「昨日皇上與我說，要舅舅任國子監祭酒，還說要五皇孫拜入舅舅名下，做舅舅的學生。」

柳建文輕挑眉毛。「這不是挺好的事嗎？」

「舅舅，那可是五皇孫！」

「嗯，我知道。」他聲音緩慢。

「舅舅，您又沒見過他，不知他品行資質如何，當不當得教，他又是宗室子弟，自小嬌生慣養，根本吃不得苦，再說天家是非多，舅舅身為外臣，最好還是不參與進去了。」顧妍心裡一緊，說得急了，臉頰和脖子都泛起粉紅色。

柳建文微微瞇了眼，笑問道：「所以阿妍不希望舅舅收五皇孫做學生嗎？」

「自然不希望。」

柳建文便平靜地看著她，目光清清淡淡的，顧妍卻能感到一股沈沈的壓迫感。

「阿妍，」他輕聲笑著。「今年幾歲了？」

顧妍心裡咯噔一下，飛快睃他一眼，又慌忙垂下，吶吶道：「十一歲。」

「嗯。」柳建文點頭，嘴角微微彎起，不緊不慢道：「妳這麼急著找我，昨天來柳府，也是為了這事？」

見顧妍點頭，柳建文閉了閉眼，他輕撫著額角，很無奈的樣子。「阿妍，官場的事，向來很難說，妳還小，許多都不懂……」

顧妍卻道：「我只知道，舅舅不能這麼做。」

柳建文的笑容終於淡下來了，他有些嚴肅地看向顧妍，顧妍也不怕，迎著他的目光看過去，一直看進他的眼底深處。

「醉仙樓的紅辣菜是妳創的？晏仲養得一口刁鑽口味也是妳的傑作？」他突然轉了話題，對方才之事避而不談。

「是。」

顧妍的臉色更紅了。她這些可都是從舅舅那裡「剽竊」過來的……

柳建文不禁笑了。原以為自己出現在這世界已是個奇跡，沒想到，他的小外甥女也不簡單。

柳建文低嘆了聲。「妳這小丫頭，真會給我惹麻煩。」

聲音太輕了，顧妍聽不清。

柳建文好笑地揉了揉她的頭髮。「妳就別瞎操心了。妳外祖母過世時，我因奪情沒能守孝，如今妳大舅母也過世，於情於理，我都該除服一年再入仕，更別說收個宗室的學生了。皇上若是等得及，那也得一年後，若是等不及，與我關係便不大了。」

何況如今朝堂上吵得正凶呢！福王就藩一事被提起，方武帝焦頭爛額，哪有閒工夫操這等心？

柳建文的解釋讓顧妍一瞬雙眼大亮，他看著她似笑非笑，顧妍就略帶心虛地低了頭，心裡轉過無數個念頭——她想，舅舅應該是知道什麼了。

她正在考慮該如何解釋，柳建文站起身。「妳好好休息，其他事就別管了……我們這些大人難道都是擺著看的？小丫頭就該有點小丫頭的樣子！」

明明是責備的口吻，顧妍卻不知怎的笑容滿面。

柳建文輕笑著走出去時，柳氏少不得要詢問幾句，當然是被柳建文幾句話忽悠地找不著北，待回過神來，人都不見了。

顧妍卸去心頭大石，大概是這段時日真的累了，驀地全身一鬆，身子就有些承受不住。到了晚間，又高熱起來，昏昏沈沈的記不清事，只記得喝了一碗又一碗的苦藥，病情卻依舊反反覆覆未能好轉，下巴顯得越發尖了。

柳氏只好試著教人去請晏仲，晏仲倒是夠意思，第二天收拾東西就過來了。

顧妍懶懶地睜開眼，看他身上沾染上的點點雪花，才知道外頭已經下起雪來，便半開玩笑道：「我現在可沒辦法付你診金。」

晏仲的診金，從來都不是黃白之物，給他這些東西，還不如一罈醃漬辣椒來得實在。

晏仲被氣得不行，不過看她瘦得跟紙片兒似的，就不想與她計較，他把過脈道：「病去如抽絲，慢慢來吧。小丫頭就是身子弱。」

顧妍不置可否。這一世已經好很多了，至少沒有那一身寒症的折磨。

看她喝水似的把一碗濃黑藥汁喝了個乾淨，晏仲轉個身就洋洋灑灑列了一張長長的單子，食指一彈，輕飄飄就落到她的面前。

「這段時日倒是搜集了不少食療方子，看妳咳得難受，我就大發好心，送妳得了，按這上面的吃，起碼比喝藥容易些。」

顧妍低頭一看，這一下忍不住笑出聲。這上面寫的東西，可不就是她剛重生那會兒給柳氏補身子的藥食方子嗎？寫在最前頭的，還是宮廷裡特有的秘方秋梨膏，幾經輾轉，又到了她手裡。

顧妍仰頭笑盈盈地看他，看得晏仲渾身不自在，提著藥箱就走，顧妍又懶洋洋地窩回被子裡。

其間蕭若伊和張祖娥都有來看過她幾回。

張祖娥自被確定為皇長孫妃，就開始有教養嬤嬤教她各種宮廷禮儀，她能抽空出來已是異常難得。

聽說皇長孫的母親王選侍病了……莫名其妙地發熱、腹痛、上吐下瀉，很像痢疾的症狀，可服了幾帖藥後，非但沒有起色，還越來越嚴重。為防傳染給東宮其他人，王選侍被單獨隔到了西廂去住。

顧妍不記得王選侍是怎麼死的了，似乎也是在成定帝登基前便去世，成定帝還追封她為孝和太后，遷葬慶陵。只能說，命該如此。

蕭若伊來的時候就歡實多了，嘰嘰喳喳說了許多，首先就掏出平安符給她放枕頭底下，屏退眾人，悄聲說道：「普化寺一緣大師誦持的，靈驗得很，妳可藏好了，別被人看到，不然搶了去。」

顧妍感激道：「很難求吧，勞妳費心了……」

蕭若伊已經回國公府住了，她到底還是姓蕭，總住在宮裡頭不成樣。鎮國公親自求上門，太后也只好應承下來，偶爾想念了，便將蕭若伊召進宮去陪她說說話，不過這樣的事越來越少了，如今宮裡頭還是亂七八糟的。

朝堂上呼籲福王就藩的聲音越來越大了，鄭貴妃天天耍著小脾氣，方武帝都怕了她，躲到乾清宮裡不出來。太后的慈寧宮冷冷清清，每日只有王淑妃會去給太后請安。

顧妍想著方武帝似乎很久沒找她了，自己病重的事方武帝應該也不知道。

本就是代替別人的影子，方武帝又怎麼可能是真的將她放在心上？她從不將這份白來的聖寵當作自己的東西，早做好準備隨時抽身。

蕭若伊還說，夏侯毅正式拜入禮部尚書沐非門下。沐非是沐恩侯府的二老爺，也是沐雪茗的生父，學識淵博，是個大儒。

顧妍鬆一口氣的同時，頗有種「原來如此」的暢嘆。這一世他不再是她師兄了，換了沐雪茗會好很多吧？沐非不是西銘黨，亦不是閹黨，夏侯毅從沐非身上得不到任何有價值的東西，而中立的黨派，往往才是最保險的……所以他們兩個，才是天定的姻緣。

蕭若伊後來就去找顧衡之玩了，顧衡之現在向柳建文求學，日日去柳府，跑得勤快。以前顧崇琰不管他、不教他，顧衡之自己學得毫無章法，但柳建文說他有天分，他因此十分努力。

顧修之也來看過她一次，趁著休沐來的。他一直住在軍營裡，極少回顧家，實在是回去後不知何處可待。原先那個有身子的婢女玉英生了個大胖小子，取名顧信之，顧二爺如獲至寶。而安氏病了，賀氏瘋了，李氏懷孕，顧老夫人又癱了，府裡頭的中饋，竟然就這麼落到玉英的手裡。

「祖父的申調令被駁回了，二伯父對家裡的情形一個頭兩個大，大多時間都在衙裡，不回府了，我也覺得沒什麼好回的。這都快過年了，還是亂糟糟的不像樣。」

顧妍問道：「那李氏呢，她都在做什麼？」

顧修之一愣，他還真沒注意過。「大約是在安胎吧，或者陪著顧婷，照顧三叔。」

顧妍不再多問，頭腦暈暈乎乎的，又睡過去了。

這場病直到進了臘月，才有起色，只是身上依舊痠軟無力，吹不得風。

柳氏和顧婼將王府上下除塵去穢，西德王親手寫楹聯，顧婼則畫了年畫，又差人給柳府也送過去。

年味越來越重，吃過臘八粥，王選侍就過世了。坊間有傳言，張祖娥命不好，還沒過門，就先將王選侍剋死了。這種謠言越來越猖獗，皇長孫一氣之下去求了道聖旨，往京都大街小巷貼上黃榜，再妄論皇家是非，通通抓起來，市面上再沒有人說這種話了。

可王選侍畢竟是皇長孫生母，縱然不是太子妃，皇長孫也理應為她守制一年，本該是明年六月的婚事只好拖下去。

接下來的日子過得很平靜，直到大年初一，顧妍身子也沒完全好，進宮朝拜的事只得擱下，只有柳氏和顧婼入宮去朝賀。但她們回來卻說，太后不見人，鄭貴妃不管事，還是長年吃齋唸佛的馬皇后，不得已來接待眾外命婦，連散場也比往年要早許多。

凜凜寒風，鵝毛大雪飄然而下，整座皇宮都被掩在皚皚白雪裡。

方武帝心裡一陣陣愸悶，煩躁不堪。一旁的魏庭垂首靜默片刻，驀地想起那日顧妍說的鰛與鯰魚之事，他生性多疑，什麼都想得多些，以前是東廠廠公吳懷山那隻老狗讓他不放心，現在東廠都到他手裡了，他又開始疑心身邊的人，首當其衝的就是有前科的魏都。

有東廠的勢力在，魏庭要查什麼還怕查不到？

魏都有個妹妹，是從前顧三爺的貴妾李氏，他倒是記得魏都從前是姓李的……要說他幫李氏做了多少，魏庭不一一細數，所幸也扯不到他身上，可忽地想起那次顧崇琰廷爭面折奏請方武帝立太子一事。

皇上在太子和福王間搖擺不定，靳氏是皇長孫的乳娘，以皇長孫對靳氏的依賴，魏庭當然是暗中支持太子。

鄭貴妃那裡藏了皇上的手書，他是透過特殊管道知曉的，動用點小手段做些手腳不成問題，太子理所應當被立了。這事做得隱蔽，總共就那麼幾個人知情，彼時魏都是對他言聽計從的乾兒子，他也沒瞞著，正在想該賣給哪個大臣一個大人情，顧崇琰就這麼衝出來了……

他早該想到是魏都那小子搭的橋、牽的線，白費了一個大好機會！

魏庭瞇起眼。靳氏給他吹了不少枕邊風，他看魏都最近安分多了，慢慢鬆懈警惕，但既有這個前車之鑑，他自然得留個心。

關鍵還是要拿捏住方武帝啊！

魏庭慢步踱到方武帝跟前，躬身問道：「皇上為何心煩意亂？」

方武帝瞪他一眼。「明知故問！」

魏庭自打一個嘴巴，道：「是，是奴才蠢笨。」他看了看殿內，湊近了些道：「皇上，奴才這兒有個法子能讓您心裡舒服些。」

方武帝將信將疑，便見魏庭掏出一個小方匣子。「皇上可還記得太虛道長？」

「那個胡言亂語的老道？」他還記得太虛說配瑛和太后命裡相剋！

魏庭失笑道：「皇上，太虛道長也是有真本事的，這是他煉製的丹藥，龍虎胎息，吐故納新，可令人神清氣爽，延年益壽，一切煩心事盡數拋卻。」

魏庭是他身邊的老人，沒這個膽子害他，方武帝便打開小方匣子一看，裡頭是幾粒純黑的丹藥。他拈了一粒放入嘴中，過了會兒，果然覺得胸中窒悶全消，彷彿開闢了一個新天地。

方武帝還想再服一粒，魏庭勸道：「皇上，不可連用，第二顆得等到晚上。」

方武帝這時已然全信了。「這太虛道長還真有幾分本事啊！」

方武帝大感舒暢快意，已是一腳踏入了丹術領域。

過了元宵，太虛道長在宮中已有了專屬的煉丹房。

梳妝檯上擺了塊尺餘長的水銀鏡，纖毫畢現的鏡子裡，一個行將就木的枯槁老人正神色木然地盯著自己。太后尋常在宮裡只會簡單綰個纂兒，今兒卻梳起十分莊重的牡丹髻，戴上了金玉頭面。

太后捧起蔘茶微微抿了口，就聽人說鄭貴妃來了。她刻意晾著鄭貴妃一刻鐘，才讓韓公公把人請進來。

鄭貴妃面上和和樂樂地請安。「太后氣色不錯，可見鳳體大安了，妾身心裡頭這塊大石可算落了地。」

太后抬起眼皮。若說顧妍長得像寧太妃，但她們兩個的性格恰好南轅北轍，太后也就是純粹不想看見那張臉罷了，但鄭貴妃就恰恰讓她由衷地反感甚至厭惡，不僅是因為她與寧太妃的五分相像，更是她和寧太妃一樣熱烈到近乎放肆的性子。

太后又端起茶盞抿一口，也不賜座，也不開口，就這麼讓鄭貴妃站著。

鄭貴妃一張笑臉就快撐不住，忽地聽太后問道：「福王為何不赴封國？」

鄭貴妃早已想過無數種開場白，想著這老婆子要怎麼循序漸進，而她又要如何一點點地卸掉自己的力道，可沒想到，是這樣快地進入正題。

向來聰明伶俐的鄭貴妃，這時忽地有一瞬愣怔，但也很快沈著答道：「洛陽封地還未準備就緒，福王到底是皇家的人，自小在京都慣養著，皇上是怕他吃苦。」

太后輕笑。「洛陽也是幾朝古都了，山景秀麗，土地肥沃，皇上寵愛福王，特賜他四萬頃良田，莫非還不夠？他去洛陽就藩，哪個不會捧著他、尊著他，還有人能短了他、欺負了他？」

鄭貴妃啞口無言，太后又道：「福王不小了，如今二十有五了，兒女雙全，妳還有什麼可操心？莫非我大夏朝堂堂王爺，還是個吃喝不能自理的廢物？」

鄭貴妃臉色立即變得不好。任誰聽到這樣說自己兒子，都不會高興。就從沒聽這死老婆子說起過太子那個病秧子，她的兒子至少健健康康的，比太子好上許多！

鄭貴妃強笑道：「兒行千里母擔憂，做娘的總有操不完的心，太后也有兒有女，自然會懂這種情懷。」

懂是懂啊，可欣榮長公主早逝，方武帝和她不親近，二兒子潞王的封地又隔著十萬八千里，幾年回不來一次，太后心裡可別提多苦了。

這樣揭人傷疤，鄭貴妃做起來十分得心應手。她又笑起來。「太后今年十月便要過七十壽誕了，福王一片孝心，還要留下來給您祝壽呢，太后便全了他一份心意吧！」

鄭貴妃言笑晏晏，可偏偏一張嘴裡吐出的話，刺得人心裡鮮血直流。

太后忍了又忍，臉上幾經變色，終於冷冷說道：「我二兒子潞王就藩衛輝，離燕京千里之遙，他能不回來祝壽？洛陽也不算遠了，怎麼潞王做得來的事，福王就做不得了？」

都是皇家的子孫，誰比誰差？誰又明文規定福王就要高人一等？難道還想造反不成！

鄭貴妃臉上血色全無。

太后是宮人出身，先皇在世時不得寵，不過是僥倖生了長子才有今天的造化……而她出身比太后好無數倍，太后的兒子哪能和福王比？可她當然不好這麼說。

鄭貴妃無言以對，太后方才覺得出了一口惡氣，大快人心！

最後鄭貴妃乾脆哭哭啼啼起來，訴盡衷腸，聲淚俱下，說自己如何擔驚受怕，如何不想離開兒子。

太后慢悠悠道：「那便與福王一道就藩吧。」

鄭貴妃哭聲一滯。宮中妃嬪與封王的兒子一道去封地本是無可厚非之事，可她就這麼走了，皇城裡無人照應，鄭氏一族要怎麼辦？方武帝對她好，她真要說沒一點感情也不至於，可再去一個陌生地方重新開始，她說什麼也不願意。

太后目光緩緩落到鄭貴妃那張臉上，此時她眼裡的怨毒已經藏不住了，早已無形中將眼前人和記憶裡的年輕女子重疊了……看鄭貴妃傷心難過，她有一種難以言喻的快感。

最後的最後，鄭貴妃只好應承下來。她還抱有希望，她答不答應福王就藩有什麼用？最後的決定權還不是在皇上手裡？

她立刻去找方武帝，要他無論如何也不要答應那個老太婆說的事。

方武帝正閉關潛心煉丹，太虛道長與他說天人感應，心誠則靈，這別人煉的丹和自己煉丹大不一樣，藥材原料是一回事，心意又是另一回事，只有全心全意，上天才會聽到你的禱告，同時賜予丹藥超凡脫俗的效力。

方武帝深信不疑，一心一意投身煉丹之中，更懊惱地覺得，怎麼之前那麼多年，都白白浪費了？

可鄭貴妃不一樣，方武帝寵她，下面人也不敢攔她，當鄭貴妃梨花帶雨地出現在自己面前時，方武帝也不能不管，他聽了大概，最後總結一下，鄭貴妃答應太后讓福王就藩了，但還是要他作主，讓福王再多留兩年。她就這麼一個兒子，已經失去太子之位，如果還不能日日看著，那真是要了她的命！

方武帝覺得自己就像一塊夾層糕點，被太后和鄭貴妃夾在其中，動彈不得。這世上為何要有這樣無奈的事呢？

方武帝到底還是寵著鄭貴妃，抬腳去了慈寧宮。

據理力爭，最終的結果，還是敗下陣來。不為別的，太后摔了茶盞，拿碎瓷片抵著自己的脖頸，若是方武帝不答應，她便一死以謝皇家列祖列宗！

方武帝到底還是顧及太后的生身之恩，他妥協了……辜負他深愛的鄭貴妃，辜負他疼寵的小兒子，面對滿朝文武和太后的壓力，他連說一個「不」字的資格都沒有。

二月初的清晨，天色陰沈，天空還飄著幾粒雪，宮門前的鄭貴妃哭成了淚人兒，福王有些木訥地看著自己的父母，帶上妻子兒女進了馬車。

簾布落下的那一刻，方武帝悵然若失。

此時的他，兩鬢斑白，已年近知天命的他，這一刻，再也控制不住自己的情緒，雙眼滾燙，那眼淚毫無徵兆地嘩啦啦落了下來。

第三十一章

宮裡是死一般的沈寂，可朝堂上卻不能也跟著平靜如水。

二月初九便要春闈，紀可凡早先十五歲便中了舉人，柳建文覺得他年紀太小了，還不夠成熟，要他先緩一緩，積累沈澱一下，今年再下場。

顧妍的病好得差不多了，柳氏天天換著花樣給她補身子，原先少了的那些肉總算長出了些，只是乍一看依舊有些羸弱。可再弱不禁風也不該總窩在房裡，恰好顧婼要與顧衡之一道給紀可凡送考，顧妍也跟著一道去了。

燕京城東南方的禮部貢院前布滿五城兵馬司的官兵，嚴格盤查進出往來之人，春闈會試往往是燕京城最熱鬧的一段時日，來自全國各地的舉人共會一處應試，各顯神通，取策問制藝上的佼佼者，再由殿試策問欽定三甲。這是一場嚴肅神聖的活動，對於太平安康，崇文輕武的年代，也許科舉就是這群莘莘學子唯一的出路。

柳建文還在與紀可凡交代事情，顧衡之為湊個熱鬧倚在紀可凡身邊，仰著頭一本正經地聽，顧妍則將脖子縮在厚實的狐皮圍脖裡，漫不經心地打量來來往往的學子，大多都是三、四十歲左右的中年人，像紀可凡這樣的青年才俊畢竟還是少數。

顧妍淡淡勾起唇角，顧婼就奇怪地看了她一眼。「妳好像一點兒都不擔心？」

顧姸回身促狹地看著她，顧婼被她這麼一瞧，頗有些不好意思，清咳一聲，目光飛快地移往別處，卻不經意地落到紀可凡身上。青衫磊落的少年郎君，眉眼清潤溫和，芝蘭玉樹，認真又專注地聽著柳建文的教誨……像是被燙了雙目，顧婼又飛快低下頭去。

顧姸挑起眉笑，好像在她生病的這段日子裡，發生了什麼她不知道的事……

「臨考在即，再如何擔心也無用啊，姊姊應該相信紀師兄才對。」她燦然一笑，眼睛裡的揶揄讓顧婼臉色倏然一紅，只能隨意乾笑兩聲，站到明氏身邊去。

早春的陽光熾烈，照得人睜不開眼，顧姸站了一會兒覺得腳痠，踩著鹿皮小靴跺了跺腳。雪白的暖筒落到地上，還未待她反應，一雙皂底長靴就出現在面前，那人彎腰幫她撿起來。

高大的陰影擋住日光，顧姸要仰著頭去看他。她穿了身白狐狸皮的鶴氅，巴掌大的小臉裹在毛茸茸的圍脖裡，大約是病得久了，唇色及皮膚都略顯蒼白，一雙烏溜溜的眼睛睜圓，帶著早春淡薄的晨光。

蕭瀝看了她一會兒，這才將暖筒還給她。

顧姸大大方方接過，又行了禮。她看到蕭瀝穿著常服，不由問道：「蕭世子今兒怎會來這裡？」

蕭瀝一愣，偏過頭輕咳了聲。「恰好路過。」

路過……想也知道這是藉口，不過蕭瀝要做什麼，她還真沒有必要過問。

兩人正沈默，身後突然傳來一聲低呼。「五表妹？」

顧妍皺了一下眉，淡漠地回身。

只見安雲和帶著兩個書僮款款站定在兩人面前，他似是有些驚訝看到蕭瀝，又很快回神。「許久不見，五表妹可還安好？」

顧妍淡淡地笑。「託安公子的福，大安。」

安雲和懊惱地一嘆。「倒是忘了，不該再稱呼五表妹。」他有禮地作揖，一字一頓道：「見過配瑛縣主！」

明明是正經話，從他嘴裡吐出來，顧妍總覺得渾身不適。

蕭瀝這時漠然道：「該進場了。」

安雲和方才收了玩笑的樣子，頷首為禮，撩起袍角提步繞過他們。

銅鑼咚咚咚地敲響，這邊已經在催著考生進場了，顧妍往紀可凡的方向走去，紀可凡對著柳建文鄭重一拜，大步朝貢院中走去。

顧婼微不可察地輕嘆，顧妍悄悄拉了她的手道：「姊姊，紀師兄定能金榜題名的。」

紀師兄上一世可是欽定的探花郎呢，就連安雲和，也同樣進士及第。

此時方武帝在床榻上躺了半月，心裡空乏得很，又想起顧妍來，匆匆找她進宮來陪自己說話解悶。

顧妍進了宮，方武帝一看到她就問：「配瑛怎麼瘦了這樣多？」

顧妍淡淡道：「先前病了段時日，氣色有些不好。」

方武帝忽地睜圓了眼睛。「怎麼沒人告訴朕？西德王是怎麼照顧妳的？」他嚷嚷著又要御醫來給顧妍診脈。

顧妍擺手拒絕。「皇上，已經痊癒了，無須煩勞御醫。王爺對配瑛很是關照，從不曾虧待一釐一毫。」

方武帝陡然沈默，顧妍也不接上話題。

明知道他不想聽這些話，卻依舊忍不住要表達自己的不滿。她終究只是她自己，不想活成另一個人的替代品。

方武帝定定看著她，視線慢慢落到她右手腕上戴著的鐲子，微笑著喃喃自語。「還是有點像的。」

顧妍也沒去問像什麼，左不過是他口中那個「阿媽」罷了。

方武帝又突然高興起來，要她為自己烹茶，叫御膳房上了許多精緻的小點心，然後便與她說些十分瑣碎的事。

顧妍才注意到，方武帝的兩鬢已經一片花白了，樣貌比幾月前看起來要蒼老了許多。

二月福王就藩，對他而言何嘗不是一個大遺憾？聽說鄭貴妃也病了呢，這段時日，皇上心裡一點也不好過。

顧妍陪著方武帝說話，過一會兒他就沒力氣了，便要魏庭拿丹藥來，然後就和水吞服下，幾瞬的工夫便已精力充沛。

顧妍目瞪口呆，方武帝自我吹擂說：「這是朕自己煉的丹，有奇效！」

她知道方武帝後來沈溺丹藥方術，舅舅說過這東西一點也不好，很多人都是吃丹吃死的，可他們從不在丹藥上找尋原因，還一味反反覆覆去追求長生之道。若這時候與方武帝說不可，應該會被當成大逆不道吧。

顧妍偷偷看了眼魏庭，魏庭還一臉笑咪咪的，眉眼間多了幾許自得和滿意。

方武帝忽然沈迷道術，少不得就是這個人的傑作！她提醒魏庭要注意好魏都，他倒好，直接將方武帝帶入邪門歪道……真是蠢貨！

顧妍滿肚子的火氣，走出乾清宮，被冷冷的風一吹，心裡的氣悶才消散幾許。

現在是方武三十九年，她記得上一世方武帝在七月天裡，毫無預兆地暴斃於昭仁殿鄭貴妃的床榻上。究竟死因是什麼，這不是她能知道的事，但今天看了那些藥丸，也許罪魁禍首已經出現了。

方武帝死後，太子即位，太子身體不好，在位半年便駕崩了，而後便是皇長孫夏侯淵繼承皇位，從此魏都慢慢出頭露面，要風得風，要雨得雨……

方武帝在一日，魏庭作為秉筆太監一天，至少魏都沒有翻身的機會，方武帝對她的照顧和恩寵，不論緣由，她好歹是記著，於情於理，她都不希望方武帝死得太早。

內侍帶著顧妍安安靜靜地走在宮道上，她一路漫不經心地走，直到那小內侍恭恭敬敬地行禮。「見過蕭夫人。」

顧妍猛然回神，便見前方不遠處一名美婦正笑盈盈地看著自己。

「這是配瑛縣主？」

婦人豐潤的唇瓣微啟，她的一雙丹鳳眼又細又長，眉線拉得很高。穿的不是宮妃的服制，大約在花信年華，而內侍又喚她蕭夫人……想來該是一品威武將軍蕭祺的續弦，也就是蕭瀝的繼母。

顧妍從不曾見過這位小鄭氏，初看來，她與鄭貴妃有一、兩分的相似，但鄭貴妃比她要溫婉細緻，這卻是個濃豔嫵媚的女子。

顧妍從容地斂衽行禮，小鄭氏便笑著走近她，修長細膩的手握上她的。「原來這就是配瑛縣主，久聞其名未見其人，本想著能在年初大朝賀時見一見，妳沒來，我還覺得遺憾呢！」

她又細瞧了瞧，點頭道：「都說配瑛和姊姊長得像，看起來是真的，不知道的還以為配瑛和姊姊是母女呢！」

小鄭氏給顧妍的第一感覺，就是不會說話。鄭貴妃雖是她姊姊，可好歹也是宮妃，隨意拿皇家人開玩笑，虧她說得出來！

顧妍默默地收回手。「蕭夫人真會說笑，鄭貴妃仙人之姿，配瑛望塵莫及。」

小鄭氏愣了愣，旋即失笑道：「是啊，姊姊是天大的好福氣呢！」

鄭貴妃可是一心一意想做皇后、做太后的，對她而言，親生兒子失去了太子之位，福王都不在自己身邊了，還算得了什麼好福氣？小鄭氏不是和鄭貴妃一母同胞嗎，兩姊妹不應該一個鼻孔出氣，現在怎麼感覺貌合神離？

顧妍沒接話，小鄭氏心裡微有些不悅，想著也許是顧妍比較木訥。可就這樣呆頭呆腦的一個人，怎麼就好命至斯？

小鄭氏欺近兩步。「一直想謝謝配瑛縣主，去歲澈兒在府中落水，也是多虧了縣主，澈兒才能無事。」

是啊，作為蕭澈的生母，確實應該好好感謝救她兒子的恩人，可這事都過了大半年，才想起來啊！

顧妍不動聲色，只推脫一番，小鄭氏卻繼續跟她扯談。顧妍越來越不耐……小鄭氏，真有一種讓人說不出來的感覺。

顧妍耐心即將告罄，小鄭氏又突然停下來，一瞬變得端莊優雅，遙遙看向顧妍身後。

「令先也在這裡啊！」

蕭瀝表情生冷，一步步走來虎虎生風。他沒理小鄭氏，走到顧妍身邊，拉了她的胳膊便走。

「你幹什麼？」顧妍困惑地回身望一眼，見小鄭氏的身子像僵在那處。

蕭瀝目不斜視。「妳還想和那個女人廢話？」

好吧，她不想。小鄭氏這樣沒點眼力見的，就算做繼室，能嫁入鎮國公府，也是個奇跡。相傳欣榮長公主是個溫良賢慧的女子，和小鄭氏絕對是兩種人。有這樣的繼母代替自己的母親，蕭瀝肯定不滿意，她大約有點理解他的憤怒。

走了很長一段，步伐才慢慢放緩，牢牢抓著她手臂的大掌也放開了。

蕭瀝肅著臉道：「以後看到她就繞道走。」

顧妍啼笑皆非。「我又沒做虧心事，何必要躲著？」

「那妳就不躲吧。」

「……我還是躲著好了。」冷肅的面容微緩，他握拳抵唇輕咳了聲。「前面不遠便是午門，我就不送了。」

顧妍點點頭，默了默，終究還是抵不過好奇，輕聲問道：「她真的是出自平昌侯鄭氏一脈？」

當初欣榮長公主逝世時，蕭瀝才五歲，那時的鎮國公世子蕭祺被誤傳戰死沙場，兩年後蕭祺完好歸來，特為亡妻守喪三年，人人都說蕭祺情深義重，自然也是對得起皇家的顏面了，便再未有人會強烈苛責要求他要一生鰥寡，是以小鄭氏便被蕭祺八抬大轎正兒八經地抬進鎮國公府。算算年紀，其實那時候小鄭氏差不多十八、九歲了，雖說有些高門大戶也有刻意將寵愛的女兒多留兩年再出嫁的事，但小鄭氏如何看也不是受寵的那種。

顧妍確實覺得很奇怪，一不留神便脫口而出，見蕭瀝定定地看著自己，她也知道實在是失禮了。

她不是口無遮攔的，就算心裡再困惑，還不至於當面戳人的痛癢，也不知道剛剛是哪根筋搭錯……

見她突然不再說話，又垂了頭，蕭瀝不禁好笑，同時也隱隱有點高興。至少在同等情況下，站在她面前的若是其他人，她不會開這個口，大約也就是對伊人時，還能想到會問一問。

「她當然是鄭氏女，但與鄭貴妃、平昌侯並不是一個生母，而是一個舞姬的女兒，不過是記在主母的名下，名義上是嫡女而已。」

顧妍倏然抬頭。這種事她從來沒聽過，若不是蕭瀝說，她肯定不會知道。而誰又能想到，一品威武將軍的續弦妻子，竟會是一個舞姬生養的？

顧妍抿了抿唇，終究還是沒開口。

有欣榮長公主珠玉在前，只會更襯得小鄭氏滑稽可笑，偏偏這樣的滑稽可笑，在蕭瀝的眼裡就等同於侮辱。誰又能容忍得了，代替自己母親的女人是這樣一個不入流的貨色？

不滿意是肯定的，討厭憤怒也能理解，可真要蕭瀝動手殺了她，又是為什麼？前世有關他的判詞中，正恰恰包含了弒父殺母這一條。蕭祺和小鄭氏都是死在他的手裡，能有什麼深仇大恨，非要走上這條路？

兩個人都沈默著，顧妍怯怯道了句。「我不該問的。」

蕭瀝毫不在意。「早晚會知道。」

沒聽明白這話是什麼意思。蕭瀝看了看日頭快到正午，讓她早些回去。

顧妍行過禮便一路往午門走，總覺得好像有視線附在自己身後，幾次按捺住才沒有回頭去看。直到走出午門上了馬車，眼角微微一瞥，瞧見那個將才轉身的人影後，不由自主便覺得好笑。

一直到回了西德王府，她的嘴角都是微微翹彎著。

春日的韻味越來越濃，到了三月放榜，紀可凡金榜題名高中探花郎，安雲和則中了進士。

顧妍早已知道結果，只不過她在上一世從來不曾關注過安雲和，若非那日抄家他帶著人來，她興許都不會想起這號人物。她只知曉，五虎五彪的名頭很大，安雲和身為魏都的頭號走狗，前程似錦，可最初他的仕途如何便毫不知情了。

或許就是因為他一直走不通、走不順，這才甘於屈居於一個宦官之下。推己及人換成顧三爺，在同等條件下，定會作出相同的選擇。骨氣尊嚴都算什麼，哪有看得到的榮華富貴來得實惠？安雲和何嘗不是這樣想的？

不論她心思如何千迴百轉，紀可凡高中探花還是值得高興的一件事，只正好柳建文在守制中，不好大肆宴請賓客，只邀了交好的幾位知交好友，簡單擺上幾桌筵席。楊岩當然是來了，笑著誇讚紀可凡。

顧妍一直想尋個機會道謝，仰頭道：「楊伯伯可還記得我？」

不說她如今是配瑛縣主，或是這張酷似柳家伯母的面孔，便說去歲她不慎落入人販賊窩逃出來，還能鎮定自若，憑這分膽色，就足夠楊岩記得清清楚楚。

楊岩還要向她見禮，顧妍便先他一步深深福了身。「舅舅險中脫身，全靠楊伯伯相助，請受了阿妍這一禮。」

楊岩哭笑不得。「妳舅舅與我是同窗至交，就差穿一條褲子長大，說謝不謝就太見外了，縣主不必如此。」

「楊伯伯喚我阿妍便好。」顧妍抬眸。「舅舅歸舅舅，我是我，這是阿妍的道謝，與舅舅無關。」

柳建文笑罵了她一句「歪理」，回身對楊岩說：「你別理她，這孩子固執，小心被她帶溝裡去，爬都爬不出來。」

楊岩哈哈大笑，覺得有意思極了，想著自己怎麼就沒有這麼可愛的女兒。楊夫人一連生了四個兒子，就是沒有女兒，楊岩一直都覺得這是個遺憾。回頭與楊夫人說起來，楊夫人嗔怪他好幾句。

但想著在柳府見著的小丫頭，心裡也喜歡得緊，不由喟嘆道：「兩位縣主都是極討人喜歡的，當初顧老夫人尋我，想說成二郎與顧三小姐的親事，我本就不同意，現在弄成這樣……」

「那是他們自己造孽！」楊岩憤憤地接道，慶幸自己妻子耳聰目明，當初沒將親事應諾下來。

楊夫人微微點頭。「二郎的年歲差不多了，我也一直在為他物色合適的人選，如果那兩位不是縣主的話，興許……」

可如今顧婼或顧妍都有封誥在身，就不是他們能夠高攀得上的。

楊岩沈默地想了想，道理自是都懂。大兒子已經娶妻生子，三兒子、四兒子都還小，這個二兒子就是他們最操心的了。

西德王他沒接觸過，柳氏貴為郡主，兒女的婚事當然是長輩說了算的，楊岩對自己次子的品行還是很放心的。

「也不是不行。」楊岩笑道。

憑他和柳家的交情，他當然知道一點柳建文的意思，畢竟顧婼都十四了，親事還沒敲定，他們幾個做長輩的心裡沒數可真不行……柳建文說還是要看孩子們自己的意願。

「回頭可以去探探郡主的口風。」楊岩緩緩說道：「我們不強求便是……」

楊夫人歡喜地應了，往後也會時不時進出西德王府。

與此同時，紀可凡十八歲探花郎的名頭，滿城都知道了。

紀可凡長相英朗清俊，年輕有為，已經有不少人偷偷瞄上他了，要不是顧慮著柳建文還在孝中，只怕柳家的門檻也要被踏破。

顧婼最近便有些悶悶不樂，她大抵是知道京都的風向，一方面是為紀可凡的成就高興，一方面卻又有種難言的悵然，拿著繡繃坐在院裡發呆，一坐便是一個下午，連顧衡之來了都不知道。

顧衡之歪頭就坐在顧婼身邊，兩隻小刺蝟寸步不離跟著他，大黑挺了小鼻子往顧婼繡著月白玉簪花的繡鞋拱著，顧婼才回過神來，笑著將大黑抱起來放腿上，拿起盤子裡一塊桃花糕餵牠。

顧衡之瞄了眼顧婼手裡的繡繃，上面只繡了寥寥幾片竹葉子，還有些歪七扭八的。

「大姊的繡藝越來越差了。」他說道。

顧婼收了針線，不好說什麼，便岔開話題道：「怎麼不去看書？」

「舅舅說要勞逸結合，紀師兄那麼用功，也會偶爾停下來看看花草的……就是去歲從花房搬過去的幾盆蘭花，紀師兄親手照料的。」

顧婼從不知道這些。那些蘭花都是母親培育的，只那時她說了句蘭花香怡情養性，可以放書房裡，紀可凡便搬了幾盆進去？

顧婼心弦微動，轉念一想，似乎紀可凡對誰都是溫文爾雅、彬彬有禮的，她想開口多問一些，又覺不好意思。她覺得自己肯定是魔障了！

她側過頭看向顧衡之，他正抓了塊糕點餵阿白，阿白不吃，他便一個人大快朵頤。

顧婼笑出聲來，想起很久以前看過的一句詩。

真的是少年不識愁滋味……

放榜之後，京都熱鬧了好一陣，可宮裡又忽然不太平了。

這日一早，有個男子手持木棍，從東華門一路直奔內廷，闖入太子宮殿，不僅打傷守門的侍衛，還欲加害太子，五皇孫夏侯毅挺身而出，為父親擋下一棍，當即頭破血流，該梃擊行凶男子也被抓獲。

審問的官吏走了一遍章程，那梃擊男子便說：「有兩個小太監找上我，他們讓我持木梃打上宮門，只要打傷太子，以後就能衣食無憂，有吃有穿。」

憑著男子的口述，刑部畫師畫出那兩個太監的模樣，在宮裡一司一司地尋找，終於在鄭貴妃的膳食司找到這兩個小太監。西銘黨人認為，這是鄭貴妃和其兄長平昌侯的陰謀，要將太子擊斃，然後扶持自己的兒子福王，於是紛紛要求徹底糾察。

方武帝一聽就覺得荒謬，福王都已經就藩了，鄭貴妃作何多此一舉？再加上他心中對鄭貴妃愧疚，當然不願意將鄭貴妃牽扯進來。他在太和殿召見群臣，將那梃擊男子斬首，又將參與此事的兩個小太監一併斬了，草草了事。

柳建文守制在家，不參與朝中動盪，可關於朝堂上的事，他還是知道的，久久沈默後，才問起顧妍。

顧妍上一世這個時候還在清涼庵，與世隔絕，消息閉塞，因此她說：「這一年發生什麼事我不大清楚，梃擊一案沸沸揚揚，我也只是聽聞過一個大概，但好像最後不了了之。舅舅，這件事很嚴重嗎？」

柳建文抿緊唇，搖搖頭。「都是朝政上正常的衝突，沒事的。」

他從未細問過顧妍上一世都發生了什麼，若有必要，顧妍必會與他提，可他不強求。預知未來縱然是好事，可有時候太過依賴這項能力，那就失了判斷的直覺，何況歷史從不是一成不變的，走原先的老路，那不是明智的選擇。

顧妍向來都信舅舅說的，又與他說起方武帝服食丹藥一事。「皇上吃過之後效果立現，我卻覺得有些邪乎了，多用只怕無益。」

柳建文當然贊同，歷來有多少人是死在這上頭的？都說請神容易送神難，方武帝既然沈溺此術，定然是找到了樂趣所在，並且無法自拔。

柳建文只道：「有點難辦，我先找晏仲去想想辦法。」

既是丹藥，還是先從藥理上入手好了。

顧妍沒等來商量結果，倒是方武帝又找她去宮裡。她本已經習以為常了，可當她到的時候，卻見方武帝對面還坐著一人，頭束玉冠，清潤逼人，只是額上縛了長長的紗帶，臉色也有些許蒼白，她的腳步就一下子停駐不前。

領路的內侍催促道：「縣主？」

顧妍深吸口氣，這才緩步走上前行禮。「皇上，五皇孫。」

夏侯毅也沒料到會見到她，急匆匆站起來，還撞上桌角。

「早前聽說配瑛病了，如今可好全了？」他看到她明顯消瘦的面頰，不由開口問道。

方武帝不由挑眉。連他都沒聽聞配瑛生病，這小子倒是消息靈通。

顧妍淡淡道：「多謝五皇孫關心，已經痊癒了。」

夏侯毅鬆口氣。「氣色看起來還不是很好，應該好好補補，我那兒有幾支雪蔘，待會兒給妳送王府上去……」

「不必了。」顧妍突然打斷。「五皇孫的氣色看起來才不好，受了傷，就應當好好休養。」

她本意也不過是讓夏侯毅沒事別來她面前晃悠，可他硬生生就給理解成這是關心自己，一瞬眼角眉梢都染了點點喜色。

方武帝看這兩個小兒女的樣子，心裡很歡喜，招呼二人坐下來，笑道：「不過是幾支雪蔘，朕一人給你們送一斤去。」

夏侯毅啼笑皆非，顧妍則抿唇不語，方武帝給她的賞賜早就堆成山了，不過幾支雪蔘，他眼皮子都不用眨一下。

方武帝讓人上了茶具，他這次非要自己烹茶，顧妍和夏侯毅就安安靜靜地在旁坐著。水氣氤氳，御花園裡的桃花瓣飄零，茶香混著花香，有種歲月靜好的感覺。

夏侯毅悄悄用眼尾覷顧妍。她很安靜，因為低著頭，露出一小截脖頸，側臉精緻無瑕，神色卻是淡淡的……似乎每次見他，她都冷冷淡淡。

顧妍失神地望著爐裡翻滾起伏的茶葉，這一刻心情倒是極為平靜。她知道，她已經不在乎了……夏侯毅如何，和她沒有任何關係了。

又一股濃香撲面，夏侯毅低啞著聲音說：「還沒恭喜，名師出高徒，紀探花少年英才。」

可他心裡又有點失落，他本來也能是柳建文的學生。倒不是覺得沐非比柳建文差，只是這些日子，偶爾聽沐雪茗喚他「師兄」，他總覺得不大對勁，似乎不應該是這個聲音的。可究竟應該怎樣，他又說不上來。

見顧妍淺淺一笑並不回答，夏侯毅頓了頓，將桌上銀盤推到她面前。「這是青陽殿司膳最擅長的乳酪，淑妃娘娘極喜歡，據說能夠美容養顏。」

顧妍神情一滯。青陽殿是王淑妃的寢宮，她宮裡的司膳……不就是魏都？

方武帝接著道：「對，這道乳酪是專為妳準備的。」

顧妍袖下的手慢慢攥起來，一瞬又緩緩鬆開。她淺笑道：「謝皇上。」

她拿起銀勺挖了塊放嘴裡，入口即化，如絲般順滑，還有牛乳的甜香，慢慢滑入喉口。魏都確實做得一手好點心。

顧妍在宮裡還沒見過魏都。他很低調，不招搖，一般都待在青陽殿裡。她也有想過，若能現在將魏都除去，定是少了個大隱患……但她沒這個本事。王淑妃極喜歡魏都，甚至離不得他，每日都要吃魏都備下的膳點，她更不可能繞過王淑妃，還在內廷裡，對付一個四品的典膳。她唯有透過魏庭，潛移默化地讓他意識到還有這顆毒瘤。

方武帝看著並坐的二人，將茶湯倒入杯中。「快嚐嚐朕的手藝怎麼樣？」

顧妍聞著茶香，微微抿一口，入口微苦，湯乾而澀，水已經煮老了。

夏侯毅卻笑著說：「皇祖父煮得很好。」

顧妍多看了他一眼，淡淡道：「不錯。」

方武帝很高興，然後跟他們東拉西扯，話題卻或多或少圍繞著夏侯毅，話裡話外無不是在誇獎他，但顧妍興致缺缺。末了時候差不多了，方武帝又讓夏侯毅送她回王府。

兩人都一怔，顧妍再如何遲鈍也能體會方武帝的「良苦用心」了，當下只是覺得荒謬。

夏侯毅自是願意的，顧妍卻站起身道：「皇上，不敢勞駕五皇孫，配瑛還是認得路的。」

方武帝失笑。「那怎麼一樣？」想想小姑娘確實臉皮薄，便說：「那就送到宮門口吧。」

除卻宮車轎輦，也就是一段宮道的距離，顧妍不好再推拒。

於是夏侯毅落後顧妍一步慢慢跟著，她的步伐不疾不徐，目光始終悠悠然注視著前方的路，恍然未覺身後還跟著一個人。

他深深看她幾眼，心裡沒來由地感到壓抑沈悶。忍了許久，終於幾步和她比肩，幽幽問道：「我們是不是見過？」

夏侯毅乾脆閃到她面前堵住她的去路。身姿頎長的他，幾乎將她全然籠罩在自己的影子裡，顧妍只能木然盯著他襟口繡著的暗金祥雲紋，微微抬頭，便可以瞧見他勻稱乾淨的下巴輪廓。她忽地笑出聲，後退一步離開他的陰影。

「五皇孫在說什麼？我們當然見過，現下不正面對面嗎？」顧妍抬頭盯著夏侯毅的眼睛，筆挺的長眉蹙在一起，糾結成團，一雙黑眸深深，翻滾著無盡愁緒困頓，卻沒有她所熟識的東西，她暗地裡微微鬆口氣。

夏侯毅卻更加懊惱起來。「我不是說這個！」

他急於想要解釋，可其實連他自己也不懂，好半晌依舊不曾吐出半個字。

顧妍耐心等了一會兒，包容地微微一笑，越過他又朝宮門走去。

夏侯毅只得長嘆一聲再次跟上。「配瑛，興許妳不會相信，我總覺得，我們應該很久之前便認識。」

「從去歲元宵至今，確實不短了。」顧妍這時只能陪著裝傻。

夏侯毅頓時無話可說。

午門近在眼前，顧妍款款施禮，臉上笑容清淡疏離。「五皇孫送到這裡便好。」

沒得到首肯回應，顧妍也不在意，兀自轉身，倏地聽到身後人低啞地問：「妳是不是討厭我？」

日光漸暖，在頭頂叫囂，顧妍未曾思量，只淡笑說：「五皇孫想太多了。」

顧妍逕自離去，登上來時馬車，一會兒便已不見蹤影。

夏侯毅就盯著自己的一截皂底鞋尖，自嘲笑道：「是嗎？」

馬車上的顧妍心緒一時也難以平復，只因為夏侯毅那飽含深意的幾句話。她可以確定夏侯毅不是重生之人，他沒有前世的那些記憶，卻有某些驚人的直覺。這並不是什麼好事，至少她不能保證，夏侯毅會不會想起前世的什麼。

後仰身子靠上軟靠，一瞬讓她緊繃的心弦放鬆下來，太陽穴處開始突突地疼。

第三十二章

方武帝越發體會到煉丹的奧妙，沈溺其中無法自拔。鄭貴妃自從福王就藩後就病了許久，曾經方武帝還會時不時來看她，不過鄭貴妃將他拒之門外，可現在方武帝連昭仁殿都不來了，鄭貴妃心裡不由發慌。

她不再拿喬，親自去找方武帝，方武帝對鄭貴妃心懷愧疚，美人投懷送抱，自然一心一意陪著鄭貴妃。可他畢竟年紀大了，體力跟不上，讓太醫開了許多壯陽補藥，一股腦兒全數喝下，整日整夜歇在昭仁殿裡。

一望無際的心火以燎原之勢熊熊燃起，豔陽高照，如火如荼。卻聽昭仁殿內忽地響起一聲驚叫，內侍、宮娥闖進一看，只見偌大的床榻上，鄭貴妃捲著薄被瑟縮一旁，而方武帝渾身赤裸，面色鐵青，一動不動。

內侍上前探一下方武帝的鼻息，手下猛地一抖。「皇上駕崩了！」

方武帝殯天了，死在他即位後的第三十九個年頭裡。

顧妍聽聞消息，一時怔在原地忘了動作。明明還於前一日與她在御花園裡烹茶共飲的人，不過轉個身，說沒就沒了，還是在昭仁殿裡，同樣是在鄭貴妃的床榻上，卻整整提前了三個月！

鄭貴妃被認為是禍水，多的是文武百官要對她聲張討伐，鄭貴妃一時百口莫辯。事實上，方武帝的身體早被掏空了，他硬撐著服用那些滋補藥物，這才導致猝逝，但凡是種種，無人會將過錯推至方武帝身上。錯的永遠都是別人，倒楣的更只會是女人。

既是食君之祿，真要將方武帝耽於美色，死在妃子床上的事記上史冊，不是史官所為。可御史們不會放過這個大好機會，他們火力全開對準鄭貴妃，更一度將矛頭指向平昌侯和鄭氏一族，很奇特的是，這時候的太后沒有順水推舟，而是表現對其無比的同情和理解，更出面袒護她。

確實是太陽打西邊出來了，一直致力於對付鄭貴妃和福王母子的太后臨陣倒戈，令人難以置信。

這位太后，很得臣心，她做過無數讓群臣熱血激賞之事，他們對太后的認可遠遠超過方武帝，於是鄭貴妃就這樣被保下來了，顧妍抓破腦袋也想不通這裡面的關節。

方武帝死得莫名其妙，鄭貴妃沒被終生監禁冷宮，竟還能安然無恙？以至於，無論是平昌侯或是鄭氏族人，無一人受到影響？怎麼可能！

天子逝世，舉國齊哀。

國不可一日無君，東宮皇太子，在方武帝死後第十日，坐上龍椅，改年號為明啟，主持方武帝大殮之事。停靈二十七日，方武帝入葬，而原先方武帝身邊的貼身大太監魏庭，按理說是要陪著方武帝去皇陵的。當然，若明啟帝願意留魏庭在身邊繼續伺候的話，他也就不用去了。

魏庭心裡也打鼓，方武帝死得太突然，讓他一點準備都沒有，他還有許多許多事情沒安排呢！他沒工夫去懷疑方武帝的死因，如今自身都泥菩薩過江了，但好在明啟帝將魏庭留下來，這讓魏庭大大吁了一口氣，他可以繼續在內廷裡獨占鰲頭。

王淑妃被尊為太后，而原先的太后則被奉為太皇太后，鄭貴妃成了鄭太妃，皇長孫夏侯淵則被封為東宮太子，宮裡的一切都有條不紊地變更。

方武帝的喪儀是件煩心勞力的事，明啟帝身體一直不好，自個兒也累病了。

一帖藥下去，明啟帝病情更重了，太醫束手無策。這時，大理寺卿突然說，他有「仙方」在手，可保證藥到病除，恰好內閣首輔沈從貫想借此機會籠絡帝心，沈從貫便將大理寺卿送上來的「紅丸」給了魏庭，讓魏庭幫著多多美言幾句。

這種事魏庭可是一回生二回熟，太虛道長自方武帝逝世後便離開皇宮了，魏庭也沒法去找人問，尋了個小太監試過藥無礙後，便給明啟帝用了。

果然一顆紅丸下去，明啟帝頓感神清氣爽，精神百倍，身上的病痛好似一瞬遠去，晚間便又服了一粒，誰知第二日一早，明啟帝雙目凹陷，全身浮腫，暴斃於乾清宮內。

群臣大譁，西銘黨人說大理寺卿獻藥是平昌侯的意思，揪著不放，到最後還是太后出面力挺鄭氏一族，只是將大理寺卿斬首，首輔沈從貫貶謫，而細算來，明啟帝自登基至駕崩，居然只過了短短二十九日！

顧妍目瞪口呆。明啟帝連一月皇帝都沒做滿……上一世他好歹還坐了半年的龍椅啊！明啟帝都死了，接下來定輪到夏侯淵！而成定帝即位，魏都不是要翻天了？

事情的發展似乎已經脫離預期。前頭方武帝的喪禮尚未落幕，宮裡的白燈籠還沒拿下來，這頭又接著死了一個。

一個月內，換了兩個皇帝，歷朝歷代什麼時候出過這種事？這樣便也算了，鄭太妃和太皇太后什麼時候好到這種地步？太皇太后居然處處維護鄭太妃！

顧妍覺得自己所有的認知都一瞬顛覆，和柳建文商量也沒得出個結論。她揉著發脹的太陽穴回了王府，蕭若伊過來了，紅著一雙眼睛坐在庭院裡等她，顧衡之在一邊陪著她說話。

原先挺活潑的人，這個時候沒精打采的。想來合該如此，方武帝是她的親舅舅，明啟帝是她的表兄，兩個親人相繼過世，若說蕭若伊一點兒不傷心，還不至於。

蕭若伊看見顧妍便奔過去，拉著她道：「阿妍，我想和妳說說話。」

顧衡之探過頭，癟癟嘴，慢吞吞地走開，臨了回頭看了一眼，顧妍知道他是在擔心。

「太皇太后變了！」蕭若伊坐下後，開口第一句便是這個。

太皇太后的變化，明眼人都能看出來，她指的當然是太皇太后和鄭太妃之間的關係，就不知道蕭若伊是否也是同樣意思。

蕭若伊忽地哽咽起來。

「舅舅過世得突然，我知道太皇太后心裡肯定不好受，就進宮去陪她，看她神色如常，我心裡就莫名地難受，想勸她好歹哭一哭……老人家年紀大了，什麼都憋在心裡，肯定是要憋壞的。太皇太后就只是笑，讓我別操心，我是在她身邊長大的，從沒見她這樣過，雲淡風輕得好像發生的都是無關緊要的事。

「韓公公在她身邊伺候了幾十年，她因為韓公公送上來的茶水太燙就讓人杖責他三十大板，韓公公吃不消就這麼去了；蘭姑姑是太皇太后身邊的老人，因為梳的髮髻不合她心意，就把蘭姑姑打入慎行司，以致整個宮裡的人換了大半。」

顧妍輕輕蹙眉。她知道有些人受了刺激可能會做出一些出格的行為，像太皇太后這樣，遷怒身邊人，可能便是某種表現方式。

「朝上要追討鄭太妃的過錯，我以為太皇太后定要不留情面，誰知她一反常態，我問她為何，她就斥責我多管閒事，還要我走遠些，莫要處處打擾她。」蕭若伊霍然站起身來，垂在身側的雙手緊握成拳且微微顫抖。「阿妍，她從來沒對我說過這樣的話！舅舅猝逝她無動於衷，明啟帝駕崩她漠不關心，她只在乎鄭氏一族是否安然無恙！」

末了她竟來了一句。「她根本不是太皇太后！」

顧妍瞠目結舌，趕緊站起來，拉著她說：「妳莫要太武斷了，太皇太后還能有假？妳從小長在她身邊，還能不知道？」

「我當然知道！」蕭若伊很篤定。「正是因為我從小在她身邊長大，對她的神情舉止瞭若指掌，可我最近看她，活生生就是變了個人。」

這話卻讓顧妍的心頭猛地一顫，某個想法在叫囂翻滾——身體沒變，可芯子已經不是同一個人了嗎？

「這話，妳還和誰講過？」顧妍嚴肅問道。

蕭若伊轉過頭來看著她，顧妍語氣愈加急促了。「妳還和誰說過？」

「……和大哥說過。」蕭若伊吶吶道。

「沒了？」

「沒了。」

「這話，妳以後不要再說了。」顧妍牢牢叮囑她。

蕭若伊紅了一雙眼。「阿妍，妳是不是也不相信我？應該的，沒人會信的，我自己都覺得荒唐……大哥也這麼和我說，他教我不要告訴別人。

「可是阿妍，我忍不住。那個人不是我的外祖母，她絕對不是！」

蕭若伊情緒激動，顧妍忙按著她說：「我信。伊人，我信，妳大哥一定也相信的……可我們相信沒有用，妳拿不出證據來，大家只會以為妳在說胡說八道。」

「那我該怎麼辦……」

那可是她的外祖母啊！她過去十多年都是在太皇太后身邊長大的，她們是最親密的人，怎能由著那個「妖怪」鳩占鵲巢，由著姓鄭的隻手遮天？

顧妍靜默沈吟。「世上沒有不透風的牆。伊人，現在不是打草驚蛇的時候，除非有萬全準備，切莫輕舉妄動。」

鎮國公府裡可還有個姓鄭的，冠同一姓氏，對外總是一條心，更何況小鄭氏眼下還要依靠娘家。

蕭若伊明白這個道理，她不過是心裡太難受了，想找個人說說。

顧妍找了忍冬來將蕭若伊帶去洗漱一番，目光落到角落陰暗處一個黑影上，那人身形滯了滯，慢慢走出至日光下。

冷不防撞入那雙眸子裡，顧妍不自覺後退一步。「什麼時候來的？」

蕭瀝腳步微頓。「剛剛。」

「你全聽到了？」

他默然，慢慢點頭。

兩人突然默契地不再開口，顧妍仰頭看他。他很高，哪怕她已經長了些個子，兩人依舊差得很遠。

「伊人不是胡說八道。」良久，顧妍抿了唇。「我信她。」

蕭瀝卻忽地問：「妳怎麼想的？」

「什麼？」

蕭瀝無奈地攢眉。「我承認，伊人一開始與我講這事，我覺得她病了。」

顧妍淺淺一笑。不足為奇啊，若不是這事發生在自己身上，她大約也要以為蕭若伊「病了」。

「世界之大，無奇不有，我就聽過上古有巫術，能靠人力將靈魂引渡。」

可這東西早失傳了，古書裡記載的也不過寥寥幾句，天知道他們是怎麼做到的！

蕭瀝的眉宇擰得更緊，一雙眸子盯著顧妍。她神色雖淡，卻根本不是在說笑，而他竟然還覺得她說得有理，真是瘋了……

「我知道了。」他大概需要好好消化一下。

見他轉身欲走，顧妍突然叫住他。

「雖然這麼問不太合適，但我想知道，魏公公如今怎麼樣了？」

兩代帝王相繼去世，內廷混亂，有些消息傳不出來。連明啟帝都死了，魏庭莫不是要作為三朝元老，繼續服侍下一位帝王？顧妍覺得，恐怕他沒有那麼大的機會。

蕭瀝雖然納悶她怎麼會無緣無故關心一個太監，卻極有耐心地回答她。「魏公公年紀大了，不適合再服侍皇上，待太子即位，他應該會被派去守陵。但太子若願意繼續留魏公公在身邊的話，也並無不可。」

與預想的也差不多了。

「大哥！」蕭若伊整理完，回來就看到蕭瀝，仰頭問：「你來接我回家？」

他看了眼顧妍，點點頭。

蕭若伊精神不濟，淡淡說：「那我們回去吧。」

她與顧妍道別，兀自走在前頭。
風吹過來一片葉子，本來還是豔陽高照的天空，倏地暗下來。
「快變天了……」顧妍喃喃說。

該來的總是要來的，兩代帝王相繼駕崩，皇太子夏侯淵便於五月初九即位，是為成定帝。

太和殿上，龍袍加身，群臣朝拜，山呼萬歲。
夏侯淵侷促不安地坐在龍椅上，他只會做木匠活，目不識丁，又沒有主見，讓他面對這樣的大場面，他無所適從。求助般的目光投向身側，那年輕俊雅長了雙桃花眼的男子，這是他從此以後的貼身大太監魏都。
原本是他祖母王淑妃宮裡的典膳，又是前秉筆大太監魏庭的乾兒子，乳娘靳氏還向他一力推薦。那他的能力一定是極好的吧？
這一刻，年輕的成定帝只能將所有的希冀都放在魏都身上，魏都附耳低聲說道：「皇上，讓他們平身。」
成定帝忙點頭，輕咳兩聲。「眾卿平身！」
而後百官起身，持笏斂容而立，成定帝總算鬆了口氣。
蕭瀝遠遠看著成定帝坐上龍輦，魏都則緊緊隨立一旁，朝臣一撥一撥從太和殿中出來，不由想起那天顧妍問起魏庭的去向。

去哪兒了？三朝元老？他想得美！

靳氏和魏庭是對食，這不是個秘密，老狐狸對靳氏也算不錯了，自以為靳氏在成定帝身邊美言幾句就能保住自己的地位，可人家的心根本不是向著他的。蕭瀝還記得魏庭被扒去那身大太監服時的樣子，枯皺的老臉上一條條褶子，一雙老眼惡狠狠瞪著那個長著桃花眼的男子。

再過不了幾天，魏庭就該啟程前往定陵去給先皇守陵去了。

蕭瀝抽空去找太皇太后喝了頓茶，太皇太后拿出最上等的大紅袍來，親自給他沏上。

「怎麼想到來哀家這裡了？」太皇太后慈和地問道。

蕭瀝瞥她一眼，執杯一口飲盡。「沒什麼，剛好路過，想來許久未見外祖母了。」

太皇太后便輕嘆了聲。「你還能想到哀家，那是極好的。」她隨手揉了揉額。

蕭瀝見狀問道：「外祖母很累？」

太皇太后搖搖頭。「沒什麼，年紀大了，難免有些乏力。」她將銀盤往蕭瀝面前推了推。「新來的廚子做的，你也嚐嚐。」

蕭瀝應諾，取來咬了口，很甜很膩的糖糕，他不是很喜歡，於是又接連喝了兩杯茶，然後便站起來。「外祖母好好休息，孫兒先告退了。」

太皇太后會心一笑。「那你以後記得多來看看哀家。」

「好。」蕭瀝滿口答應，大步跨出宮門，面色在轉身的一瞬冷卻下來。

伊人說得不錯，太皇太后確實變了。他不喜喝茶，太皇太后很清楚，每次他去慈寧宮，招待他的都是一杯清水；他鮮少稱呼太皇太后外祖母，哪天要真這麼喚了，她定會欣喜若狂一整日；太皇太后厭惡甜食，那一盤糖糕，比太皇太后一輩子吃的加起來都要多！

一個人的外表沒變，脾氣性情卻能有翻天覆地的變化。難道真如伊人說的那樣，那個人根本不是太皇太后？上古巫術，靈魂引渡嗎？

蕭瀝覺得匪夷所思，但有時候，人總是被逼得不得不正視現實。

夏日的腳步逼近，炎炎烈日毫不留情，將才五月中旬，已經熱得不像話。去歲冬天存著的冰放入冰窖，得一直用過三伏天，用完就沒了，接下來還要怎麼過？都說這一年是犯了太歲，上頭接連一個月死了兩個皇帝，連天象也大不尋常。

西德王拿著帳本一愣一愣的，書房四角都放了冰盆子，涼爽得很，他眼角一瞥對面端坐著的小姑娘，不由唏噓感嘆。託顧妍的福，去歲寒冬臘月，王府的冰窖裡裝了滿滿的冰，連一個備用地窖也被作為臨時儲冰地，這麼多冰用到明年恐怕都是夠的。

西德王對外孫女有求必應，也不問緣由，花了大把人力鑿湖取冰，誰知這麼快就派上用場，這到底是不是巧合呢？

西德王又低頭去看帳本。他本就是生意人，表面上收了柳氏做義女，和姑蘇柳家有了密切關係。早前與柳建明私信打好了招呼，他自然而然就接手柳家在北直隸的經營。

顧婼隨著唐嬤嬤去學管家，顧妍便跟著他學做生意。她做的第一件事，便是高價收購糧食，囤了幾座小糧倉。

西德王一開始覺得莫名其妙，只由著她的性子去。

西德王嘖嘖兩聲。「這天氣，也有好多時日不下雨了，再這麼下去，不說用冰，恐怕水源都成問題。」

「這是要旱啊！真旱起來，收成可就不好了，糧食的價格又要飛漲，如此一來，這囤糧囤得太及時了些。」

顧妍笑著從帳冊中抬眸。「去歲初雪來得晚，又是難得的暖冬，今年的夏日極有可能會十分難熬，也是誤打誤撞。」

西德王又嘆了好幾聲。他該說什麼呢？這小丫頭簡直就是個天才。

顧妍但笑不語。這年確實會有旱災，所幸不是太嚴重，但對於西邊來說，不只大旱，更鬧蝗災。老百姓沒有糧食，食不果腹，賑災餉銀層層剝削下來，根本起不了作用，到最後農民們被逼得沒法子了，只能做起強盜，關中一帶出了好幾個流寇團伙，其中最有名的，就是蘇鳴丞帶領的。

顧妍還記得在人販子老窩裡和她一起關著的少年，瘦得跟竹竿似的，卻在後來成了一個名副其實的大胖子。嘗過飢餓滋味的人都會明白那種煎熬，吃過了苦頭，所以在條件好的時候，更要敞開肚皮吃，蘇鳴丞變成「膨大海」，其實不無道理。

顧妍已經能聽到樹上聒噪的蟬鳴了，盛夏來得這樣早，有點讓人應接不暇。燕京城因為國喪還需要再沈寂一段時日，宮裡頭總算太平下來了。

鄭太妃和太皇太后都沒有再多的動作，魏都如願坐上了司禮監秉筆太監的位置，甚至東廠也被他一手操控。

前些日子張祖娥來看她，成定帝登基，百廢待興，張祖娥是既定的皇后，婚期大致是在明年的五月。

張祖娥來看她時，說了這樣一句話。「皇上身邊那個大太監心術不正。」

顧妍知曉她說的是魏都，便問是怎麼回事，張祖娥回道：「前司禮監秉筆太監魏庭，本來是要去定陵守陵的，卻在出發前屋子走水，被燒死了。焦黑的屍體從廢墟裡被刨出來，面目全非，魏都就痛心疾首哭了一陣，皇上感念其一片孝心，大大嘉獎了他幾句，准厚葬魏庭。」

顧妍沒料到魏庭就這麼死了，死得這麼巧。

張祖娥皺著細眉。「阿妍，我覺得那位魏公公哭得太假了。宮裡頭的公公們感情如何我不知曉，可我聽說大魏公公的衣服還是小魏公公著人扒下來的……前一刻還是仇人，轉個身就跟死了親爹一般。」

顧妍說道：「宮裡的人，鮮少有乾乾淨淨、心胸坦蕩的，但既然服侍在皇上身邊，最起碼也該是端正浩然。」

「正是這個理！」張祖娥連連點頭。「因而我有勸諫皇上，可皇上一意孤行。」成定帝對乳娘靳氏十分依戀，言聽計從，靳氏說一個「不」字，成定帝就不敢點頭。他甚至封靳氏為奉聖夫人，封靳氏的兒子、弟弟為錦衣衛千戶。

張祖娥嘆息好幾聲，顧妍就沒得可勸了。

九千歲的飛黃騰達是遲早的事，她只能接受這個事實。那是不是說，顧家那隻百足之蟲，也要絕地逢生了？

顧妍低著頭失神，直到一串叩門聲響起，她才驚覺。

西德王打了個手勢，顧妍乖乖起身躲到屏風後面。這時候應該是有管事來向西德王稟報一些事宜，他們約定好的，西德王在外接見，而自己躲屏風後「偷聽」。

來者還是老熟人了，是胡掌櫃，他見過禮後，開口道：「東北一些物資拖欠了許久，本該是去歲隆冬就收拾好的，前段時日國喪，又耽擱了，直到現在才送來。」

西德王看過帳冊，都是些皮毛和藥材，便問：「出什麼事了？」

胡掌櫃說：「年末時撫順有一戶人家高價收購糧食，家家戶戶放下本來應該交易的物品，用糧食去換錢，一時就拖了下來。」

顧妍心中一驚，西德王同樣暗暗納罕。原來除了阿妍，也有其他人想到要囤糧。這麼大陣仗，比起他們積攢的幾座小糧倉，定然有過之無不及。

「打聽出是哪家了嗎？」

胡掌櫃搖頭。「平地拔起，毫無頭緒。」猶豫了片刻，又道：「不過倒是有發現，他們與撫順李家來往密切，米糧運輸方面，全是李家出面解決的。」

提起李家，顧妍就有印象了，那是李氏和魏都的母家。

李家這是打算靠這場旱災發一筆橫財？不對，他們只是作為一座樞紐橋梁，那他們究竟是為誰賺的錢？是李氏，還是魏都？最要緊的是，他們從哪裡得知今年會大旱的？

顧妍有些懷疑，是不是有一個和她一樣的重生者，在全心全力地幫著魏都他們？那是誰呢？她先前有些懷疑是王嘉，這個人代替許正純錦衣衛右僉事的位置，是不是也扮演著和許正純一樣的角色，為魏都賣命？

廟堂離她畢竟太遠，顧妍伸手不及，可真要這麼看著魏都走一遍上一世的路子，她又何嘗甘心？

胡掌櫃又說道：「遼東商號鬧過幾次了，好不容易才壓制下來，最近又開始蠢蠢欲動，管事們有諸多不滿，時常會帶頭罷職。」

「他們能有什麼不滿？」西德王冷哼。「不就是看著柳家在南方搭上皇商的路子，一時眼熱嗎？」

柳家的主要產業還是在江南，北方商號不多，也管不來，多年放養下來，那一個個監守自盜吃了不少油水，盡養得腦滿腸肥。先前柳建文因遭誤會涉嫌放倭寇上岸，柳家產業喊停，不少管事紛紛逃竄，生怕連累到自己。

也好，柳家也不需要他們吃回頭草，正好能排除異己，剩下來的人，不是有膽有識、高瞻遠矚之輩，就是極為忠誠者，對於他們，柳家多有優待，可比起江南的富庶，遼東那一處到底不盡如人意。不過真說起來，這倒還不是主要，這麼多年下來都習慣了，真要眼皮子淺，恐怕待不到這個時候，他們最不滿的還是西德王身為一個外族人，卻要來管轄他們。

胡掌櫃是清楚西德王什麼身分，可這層身分現在又不好揭開，那些個老頑固這不是一時腦子開不了竅嗎？

西德王想想也明白緣由，沈吟半晌，笑開了。「那我是要去親自會會他們？罷了、罷了，許久不見老朋友了。」

西德王既然下了決定，胡掌櫃沒得可說，躬身退下。

顧妍從屏風後面出來，開口就問：「外祖父要去遼東？」

西德王大大方方地點頭承認，然後捧起一盞茶喝，就聽顧妍清脆堅決的聲音道：「我也要去！」

噗！西德王被一口茶水嗆到。他目瞪口呆，問了遍。「妳說什麼？」

顧妍一臉認真。「外祖父，我想和您一道去。」

西德王趕忙站起身。「阿妍，這可不是胡鬧的！」

遼東是什麼好地方？靠近邊關，人口複雜，混亂得很。再遠一些就是女真的天下了，游牧民族民風慓悍，實在不適合顧妍這種在京都嬌養的小娘子去。

顧妍也料想到不容易，可怎麼樣都得試試。聽到李家的事，她已經有些不耐了，遼東雖亂，但大金的發源地就在那處，既然注定有些事無法變更，她只能學著去適應。往後的路還很長，有些打算現在就得準備起來。

「常說讀萬卷書，行萬里路，我長這麼大，可從沒到過再遠的地方。」顧妍可憐兮兮地拉過西德王的袖子。

西德王哭笑不得。「妳又不是讀書人，走那麼遠做什麼？現在天還那麼熱，仔細把妳的皮膚都曬黑了、燒傷了。」

「在馬車裡，再戴上冪籬，不怕！」

他只好道：「妳母親會擔心的。」

「有外祖父在，還擔心什麼？」顧妍垂了頭，幽幽地道：「外祖父還說江南煙雨濛濛夢幻美妙，還說以後要帶我去海外看異國人文風情……世界這麼大，我就想去看看。」

這話說得委屈，西德王終於看不下去了，妥協道：「得得得，只妳半路可千萬別喊累。」

見她立即睜著雙黑葡萄似的眼，連連點頭，西德王後知後覺，自己這是著了道吧？但既然都開了口，西德王言而有信，首先便是去找柳氏商量。

出乎意料的，柳氏只猶豫一下，便點頭應承下來。「阿妍比我這個做娘的可有主見多了，她還小，多走走看看，見見世面不是壞事。」

顧妍又去見了回蕭若伊。因著顧妍的關係，她和明氏學起了香道，是明氏的學生，近些日子總算慢慢將心情平復下來。

「大哥說，他會去找出癥結所在，讓我放心。」

蕭瀝都出面保證了，蕭若伊便安心等下去，雖然她不知道，蕭瀝究竟打算怎麼去找，但那個人，總會有他的法子。

顧妍又差人給顧修之遞了個信，找他見了面。顧妍有段日子不見他了，但二哥現在神采飛揚，顧妍知曉他是喜歡現在做的事。

天氣熱，見他額上出了許多汗，顧妍輕笑道：「這麼急做什麼？」

她如幼時一般，掏出帕子給他擦去，袖口盈盈的清香沁人心脾，顧修之僵直著身子，一動不敢動。隨著年齡增長，顧妍五官長開，小娘子姿容初顯，清麗絕倫。

顧妍將備好的各色糖點往他面前推，顧修之感覺胸口有絲絲暖意流過，咧著嘴笑得高興。

「還和以前一樣。」他喃喃地說著，含了一粒窩絲糖進嘴裡，一直甜到心底深處。

顧妍看他這一年多來微微曬黑的面龐，稜角分明，五官深邃，不似顧家人素有的陰柔秀美，卻是另一種陽剛。眼前的少年，與記憶裡那個身穿赤金色鎧甲的英武男子，好像微微重疊了起來……

顧修之伸手在她面前晃了晃。「想什麼呢？怎麼想起來找我了？」

她嗔道：「想和二哥敘敘舊又怎麼了？我們兄妹倆什麼時候這樣生分？」

顧修之微怔，有些不自然地笑笑，但顧妍並沒察覺，繼續道：「過段時日要與外祖父去一趟遼東撫順，這一來一回應該也有小半年，只想著跟二哥說一聲，免得你若要尋我，找不著人。」

就見顧修之先是蹙緊了眉，而後容色微僵。

撫順，那是顧修之出生的地方。他心知自己不是安氏和顧大爺的兒子，安氏當年是在撫順產子的，生下的女嬰馬上便夭折了，也不知是從哪兒尋來剛出生的男孩，帶回了顧家。

這麼久以來，顧修之不是沒想過去尋自己的親生父母，可說得輕巧，他身上又沒有信物，對父母又毫無頭緒，該怎麼找？

安氏做事尚算周全，她既然敢將孩子帶回燕京，在撫順一定是收拾乾淨了，說不定顧修之就是生身父母不要的孩子，安氏順手給了些錢，買回了這個廉價的小生命。他是不被期待的孩子，就算找回父母，就真的能找回親情？

「去那個地方啊……」他聲如蚊蚋。

顧妍等了一會兒，見顧修之抬眸，彷彿事不關己。「那妳一定要小心點，跟緊西德王，畢竟人生地不熟的，千萬不要亂跑。行李都要收拾好了，遼東的冬天到得早，妳看現在很熱，過一、兩個月，便要穿上厚褂子了。」

他就像在叮囑頭一次出遠門的孩子，恨不得面面俱到，卻獨獨不提自己的事，顧妍大致知曉他什麼意思了，微微笑著悉數應下。回頭道別，便想著，還是順其自然吧。

二哥的人生，注定是不平凡的，早晚幾年罷了。

第三十三章

遠行所需的東西，西德王自有準備，顧妍只需收拾整理自己的物品，丫鬟婢子也只帶上穩重的青禾和踏實的忍冬。因正逢盛夏，天氣熱得驚人，委實不好出行，西德王只好等七月立秋過了，才帶著侍衛又請了鏢師，和顧妍一道出發。

這個暑夏只下了零星幾場雨，護城河的水位降了許多，也聽說江西大旱使大量莊稼乾死，許多農民注定顆粒無收。京城附近的莊子收成大不如前，糧價已經上漲了一波，再遠一些的遼東，狀況同樣好不到哪兒去。先前大肆囤糧的人家還沒動靜，大抵是要等著這場旱情的熱度再高一些才拋售。

由於乘坐馬車，走了一月有餘，一行人才到錦州。

西德王那把大鬍子很扎眼，他們不好住在客棧，便在驛站留宿，驛夫掂掂手裡的銀子，笑咪咪地將人請進去。

驛站不大，大約二十餘間驛房，有幾間亮起了燭火，已有住客。他們一行請了鏢師，雇用的鏢頭叫屠大，做事很細心，問起驛夫。「這裡面還住了誰？」

驛夫打著油燈在前面走。「有官家的人，也有關外的人。」

撫順關外，那就極有可能是女真人了。

屠大有點猶豫，若都是他們大男人自然無妨，可如今還有小姐在，總有些不方便。

西德王看了看天色，這麼晚了，不好繼續走下去，明天到撫順就好了。

「晚上注意些。」西德王道。

屠大點點頭，讓驛夫去送些熱水過來。

興許是外間驟然響起腳步聲，有一間驛房的門突然打開，其中探出一個身形魁梧的壯漢，穿著異族服飾，睜著雙銅鈴大的眼睛。一陣風吹來，撩起冪羅一角，那壯漢一眼瞥見顧妍的容貌，不由呆了一下，顧妍忙伸手將冪羅拉上，袖口微抬，露出一截皓腕，以及腕子上戴著的紫闕鐲子，壯漢的眼睛一下子就看直了，屠大見狀，站出來擋在顧妍面前，目帶薄怒。

那壯漢趕忙收回視線，用不大索利的大夏話道歉。「對不住，對不住！」一邊說，一邊卻不停拿眼尾去瞟屠大身後的小娘子，可惜被擋得嚴嚴實實。

屠大護送顧妍到迴廊最裡邊，是倒數第三間。靠底那間有人占了，左右兩間房都是住自己人，也是為了晚上若有什麼事，好及時趕來。

「顧小姐好好歇息，明天一早我們再趕路。」

顧妍點頭謝過，讓青禾、忍冬先進去收拾。她想起方才看見的那個壯漢，到底有些不放心，對屠大說：「你去打聽打聽，那些人都是什麼來頭。」

即便顧妍不吩咐，屠大也會去問清楚。

驛夫很快送來熱水，正好和來門口的西德王打了個照面。撫順靠近邊關，多有異族人往來，亦有胡商經過，胡人多有湛藍的雙眼，驛夫對西德王那雙琥珀色瞳仁見怪不怪。

顧妍已經摘下冪䍦，因為連月的趕路，她的臉頰又瘦削了些，西德王不由嘖嘖搖頭。「看吧、看吧，讓妳不要跟著，這一路累壞了吧？」

確實有些累，可一路看過的風景不可多得，前世她久居深閨，很小的時候曾經陪柳氏去過江南，但記憶都很模糊了。再後來，她的雙腿在掖庭被打斷，眼睛都被剜了出來，苟延殘喘才保留著一口氣，哪能跟現在似的到處走走看看？

見顧妍的一雙眼睛很亮，光彩逼人，西德王也不好再說什麼。「今天晚上再忍一忍，明天到了就能好好休息。出門在外，總是要小心些……我就在西邊那間，屠大在東邊，有事就出聲。」

這時屠大叩門，西德王讓他進來，屠大便說：「問過驛夫了，那是十來個女真人，過路的，住宿一晚，明早就走。還有一位住在最西邊那間，是從西北來訪親的。」

西德王攢緊眉，對那些女真人還有點不放心。這些塞外的民族，狡黠多變，多勇武慓悍，一個頂倆，若是求財還好，不過是些身外物，沒了就沒了，就怕是別的目的。

「今晚多注意點。」西德王交代一聲，屠大連忙點頭。

等眾人都散了，顧妍洗漱了一下，就著熱水吃了點乾糧便和衣而眠，青禾、忍冬就伏在桌前閉目休息。

夜裡迷迷糊糊作了個夢，鼻尖微動，似是聞到一股異香。由於與舅母學過香道，顧妍自是能辨別其中的成分，立即警惕地睜開眼。

屋中燭火昏暗，忽明忽滅，門口槅扇上一點火星微動，顧妍知道那是什麼，連忙屏息。她想大喊出聲，竟絲毫動彈不得，只能發出「嗚嗚呃呃」的聲響。

青禾、忍冬！屠大！外祖父！

門口的護衛呢？隔壁的人呢？

所有的努力都是徒勞，門閂被一把匕首輕輕挑開。

顧妍睜大眼，只能看到槅扇外那個高大粗壯的黑影。她驀地想到黃昏投宿時那個突然開門的女真男子。看他的穿衣打扮，也不是部落的普通牧民，言行上縱然無狀，也不見有陰陽怪氣，怎麼做得出這種卑鄙下流的事？

顧妍強迫自己冷靜下來，伴隨著「吱呀」一聲，大門打開，竄進來幾個身形魁梧的大漢，手裡還拿了油燈。領頭的那個直直朝床榻這兒來，正是先前見過的壯漢，他見顧妍正瞪著眼瞪向他們，微微一愣，旋即就將燭火移得更近了。

面上一熱，眼睛被突來的光刺得睜不開，她聽到那個人喃喃唸叨了一句自己聽不懂的話。

壯漢捉住她的手，撩開她的衣袖，顧妍感到自己頭皮陣陣發麻，又羞又惱，氣得面色脹紅。壯漢沒有再多一步的動作，他放開手後退兩步，微微躬身又說了句聽不懂的話，雙手抱拳。

隨後，顧妍整個被人從被子裡挖出來，一陣天旋地轉，就到了壯漢肩頭。那幾個隨從紛紛上前開路，她趴伏在大漢肩上，全身僵硬，呼救聲堵在喉嚨口。

顧妍深深吸幾口氣，努力地想著他們的目的是什麼。

謀財？外頭馬車裡的物資怎麼不去搶？害命？他們遠日無冤，近日無仇，何必為難自己？而且方才匆匆一瞥，外頭倚門靠著的幾個侍衛胸口還有起伏，這些人根本沒打算殺人越貨。那他們求什麼？為什麼要綁了自己？

腦中飛速地思考，又一陣旋轉，顧妍已經趴到馬背上。幾個大漢用女真話交流，顧妍一個字也聽不懂，只感覺自己的身體被顛來拋去，陣陣反胃。

顧妍眼睜睜看著驛站離自己越來越遠，心中生寒，今日莫不是逃不過了？

後頭有一人一騎火速奔了過來，對那領頭壯漢說了一句話，壯漢咒罵了一聲，揚起馬鞭跑得更快。

深秋冰冷的風吹在身上猶如刀割，單薄的身體彷彿要支離破碎，慘白月光下，可以看見顧妍嘴唇凍得發紫。她只覺頭暈眼花，眼冒金星，胃裡的酸水都快倒出來了，但又陡然察覺，舌頭似乎可以動了，吃力一些的話也能抬抬手指。她心中大喜，慶幸方才沒有吸入太多迷香。

身下是耐跑的蒙古馬，日行千里不成問題，一股牲畜毛髮酸臭的味道衝入鼻尖，她晚食沒吃多少，一個勁兒地乾嘔，臉上脹得通紅，嘴唇一片青白。

壯漢不得不慢下來，焦急地回身望去，又將顧妍扶正，手掌輕拍她的後背。「忍一忍，忍一忍就好了……對不住，我沒有惡意，只是要帶妳去見個人。」

壯漢說著不索利的大夏話，若不是沒力氣又實在難受，顧妍真想一拳頭打過去。帶她去見人，用得著這種粗魯野蠻的法子？好好商量不行嗎？

冷得直哆嗦，她緩了緩，一口氣上來，身體也能動了。她知道後面有跟來的人，醞釀了一下，突地大聲叫道：「救命！」

壯漢一怔，沒想到她會這樣，險些被她掙開。只是這麼一會兒的工夫，後頭的人追上來了。

馬背上伏著的是一個玄衣男子，天色太暗，看不清他的面容，但看他熟稔了得的馬術，顧妍心中稍安。

短兵相接，冷光頻閃。

白亮亮的刀子反射著清冷的月光，顧妍一瞬看清了那人的面容，然後身子就是一僵。

蕭瀝！他怎麼會在這裡？

「嗤啦」幾聲皮肉刺破的聲響，淡淡的血腥味散開，壯漢身邊的隨從都上去擋他了……蕭瀝速戰速決，幾個起落，那些人已紛紛落馬，他轉瞬就到了壯漢身邊，兩匹馬並駕齊驅。

蕭瀝看到顧妍被按在馬背上，眸光就是一冷。他提刀砍過去，壯漢要穩著顧妍，無奈之下只好鬆開韁繩，徒手格擋。

刀砍在壯漢的腕部，只發出一串鏗鏘撞擊聲，蕭瀝放開韁繩，一手揮刀，一手就去拉顧妍。他的馬術極好，雙腿夾緊馬腹，那匹棗紅色的馬匹似有靈性，有條不紊地跑著，倒是壯漢有些招架不住，前方拐彎，壯漢不得已放開拉著顧妍的手去扯韁繩。

蕭瀝乘機將她扯到自己懷裡，拿披風緊緊裹好她，一個轉身就往回跑。

突如其來的溫暖讓人眼角酸澀，顧妍全身凍得發抖，好不容易才找回自己的聲音。「你、你怎麼……」

「別說話。」他輕聲打斷，更用力地抱緊。

她髮間的幽香混著一股冰寒，身體僵硬得好似剛從冰水裡撈出來……要不是顧惜她的身體，剛才就要一刀將那人砍死。

溫熱的呼吸噴灑在她的頸部，點點暖意這時候卻被無限放大，胸口的酸意湧上來，她安心將臉埋在他的胸口，聽著他胸腔裡蓬勃的心跳聲。

為了讓她適應，蕭瀝只能放緩馬速，耳郭微動，能聽到身後有追趕上來的馬蹄聲。

好不容易顧妍身子回暖一些了，她伸出手拉住蕭瀝的衣襟。馬背上的顛簸讓她感到不適。除了胃中翻滾，肚子也墜墜發疼，這種熟悉的絞痛，還有下身溫熱的感覺，讓她腦子一瞬空白，隨後臉上又迅速燒起來。

真是……什麼都趕在這時候！顧妍欲哭無淚。

蕭瀝一邊馭馬，一邊還要注意身後，一時也沒看見被裹得嚴嚴實實的人一雙燒紅的耳朵。

火把、馬蹄、咒罵……混亂嘈雜聲越來越近。

蕭瀝感到有一枝利箭正對準自己，這是對於生死的一種敏銳感知。他看了眼懷中的顧妍，一咬牙，雙腿用力夾了夾馬腹，抱緊她往一側倒去。馬匹如離弦之箭飛奔而出，蕭瀝抱著顧妍在官道上滾了幾圈，接踵而來的就是利箭破空之聲，可聽在顧妍耳裡的，還有一聲清晰的骨裂脆響。

完了……這是顧妍昏過去之前想到的最後兩個字。

淡淡的草木清香帶著陽光暖融融的味道，很安心、很舒適，顧妍很想愜意地嘆一聲。忽遠忽近的腳步聲當真擾人清夢，她煩躁地皺了皺眉，由於全身痠疼得厲害，眼皮睜也睜不開。

「阿妍！」

這聲音，是外祖父？

「真是一群蠻子，粗魯！無禮！」西德王破口大罵。「好好關他們幾天，讓他們吃點苦頭！」

「她怎麼樣了？」這是個清冽乾淨的聲音，帶了些倦意。

「燒總算退了。大夫說左腳踝骨裂開，傷筋動骨一百天，這段時日恐怕動不了。」西德王想著又氣不過地哼了聲。「你怎麼不想清楚？就算事急從權，也該思慮周全吧？你自己骨頭硬，隨便摔摔是無大礙，阿妍細皮嫩肉的，從馬背上掉下去，能受得了？萬一落下個病根，以後跛了怎麼辦？她日後還要嫁人的，這樣能說得到好人家？」

外祖父氣得不輕，顧妍覺得他中氣十足的樣子很好笑，而那個人聞言就是長久的沈默。

她以為他不會再說話了，頭腦又昏昏沈沈的想再睡過去，倏地，那個聲音又響起來了。

「我娶她。」

顧妍猛地睜開眼，沒錯，她是被嚇醒的。

突來的光亮讓眼睛不適，她很快又閉上，但床邊守著的青禾注意到了，大喜道：「小姐醒了？」

西德王顧不得其他，匆匆撩了簾子進來，蕭瀝猶豫了一瞬，也跟著一道走進。

顧妍腦子迷迷糊糊的，但很快就被左腳踝處鑽心的疼痛引去疑慮，微蹙了眉。

「外祖父。」她對著趕過來的西德王笑笑，吐出口的音調是讓自己都意外的沙啞。

蕭瀝遠遠站著不動，顧妍卻能感受到他有些膠著到發緊的視線。青禾捧了熱茶扶她坐起來喝下，喉口的灼熱乾燥這才得以舒緩，此時她的小腹還有些絞絞地發疼，濕漉漉的。

顧妍很快紅了臉，不可思議地瞪大雙眼，往蕭瀝那個方向看過去。

如果沒記錯，她昏過去前，剛好來了初潮……

蕭瀝移開視線，端正筆直地站著，全身僵硬。

當嬌軟的身子軟倒在自己懷裡時，心情是前所未有的驚慌。慘白月光下，她一張臉毫無血色，雙眼緊閉，嘴唇發白，尤其感受到掌心的濕膩，和目所能及的滿手鮮紅，他惶恐極了。後來知道那血是從哪兒來的……簡直尷尬到不行。

顧妍眼角直抽，她發誓，她這輩子所有的人，在蕭瀝面前，全丟光了！

見她懊惱地扶額，西德王當然是要問她哪裡不舒服，又看小姑娘雙頰詭異地潮紅，後知後覺回身看過去。

「你怎麼進來了？去去去，一邊去。」西德王站起身趕人，心念著他好歹是顧妍的「救命恩人」，雖然中途出了點意外，語氣到底還是客氣的。

蕭瀝轉身就走了。

顧妍羞臊了一會兒，垂著頭悶悶地問：「這是怎麼了？」

西德王就大致講了下，那晚在錦州驛站，他們都被迷倒了，女真用的迷香厲害，屠大也是老江湖了，還著了道。

蕭瀝那時正巧就是暫住驛站的最裡邊一間，也不知道是為了什麼，大半夜穿一身夜行服出去辦事，剛好撞上女真擄人，才順道將顧妍救下來。她因一路上受涼，回來就高燒，又在墜馬的時候崴了腳，踝骨微裂，現在還結結實實地綁著。

顧妍能感覺到自己左腳的劇痛，苦笑了聲，想著禍不單行。「那些女真人呢？」

她還記得那個為首的壯漢說要帶她去見一個人，儘管這種「邀請」的方式十分粗蠻。

看西德王鐵青的臉色，顧妍驚愕道：「不會都殺了吧？」

「我倒是想啊！」提起這個，西德王就大恨。「真是死一萬次都不夠的！可人家來頭大著呢！昆都倫汗最寵愛的第八子斛律長極，能殺嗎？」

顧妍怔了好一會兒。在遼東，若是不知曉昆都倫汗斛律可赤的名頭，那當真是白活了。

自前朝覆滅，完顏一姓逃至遼東，與本土女真會合，分布於撫順關外。大大小小幾十個部落，分散不集中，如是過了百年。後來斛律可赤慢慢統一，至此東海、海西幾乎合併，族中始尊斛律可赤為昆都倫汗，定都建州，大夏人常稱其為建虜。

顧妍更知道斛律可赤是大金的創建者，天賜智勇，神武絕倫。能從這樣一個小小的民族，攻占下整片華夏土地，何嘗不是天命所歸？至於那個斛律長極，在昆都倫汗二十幾個兒子裡，他最喜歡的就是這個第八子，還有便是失而復得的十九子斛律成瑾了。若誰真有這個膽子將斛律長極殺了，不用說，必將成為女真全族的報復對象。

顧妍霎時覺得頭疼。

「他綁我做什麼？我一不認識他，二又沒有恩怨……」

「鬼知道！」西德王嗤道：「我將他們全關起來了。動不了他，我餓他幾頓還不行？讓我外孫女受苦，我還不能收點利息？」

西德王再三確定她沒有不舒服，然後又說起蕭瀝來了。「那個臭小子，做事也不動動腦子，白廢了一張好皮囊！」

皮囊和腦子能有什麼關係？當時的情況，蕭瀝也沒有其他法子，帶著她這個「累贅」，能保命已是難得，只能說自己運道不佳，倒楣罷了。想想自己好像老是給他惹麻煩，上回落崖全靠他出手才撿了條命回來，這次也是多虧了他，如此便要為他爭辯一下了。

「那麼多人圍攻他一個，他又要護著我，又要對付他們，能全身而退已經很難得，發生這種事哪能怪他？」

真要怪，就怪斛律長極那個糙漢子！

西德王一聽顧妍護著人，挑眉暗笑。只他大半張臉都被鬍子擋住了，顧妍瞧不見。

其實西德王也不是當真責備蕭瀝，他只是心裡憋著一股氣，又暗惱自己著了道，所以想發洩一下罷了。他可還記得蕭瀝方才說要娶阿妍，當然，他不至於那麼隨隨便便就決定阿妍的婚事，外孫女還小呢，不用那麼早。只那小子看起來不錯，可以納入考慮範圍，他順便想問一問外孫女的意思罷了。

西德王笑著說：「別擔心，妳不會跛的，我找了鎮裡最好的跌打大夫，不嚴重……」

這麼一來就想到夢裡迷迷糊糊聽到的蕭瀝那句「娶她」，顧妍嗔道：「外祖父，您可別亂來！他說說而已的，您別當真啊！」

西德王虎著臉說：「我是這麼不靠譜的人？」

到底還是讓她好好休息，西德王自己先出去了。

蕭瀝正端坐在紅木靠椅上，縱然面無表情，放於雙膝上的手攢成拳，能瞧出他的侷促。

西德王大剌剌往他旁邊一坐。

「我不是說著玩的。」蕭瀝突然開口。

這憑空冒出來的一句話，讓西德王很驚訝，隨即想到顧妍方才說的，西德王又了然。有些人天生耳聰目明，剛才內室裡他和阿妍說的話，全被這小子聽了去。

對方的沈默讓人無措，蕭瀝想了想，又加一句。「我會負責的。」

他一面說這話，一面盡力挺直背脊，其實心裡沒底得很。

一年多前，顧妍掉下山崖，和他在人販窩裡關了一夜，事後顧三爺找上他，要他為顧妍負責，他拒絕了。姑娘家的名聲有多重要，蕭瀝不是不知道，若單單只是負責，他責無旁貸。

當時哪怕隨意換了誰，他答應便是了，不過一紙婚書，有沒有對他而言無甚差別，可看顧崇琰那樣賣女兒的態度，他就不想讓顧妍被當作貨物一樣。那時候，蕭瀝便知道，在他心裡，她和其他人不一樣。

但現在又不同，若說一年多前顧妍還算是個小姑娘，現在可越來越往及笄靠近了。他抱也抱了，還將人家腳骨都弄裂……是自己太過自信，反倒害了她。

西德王罵得不錯，他自己也將自己罵了許多回。

西德王好整以暇，一瞬也不瞬地盯著他，蕭瀝頓覺口乾舌燥。

「又沒要你做什麼……」西德王喃喃地說。「大夏講究男女大防，在海外，可不興這個。我不是刻板的人，你救了阿妍，我只有感激你的分兒，至於某些小接觸，我是不會放心上的。先前全是氣話，反正這裡都是心腹，這事就權當爛在彼此肚子裡，你不說，我不說，大家都不說，然後揭過去吧。」

見西德王擺擺手，就此作罷，本來應該長吁一口氣，蕭瀝卻覺得悵然若失。

他又不是個多管閒事的，那晚見到顧妍被斛律長極擄走，他才去救人的。換了別的，他連看都不多看一眼。

蕭瀝抿緊了唇，思慮著要怎麼說，而西德王當真就揭過這個話題不再繼續。

顧妍休息了幾日，身體已經大好了，唯有腳上用木板及粗布固定著有些麻煩。

現在一行人落腳在撫順一間宅子裡，早前西德王要來遼東時就讓人規整好了，那日夜裡昏迷後，他們收拾一下就連夜從錦州趕到撫順，竟然還是斛律長極一行人開的路。

西德王確實動不了斛律長極，就算後來斛律長極將功補過，西德王也餓了他兩天，才將他放出來，然後讓他有多遠滾多遠。可這人年紀也不小了，臉皮還是很厚，賴在西德王這裡不肯走，非要見顧妍。

西德王哪裡肯？這勞什子掃把星害得人還不夠？生怕斛律長極耍花招，西德王讓護院將顧妍院子外，裡三層、外三層地圍起，連隻蒼蠅都飛不進來。

斛律長極也知道自己當時太過魯莽，幾日來都沒有大動作，因此一聽說顧妍願意見自己了，趕忙拾掇一下自己就過來，同來的竟還有蕭瀝。

自從那日醒來，她就再沒見過他，跟著斛律長極，難不成是怕他做什麼？

遼東自進了八月中旬就開始變冷，今年尤為嚴重。顧妍怕冷，房裡放著火盆，暖融融的。

斛律長極還是留著一臉大鬍子，穿戴著女真的傳統裝束，瞪著雙銅鈴大的眼睛，先定定看著她的臉，目光又移到她綁了木板的左腳上，不好意思地撓撓頭。

「對不住，我那天太著急了。妳長得很像一個人！」他指了指顧妍右手腕上那只紫闕鐲子。「這是我們族裡的東西，是完顏部落的聖物。」

顧妍皺了眉。自從方武帝總將她當成別人之後，她就不喜歡有人說她長得像誰……她和其他人從來都不一樣，也從來不是誰的替代品，可提到這只紫闕鐲子……這是方武帝有一日給她套上手的，之後一直摘不下來，顧妍隨著它去，全沒放在心上。

完顏部落的聖物，在方武帝手上，又輾轉到了她的手裡？

「這鐲子的原主人是誰？」

斛律長極拍了拍胸脯，神色滿是驕傲。「那是我們女真的公主！」

顧妍一怔。

斛律長極神色卻陡然低落了。「可是她嫁給大夏的皇帝，自從三十多年前她死後，完顏族再沒人了……她也是最後一位公主。妳長得很像她。」

顧妍想起方武帝稱呼那個人「阿媽」，果然是先帝的某位妃嬪啊，竟還是女真的公主。

她怔忡間，一張畫突然展開在自己面前。紙張泛黃，十分老舊，畫上的少女十五、六歲模樣，穿了身真紅色的騎裝，倚在一匹雪白的馬駒前，手裡握著一根馬鞭，飛揚而起，腕上正戴著這只紫闕鐲子。少女容色清麗，笑靨如花，映著身後一望無際的草原與藍天，就如同草原上的明珠，熠熠生輝。

顧妍很驚訝，這個人和自己確實像了八分。

與此同時，蕭瀝見到這張畫，深深的眸底也湧上一股不明的暗潮。

顧妍又深深看了幾眼。畫中人鮮眉亮眼，妍姿豔質，看得出是個熱情爽朗的草原女子。整個人就如同一團熊熊燃燒著的火焰，只星星點點，足以燎原。

初見時覺得自己與她形似，細品卻是截然不同的，至少顧妍從不曾有她這樣的隨肆恣意，而是顯得有點沈悶壓抑。

顧妍目光很快移到斛律長極身上，那人還處在興奮邊緣，她淡淡道：「是啊，我與她長得像，我也有完顏部落的東西，那又如何？你不由分說擄人，算什麼意思？」

心裡不是不惱，可對著姓斛律的，她確實硬不起來。不提此人日後的豐功偉業，便論上一世二哥到遼東參戰，傳回戰亡消息，卻在大金南下時帶頭衝鋒陷陣……二哥的一條命，是他們救的，這份情，她必須記著。

蕭瀝淡淡看了她一眼。不知道是不是他的錯覺，顧妍對這些人似乎格外地寬容。

斛律長極這時就有些解釋不清楚了，囁嚅了好一會兒才道：「我不知該怎麼說，麻煩姑娘與我走一趟建州吧，我阿爸會給姑娘一個完整的答案。」

斛律長極的父親，那可是昆都倫汗啊！他是個天生的王者，自二十五歲起便戰無不勝，攻無不克，平生唯一一次敗績，便是輸在蕭瀝的授業恩師袁大將軍手上。

她下意識地便往蕭瀝那個方向瞅了眼，他還定定看著畫上的少女，眸中有諸多情緒翻滾，如憶往昔。顧妍心中忽地「咯噔」了一下，這時候蕭瀝的目光她十分熟悉……方武帝常常就是用這樣的眼神，透過她的眼睛追憶別人？

蕭瀝也識得這個畫中人？一如在方武帝眼裡，顧妍是這位完顏公主的替身，那麼在他看來，她又算什麼？這樣的認知，讓顧妍覺得很不好受。

蕭瀝敏銳地察覺到她的視線，轉過頭來，顧妍卻已經別過臉，只留給他一個白玉無瑕的側顏。他微怔，全不知道自己哪兒又錯了。

斛律長極還在那邊喋喋不休。「姑娘，煩請和我走一趟，我斛律長極對天起誓，絕不會傷害姑娘一分一毫！」

「走走走，要走你自己走去！」門外由遠及近傳來一陣罵咧聲，顧妍聽得出是外祖父。

既然來撫順，西德王總有自己的事要去做的，那些商號和生意往來，不能沒人去管，他不可能時時刻刻顧著顧妍，但一聽說這小丫頭要見斛律長極，西德王趕忙就扔下手裡東西就趕過來了。

呸！這群蠻子，給三分顏色就開起染坊，這是想拐了他的小外孫女？想得美！

斛律長極看見西德王，心中不由哀號。這老頭子可不好對付啊！

西德王將才站定，就欲開罵，一眼瞧見畫裡那個如火般耀眼燦爛的少女，眸子便剎那定住了般，怔了好一會兒。

顧妍只看得見外祖父僵硬的肩膀，和一瞬便弱下來的氣勢。

「這畫……哪來的？」西德王低啞地問道。

顧妍心生怪異，斛律長極吶吶地說：「完顏部落的公主，每到笄年便會有畫師為其拓像，這是一份拓本。」

西德王沈默良久，「哦」了聲，再沒下文。他緩緩坐到太師椅上，慵懶地倚靠著軟靠，道：「你走吧，阿妍腳傷未癒，不能去建州。」

顧妍感到西德王對斛律長極的態度緩和了不少，甚至沒有直接拒絕他的要求，還保留了一分餘地。

斛律長極很為難，看了眼顧妍的左腳，又扒扒頭上的皂羅巾。他回身去和自己的隨從說話，都是顧妍聽不懂的女真語，她毫無頭緒。只看到其中一個高個兒漢子與斛律長極說過幾句之後，他沈吟了半晌，最終點點頭。

「那姑娘好好休息，我改日再來拜訪。」斛律長極拍拍胸脯，帶著一行人魚貫而出。

顧妍不明所以。「外祖父？」

西德王不鹹不淡地應了聲，掀起眼皮瞟一眼蕭瀝，蕭瀝知曉何意，也出去了。顧妍順道將青禾、忍冬一道打發走，偌大的次間裡，只有祖孫二人。

西德王說：「畫中的女子，和妳外祖母一模一樣。但她不是妳外祖母。」

不是外祖母，卻長得一模一樣？難不成與她和衡之一般，還是雙生子？

西德王這廂嘆道：「有件事妳不知道，連妳娘和舅舅都不清楚。其實妳外祖母不是江家的女兒，她是江家二老撿來的孤女……」

江家的祖上就是個撫順的小挑貨郎，幾代單傳，到柳江氏父親這一輩，僅剩一根獨苗。二老的生活一直和和美美，唯一的遺憾就是一生無子無女，等到江老太太年近四十，二人都放棄了希望，從遼東遷往江南。

柳江氏嫁給西德王之後沒幾年，江家二老也相繼去世，江老爺子臨終前對他們說起過柳江氏的身世。江家遷徙的那天是個寒冬的清晨，他們路過一片小樹林，聽到嬰孩啼哭聲。江家二老循著聲音找到一個裹在襁褓裡的女嬰，發著高燒，臉色通紅，周圍卻沒有大人。

二老都喜歡孩子，可他們自己沒有孩子，這個不知從哪兒冒出來的女嬰，就像是上天賜給他們的寶貝。二老喜不自禁，帶著孩子一道去了金陵，從此這個孩子成了江家唯一的女兒，也就是柳江氏。柳江氏長至五歲的時候，江家又從金陵搬到姑蘇，後來便定居於此，也終了於此。

江家二老十分疼愛柳江氏，將她當作親生女兒，可臨終前，江老爺子到底還是心懷有愧。當時撿到了孩子，他們以為她是個被遺棄的孤兒，將她帶在身邊，前往遙遠的江南。多年的陪伴當然是感情深篤，然偶爾想想，若柳江氏並非遺嬰，孩子的父母之後再來找人，沒有尋到該有多麼難過？

他們不想將這個秘密一直帶進墳墓，死前告訴了女兒、女婿真相，並叮囑柳江氏，有朝一日能認祖歸宗，他們二老在九泉下也能心安。二十多年過去了，再去追查當年撫順關處遺落女嬰的身世，何其之難？柳江氏的生身父母是否健在？他們有無遷徙？一無所知。

柳家本來在遼東沒有任何產業，但為了不放過一絲希望，商號一路開到了撫順，只為時時能將打聽來的消息傳回，可惜結果是讓人失望的。再後來西德王出海「遇難」了，柳江氏更沒有心思去考慮認祖歸宗。直到終了，她依舊不知自己究竟是誰。

顧妍不知原來外祖母的身世有這樣一段離奇曲折的故事，她細聲問道：「那外祖父覺得，外祖母與畫上之人有關係？」

無緣無故長得一模一樣，至少顧妍覺得這種機率實在太小了些，她心中其實有個猜測——畫中的完顏公主是方武帝父皇的某位妃子，算算年紀，與自己外祖母應該差不多大，長相一模一樣，興許二人便是雙生姊妹呢！

在大夏，雙生子十分罕見。顧三爺就曾經懷疑柳氏不貞，顧妍和顧衡之不是他的孩子，因為無論是在顧家、柳家或是江家，根本沒有出現過雙生子的先例，可若外祖母不是江家女，那便也說得通了。

都說顧妍像柳江氏，那她長得像完顏公主就不足為奇了，方武帝總將她當作完顏公主，說不定便是這個緣由。

西德王摸著下巴，幾經思量。「或許吧……但具體如何，還得問過斛律長極。」說著便瞇起一雙眸子，低喃道：「他會回來的。」

而且還會帶回來一條大魚。

第三十四章

本來西德王只打算在撫順待上半月，事情處理完了就帶顧妍隨便逛逛，然後啟程回京，這麼一來，少不得是要耽誤了。西德王只好寫封信回京去報平安，然後動用了一下手裡的資源，去打聽完顏公主的事。

很可惜，完顏族的人太少了，本來前朝皇室就被蒙古族滅得丁點兒不剩，逃出來的一支苟延殘喘至今，十分不易，有關完顏部落的事，知之甚少。

斛律長極大約離開半月，又回來了，這次來時的隊伍比上回壯大許多，有諸多強壯的武士護衛左右。這般陣仗，顧妍已猜到是怎麼回事。

昆都倫汗來了，由斛律長極陪同著，他們大步跨入西德王暫住的宅院。

昆都倫汗已是年逾花甲的老人，體格強健，虎虎生威。西德王在海外同樣做了十多年君主，對昆都倫汗很有種志同道合之感。大抵英雄惜英雄，便是如此。

昆都倫汗與西德王打過招呼，要求見顧妍。當小姑娘端坐在自己面前，他竟有種恍若隔世之感，曾經高高在上，被全族人捧在手心的公主，殞命於異地，這是女真的悲哀，更是昆都倫汗的傷痛。那時大夏強盛，女真卻獨立分散，猶如一盤散沙，年輕的昆都倫汗立志要統一女真，數十年下來，他果然做到了，但再沒有那個人與自己共享這份成功的喜悅。

昆都倫汗一時哽住咽喉，看到小姑娘綁著木板固定的左腳，二話不說拿起馬鞭就抽在自個兒兒子腿上。

可憐見的，昆都倫汗這一鞭子實打實，斛律長極又毫無防備，一下就跳了腳，驚叫一聲，兩父子竟旁若無人地吵起來……說吵也不至於，不過是昆都倫汗單方面教訓兒子。當然了，什麼內容顧妍完全聽不懂。

終於平息下來，說起正事。顧妍指著自己手腕上的鐲子道：「這是大夏的方武帝給我的，應該是公主的遺物。」

昆都倫汗連連點頭。「是的，公主最喜歡這只鐲子了，這是前朝傳下來的寶物，自小便跟著公主。」又看著顧妍與完顏霜十分相似的面容，喟嘆一聲。「這是緣分，就大夏的一句話講，冥冥中自有天定。」

西德王蹙眉，他不想聽這些寒暄，他只想完成亡妻遺願。「完顏公主，是唯一的公主嗎？」

昆都倫汗渾身一震，雙眸霍瞪。「此話何意？」

西德王知道這裡頭有隱情，淡笑一聲。「大汗應當明白。」

兩人目光在空中交會，昆都倫汗望進西德王一雙眸子，又想到顧妍這酷似故人的面龐，頓時雙眼鋥亮。

「……是大公主的後人？」

顧妍與西德王對視一眼，聽昆都倫汗的意思，看來他們先前的猜測八九不離十了。

六十多年前的女真，四方割據，部落分散，大致分為海西、東海、建州三塊，前朝的完顏部落便是占據在建州。然而完顏一族早已式微，多年來總受到來自多方的挑戰，其中尤以海西葉赫部落最甚。

「完顏部的大汗與可敦感情極好，可敦當年在關內臨盆，適逢葉赫部突襲，大汗身邊人手不足，被打得措手不及。危急之下，大汗只好讓可敦上馬車先回建州。」

完顏部落的公主是在馬車上誕下，那是長得一模一樣的雙生兒。匆忙之中，人手有限，可敦產子後虛弱，正是一通手忙腳亂，而在這時葉赫部的突襲也到了，護送的勇士竭力阻攔，可對方顯然準備充分，可敦只好吩咐兩位忠心的貼身侍女抱著公主們逃走。

可敦是死在亂箭之下的，小公主得以逃過一劫，但大公主卻下落不明，大汗後來有差人去尋那位抱著大公主逃走的侍女，最終在樹林裡找到侍女的屍體，但那個孩子已不見蹤影。

昆都倫汗感慨道：「大汗前前後後幾乎將關內關外翻遍了，再沒見過大公主，眾人只當大公主不幸夭折。」

誰又能想到，完顏部落的大公主，其實去到遙遠的江南，又在那個溫婉美麗的水鄉，生活了一輩子？

西德王默然無語，起身去找來一只小包袱。包袱裡是江家二老臨終前交給柳江氏的東西，那是他們當初將柳江氏撿回來時，她身上裹著的包被，色彩鮮豔亮麗，多年未曾褪色。

西德王遂靜靜與他闡述事實……自是將自己是柳江氏夫婿這一段省去了，他如今的身分是海外國王，不可隨意暴露，但說是受了柳家的委託。

昆都倫汗心情久久不能平復。一方面雖感激江家二老救了大公主，一方面卻暗恨這陰差陽錯讓大汗鬱鬱而終，同時成了小公主的心病。

雙方將話說開，昆都倫汗拍案而起。「大公主必須要認祖歸宗，本汗要以部落最尊貴的禮儀，將大公主迎回女真！」

顧妍一聽便覺不妙，真要這麼大張旗鼓，不驚動上頭才怪！如今女真和大夏尚算相安無事，然則不出兩年，雙方必會交戰。有某些狡黠之輩給成定帝吹了耳風，這時大夏第一個開火的，就是柳家！外祖母就算是女真公主，她也不可能不顧夫家！

顧妍有些擔憂地看向外祖父，西德王又如何能瞧不出昆都倫汗的野心？葉赫部落尚未收服，卻也是早晚的事。女真統一了，下一個，就輪到大夏了！

西德王沈聲說道：「女真的公主，既然已經嫁為人婦，又哪有回去的道理？」

昆都倫汗立即虎了臉，西德王絲毫不畏懼他。

顧妍輕聲笑道：「外祖母雖是女真遺落在外的公主，可她在江家、在柳家，從不曾受過委屈，不知曉自己的身世，是平生一大遺憾，可她當了一輩子的大夏人，死後為何要回女真？」

昆都倫汗對顧妍撒不開火氣，又聽那小姑娘呵呵笑道：「完顏部落應該有許多死忠吧？」

昆都倫汗雖強悍，一雙鐵拳打下女真，可原先的忠義之士，效忠完顏，昆都倫汗當然不願放棄人才。將大公主迎回女真，何嘗不是要為完顏做些事，說服那些頑固不化的牛脾氣？

昆都倫汗面色微變，頓時說不出話來。一旁的斛律長極不好插嘴，氣氛陡然凝滯。

西德王閉了閉眼，道：「認祖歸宗也是必須的，便拿大公主的靈位去女真走一遭吧。」

昆都倫汗同意這個建議，即刻吩咐人去置辦，隨後到了顧妍面前。

「小公主嫁與大夏帝王，一生無子，完顏從此絕後，但大公主既然留下子嗣，姑娘可願意隨本汗去女真？」他篤定地說道：「妳將是女真最尊貴的公主！」

西德王冷哼一聲。挖牆腳都挖到他頭上來了？這個臭不要臉的！

顧妍也覺得啼笑皆非。公主不公主她從來不稀罕，她只求在現世裡能謀一份安穩太平。

見她毅然地搖搖頭，昆都倫汗有些失望，依舊不放棄地道：「哪日姑娘願意了，女真的大門永遠為妳敞開！」

他拍著胸脯保證，斛律長極見狀，同樣右拳抵住胸口。

昆都倫汗很快就帶著人走了，卻留下了斛律長極，聲稱因為斛律長極闖禍將顧妍踝骨弄傷，養傷期間這人就隨她使喚，可顧妍知道，這話不過就是個幌子，斛律長極留下是有其他事，正如他們本該好好在關外，卻突然去了錦州。何況她一個女子，哪有什麼是需要斛律長極做的？

倒是斛律長極給她找了位巫醫，是個四十來歲的女巫醫，微駝著背，皮膚偏黑，臉上也有許多褶子，女巫醫名叫阿齊那，顧妍稱呼她為齊婆婆。

養傷的日子過得很快，拖著這腳，顧妍只得窩在屋中看書，閒得發慌。她再沒有見過蕭瀝，好像這個人突然出現又突然消失了，連一聲招呼都不打，事實上，顧妍至今也不知道，他來遼東是做什麼的。

今年北地大範圍乾旱，西北甚至爆發了大規模蝗災，隨後便是饑荒，而東北同樣受到牽連。天氣越來越冷了，寒氣入骨，黑水河的冰結了厚厚的一層，可眼睜睜瞧著，卻沒有半分要下雪的跡象，都說瑞雪兆豐年，如今遲遲不下雪，可見明年的收成要更加艱難。

這時幾大米行開始高價賣糧了，那等價格並不是升斗小民承受得起的。花了大半年積蓄，買了幾斗米麵，除卻勒緊褲腰帶，還待如何？再往後，只有啃草根樹皮的分兒。

顧妍叫西德王查了那幾家米行，西德王也關心著，早早地查好了，最後矛頭直指撫順李家，這些米糧的進貨，全是李家買的，日後源源不斷的資源，也全靠李家提供，他們已經簽署了長期合作的契約。

阿齊那端著湯藥來給顧妍喝的時候，顧妍正揉著小腿肚，為了骨骼不錯位，成天用木板固定著，那一塊又痠又疼，偏偏又動不了，只能硬生生受著，時日長了，還有些僵硬。

阿齊那說，待骨頭復原了，還需要一段時日的適應和復健。

將阿齊那端上來的藥一口喝個乾淨，青禾忽然進來說斛律長極又來了，受了點傷，要齊婆婆去看看。

阿齊那趕緊跟著去了，青禾搖頭嘆道：「胸口全被血染紅了，為了點米糧，真不容易。」

顧妍眉梢微挑。「米糧？」

「是的，斛律大人運回許多糧食，堆成小山呢，他的手下正在往外運。」

顧妍驚覺斛律長極是在囤糧，這是準備要對付葉赫部落，然後徹底征服統一女真？趁著大旱災，糧食緊缺，所以大範圍買糧？不不不，買糧需要花錢，女真並不是富庶的民族，他們只有牛羊皮毛。斛律長極若是用正規管道得來的，也不至於受傷了。

她想去看看，忍冬突然就蹲下來，顧妍沒法子，只好讓忍冬揹著她去前廳。等斛律長極已經包紮好傷口，顧妍這才走進去。

斛律長極臉色也不大好，吶吶地道：「這是意外……」

顧妍失笑。「你去做什麼了？」

斛律長極更不好意思了。搶人東西這種事說出去也不光彩啊！

看他還特意裝扮成大夏人的模樣，合該是扮成土匪盜賊搶官糧了。

見斛律長極額頭開始冒汗，顧妍輕笑道：「要不要給你指條明路？」

她伸手沾了點茶水，在案桌上寫下一個「李」字，壓低聲音道：「這是撫順這一帶囤積糧食最多的，而且沒有官兵侵擾，憑你的能力，予取予求。」

斛律長極一下睜大了眼，肅然站起身，拍拍胸口道：「多謝。」而後轉身就大步跨出去了。

顧妍在後頭笑得歡悅。李家還想趁災大發錢財，無論是因著李氏還是魏都，那也得問問別人同不同意！

她靜心等了幾日，斛律長極就傳來消息，李家確實囤了不少糧，但他們表面上不顯山不露水，十分低調，他派人跟蹤了兩天，看到半夜有小車往深山裡去，然後便載著糧食出來。

山裡開鑿了許多座地窖，塞滿米糧，因著位置隱秘，除卻幾個護衛看守再無其他人往來。斛律長極帶著人就將護衛打暈了，又將地窖一掃而空，好歹顧念著些，留了五十石糧食下來。

顧妍啼笑皆非。五十石還不夠李家一個府第的開銷，斛律長極這善心，果然只有針眼大。

但李家很快一團亂了，一夜之間，山中地窖全空，所有存貨盡數消失，米行要來取貨，李家再也拿不出來，白紙黑字的契紙擺著，李家除了賠錢還待如何？這一賠，便險些將整個家底都搭進去。

李家現任的家主正是魏都與李氏的生父，萬般無奈地求到京都去。

魏都拆開來信，一目十行，攢成了一團狠狠擲在地上，大怒道：「沒用的東西，讓他們做點小事也做不好！」

他找了王嘉過來，王嘉將地上的紙張拿起，攤開來一看，就蹙了眉。「千歲，咱這是被陰了！」

「陰不陰還需你說？」魏都嗤笑一聲，瞇著一雙桃花眼，定定地注視著王嘉，卻沒有下文。

王嘉這個人留著，還很有用。至少他說對了許多事，比如這次的旱災，本想藉著機會好好撈一筆，卻被個不知從哪兒冒出來的大老鼠捷足先登，還被一群蠢貨拖累！

魏都冷笑了聲。「以前當我是喪家犬，現在就知道來求我了。晚了！」

王嘉垂頭，已經知道要怎麼做了。李家自己不爭氣，錯過千歲給的這個將功贖罪的機會，就別想再翻身。

王嘉又問道：「千歲，是誰和我們作對，是否要去查證？」

「查！怎麼不查？挖地三尺也給我把他揪出來！」

魏都睚眥必報，這一點，王嘉十分清楚，算起來，王嘉也為他賣了兩輩子的命，只是上一世，他不叫現在這個名字——許正純，這才是他的本名。

然而，許正純也沒什麼好的。好不容易中了武舉人，汲汲營營了大半輩子，僅僅是個錦衣衛的指揮僉事，還被安雲和這麼個小子騎到頭上；傍上了魏都，本可以榮華富貴享之不盡，恰又身染惡疾，鬱鬱而終。

許正純死的時候，魏都正獨攬朝政，日後造化可想而知，但這一切，與他再無干係，大概是到嘴的肥肉飛掉了，怨念太深，當他再次睜開眼時，自己已經成了王嘉。

王嘉對現在這情況還是非常滿意——這個身體比許正純年輕，且健康許多。他重生在方武年間，彼時的魏都不過是內廷的一個小太監，他若能於此前得到魏都的信任，往後必定有大把大把的好日子，還怕被安雲和那個臭小子搶在自個兒前頭？

王嘉接收原主所有的記憶，這原主也不是個省心的……蕉城大戶與倭寇往來，還是王嘉大開的直通車，他花了半年的時間將身後蛛絲馬跡毀壞殆盡，「賊喊捉賊」地去京都搏上位。

福建巡撫柳建文，王嘉記著這個人，當初柳建文不就是死在自己手裡？魏都對這群西銘黨人深惡痛絕，王嘉想著以後反正是要對付，不如這會兒先除掉一個勁敵也好，沒想到此人命大，躲了過去。

蕉城幾家大戶相繼抄家，繳獲的一部分銀錢，王嘉透過各種管道送到魏都手上，本想著利用此次旱災，錢滾錢，財生財，卻被不知從哪兒冒出來的強盜斷了路，血本無歸，不說魏都如今憤慨，王嘉同樣窩了一肚子火。他很想知道，哪個能有通天的本事橫插一腳！

「動土動到千歲的頭上，這是真真活得不耐煩了！」王嘉恨聲道。「千歲放心，下官一定將這人給揪出來，碎屍萬段！」

魏都勾唇笑笑。他這才剛剛起步呢，身邊人手還少，真論起來，不得不說，王嘉很得他心意。

燕京城越來越冷了，遼東的十一月，終於紛紛揚揚開始下起雪。

一到雪天，顧妍的精神便不大好，多年來畏冷的習慣依舊沒變，裹在厚實的貂裘大氅裡，連門都懶得踏出去，橫豎阿齊那說腳骨癒合得不錯，固定的木板已經卸了，但還是不能太用力，她也不急於一時。

細雪落了兩日又小了許多。冬陽一出，地上的雪微微化開，顧妍剛在院子裡走了幾步，就有一個陰影擋住她的陽光，抬頭一瞧，竟是多日未見的蕭瀝。他披了件灰鼠皮大氅，眉間緊擰，目光還牢牢鎖著她穿了鹿皮小靴的左腳。

沒來得及說話，就聽他問起。「怎麼出來走動了？」

顧妍拿枴杖撐起身體，笑了笑。「已經癒合得差不多了，再不動動，都快忘了走路是什麼感覺。」

蕭瀝說不出心裡是什麼感覺，猶記得剛開始那會兒，他心中有愧，又不放心，夜半時在她屋子的窗外，每每聽著她在內室榻上翻來覆去，似是難受得整夜睡不著。本就瘦弱的人，看起來更加蒼白羸弱。

「還疼嗎？」

顧妍微怔，默了片刻往後退開兩步，離開他身子投下的陰影，暖陽徐徐落在臉上，她很認真地搖搖頭。

蕭瀝便靜靜地看著她。他想到伊人十二、三歲時的樣子，還是個四處惹禍的孩子，會嚷著、纏著他要這個、要那個，任性胡鬧。而同樣是這個年紀，顧妍就完全不一樣，一如眼下，一丈的距離，說長不長，說短也不短。她總保持在適當的位置，對誰都客氣疏離……倒也不完全是這樣吧，只有在某些人面前時，她才會像個沒長大的孩子。

莫名地就想起從人販窩裡逃出來時，她在顧修之面前痛哭流涕。外人瞧不見的軟弱，她卻願意完完整整交由她想要倚靠的人，可這個人，從不是他……

看他半晌沒反應，顧妍正覺莫名其妙，撐著枴杖想走回屋。剛動了兩步，手上的枴杖已經不見，取而代之的卻是一隻結實的手臂。

「這麼走太慢了。」他淡淡說，隨後自顧自地扶著她走。

蕭瀝的力氣很大，顧妍即便不想動，也被他帶著不得不跟上步伐。她回身望了眼，忍冬還呆呆立著，神色有些懊惱，彷彿是自己的活兒被人搶了，而她又沒本事搶回來。

顧妍無奈地扶額，由著蕭瀝去，至少這樣她能省下許多力氣。

「妳怎麼不問問我都去哪裡了？」蕭瀝低聲說，聽著就像是在問人討要糖吃的孩子。

顧妍斜睨他，輕咳兩聲。「你要是樂意說的話，我當然洗耳恭聽。」

二人剛好走到臺階下，蕭瀝雙手各握住她一隻胳膊，幾乎將她擁在懷裡，繼而使勁一抬，顧妍的腳尖已經離地，她口中驚叫聲尚未落下，鼻尖充斥著淡淡的薄荷腦清香，她已經被輕輕放下。

回身看著邁過去的那三個臺階，顧妍一陣汗顏，她是被提過來的吧？

蕭瀝理所當然地說：「這樣比較方便。」

「……」

蕭瀝悄悄攥了攥手，見她分明全身裹得厚實，但依舊能感受到皮毛大氅之下的瘦削，輕得如一片羽毛似的。

屋裡燒著火盆，稍待一會兒便覺燥熱得冒汗。顧妍懶懶地倚著，捧著熱茶悠悠地喝。

「不是要說你去哪兒了嗎？」等了半晌也不見他開口，顧妍催促了句。

蕭瀝暗笑兩聲，說起了別的。「太皇太后的七十壽誕，八方朝賀，十分隆重熱鬧。」

「不是還在國喪期間嗎？」顧妍很驚訝。

方武帝和明啟帝先後駕崩，理所應當要國喪一年，全城縞素，禁止一切喜慶活動的，甚至連過年時，都不能大搖大擺掛起紅燈籠。太皇太后的七十大壽在十月，這還在喪期內，怎好大肆操辦？

蕭瀝毫不在意地道：「太皇太后一意孤行，成定帝哪能忤逆她？就當是行使皇家的特權，為太皇太后歡慶整日。」

此舉在朝中當然是引發了無數爭議，暗中早已有諸多人對太皇太后產生不滿了。

「所以，你回燕京去見證了這麼一場盛舉？」

「無趣的人做無趣的事，我看這個做什麼？」蕭瀝修長的手指輕敲案桌。「如伊人所言，太皇太后變化太過明顯，主要還是出現在方武帝駕崩後。我記得妳說起的渡魂之術，這些日子一直在找人。」

顧妍瞠目結舌，沒想到自己隨口說的話竟被他當了真。

蕭瀝又道：「巫術起源部落，至今傳承下來的已少之又少，我打聽過在關外或許還有些老巫，便來碰碰運氣。本來查到有個老巫在錦州落定，那晚打算去探訪的，正好遇上妳被女真擄走……過了幾天我再回去，已經人去樓空。」

所以，又是她拖累了人？顧妍心生愧疚。「那你現在找到了沒？」

見他如今孑然一身，答案已經呼之欲出了，但蕭瀝搖搖頭，道：「那位老巫脾氣古怪，我雖尋到他，但旁敲側擊也沒問出個所以然，反倒又讓他跑了。」

老實說，他還頭一回碰上這樣的人。

阿齊那端了湯藥上來，聽到最後一句，倏然一頓。顧妍瞥見她的動作，揚唇笑道：「齊婆婆，妳來了？」

阿齊那才又走上前來，擱下藥碗，顧妍咕嚕咕嚕全部喝光。

阿齊那欣慰地笑笑，看向蕭瀝，咯咯笑道：「巫族傳承詭秘難測，公子還是莫要強求。」

阿齊那其貌不揚，微駝著背，面容昏聵滄桑，看裝束也不是大夏人，蕭瀝很奇怪顧妍身邊怎麼會有這樣的人，但更好奇阿齊那話中之意。

顧妍問道：「齊婆婆是何意？」

她想起阿齊那是巫醫，好歹沾著個巫字，說不得知道什麼。

阿齊那乾白的唇抿成一線，緩緩說道：「巫術是巫神的饋贈，用於祈福祝禱，凡召喚惡靈攝魂詛咒者，皆屬於黑巫術，巫師們最忌諱與之為伍。」

換言之，即便蕭瀝將老巫綁來，老巫也斷不會幫他半分！

蕭瀝還要再問些話，阿齊那笑笑說：「公子不必問我，我不精此道，無法為公子解惑。」

阿齊那收了藥碗便退下，簾幕掀起墜落，阻絕屋外的碎光，但乘機竄進來的冷風讓人不禁打了個哆嗦。

蕭瀝攢緊眉，只好作罷，再另尋他法。靜默了一會兒，他忽地問：「妳何時回京？」

顧妍心想怎麼也得等自己的腳傷差不多痊癒。外祖父一封書信讓親信隨著昆都倫汗的人一道去姑蘇，帶著柳江氏的牌位走一遭女真完顏部落。本來應當外祖父親自去迎的，再不濟也可以帶著她一起，可現在自己這腿腳，外祖父又不能離開太久，只好在遼東邊境處接應，之後還要去關外的吧。

顧妍便道：「應該要等明年開春。大冷天的趕路回京，渾身不舒坦。」

蕭瀝只當她還要靜養一段時日，並未多想。也好，還有幾個月的時間，足夠他籌備了。

蕭瀝站起身來，因他身形頎長英挺，顧妍需要仰頭看他，就聽他說：「等妳回京，我就上門提親。」

「……」

顧妍怔住，覺得自己耳朵大概是出了點問題。她下意識地回身去看青禾和忍冬，二人顯然也被這一句話駭得不輕，都睜大了眼。

鮮少的呆滯出現在顧妍臉上，蕭瀝原先還有些無措的心情頓時放鬆了些，復又說了遍。

「三書六禮一樣都不會少，我會把妳風光娶進門。」

很奇怪，顧妍每個字都聽得懂，可這話串起來是個什麼意思，實在就費解了……

她茫然，過了好一會兒，才回過神，吩咐了青禾、忍冬出去，然後就看著腳邊火盆裡的木炭噼哩啪啦燃燒，淡淡開口。「為什麼？」

娶她這種話，蕭瀝也不是第一次說了，頭回若是震驚，這回便覺無奈。她以為外祖父已經和他說得很清楚，她的腳傷與他無關，所謂的女子名聲她也不在意，何況這兒是遼東，與燕京城差得遠，那些有的沒的還不至於影響到那處，他大可不必如此。

蕭瀝沈默了片刻，說：「我想娶妳。我是認真的。」

顧妍不由愕然。不說她從未考慮過嫁人的事，單憑這種話從蕭瀝嘴裡說出來，已然匪夷所思，前世的蕭瀝，二十多年的生命裡，清心寡慾，不近女色，唯一的花邊傳聞，便是他與弟妹顧妤之間說不清、道不明的曖昧關係。有傳言他強辱顧妤，也有傳他是顧妤孩子的生父，更有傳他和顧妤是兩情相許……可這些謠傳者，悉數被他斬於利劍之下。都道他惱羞成怒，他卻連顧妤都殺！

在眼前的少年身上，顧妍還看不到那種血腥暴虐，現在的他就是一塊美玉，沈斂溫潤，價值連城，可偏偏這樣子的蕭瀝，現在說著想要娶她的話……

顧妍還不至於自戀到以為蕭瀝是看上她了。光他這張面孔，前世就讓多少名門閨秀對他傾心，他勾勾手指，想要什麼樣的美人兒沒有？可他不屑一顧，沒有教他動心願意娶進門的姑娘。好不容易出現了一個顧妤，還偏偏死在他的手裡，而自己又究竟是哪點好，讓他說得出「想娶」這兩個字？

見顧妍垂眸搖了搖頭，蕭瀝面色微變。「妳不願意？」

願意嗎？顧妍說不清楚，事實上，她這世從沒想過這個問題。以前羨慕舅舅和舅母伉儷情深，年少的時候也有一顆懵懂稚嫩的心，卻在夏侯毅身上摔得粉碎。母親和父親不幸的婚姻，本就脆弱的感情根本禁不起風吹雨打，或許她潛意識裡不想面對這種事吧，所以寧願縮進龜殼裡逃避現實。

顧妍抬起頭，昳麗精緻的少年正凝視著自己，一雙眸子波瀾不興，卻是前所未有的專注。上一世有關蕭瀝的記憶又淺又淡，她也從沒想過這輩子會和他有糾纏。而以後的路，誰也說不清楚。

顧妍抿了抿唇道：「蕭世子，這麼說似乎有點奇怪。」

她還真沒當面拒絕過這種事，一時也不知該怎麼說好。凡事留一線，日後好相見。如何要既拂了他的意，又不傷了彼此情面，真是個難題。

蕭瀝靜靜等著她的下文，顧妍擰眉想了許久，道：「你看，過了年我才十三，這個時候說這事，是不是太早了點？不說我前頭還有個姊姊待字閨中，娘親身邊也只有我們幾個孩子，姊姊遲早是要出嫁的，衡之又是個長不大的孩子，我私心自是想要多陪娘親幾年，承歡膝下，自己的事，一點兒也不急。」

所以，提親什麼的，還是算了吧！

蕭瀝想了想，只從話中聽出來一個意思——她沒有不願意，只是，還不到時候。

他眸光驟亮，晃得人眼花。他點點頭道：「應該的，是我太心急了。」

他的興奮來得好沒道理，顧妍覺得這話好像有哪裡不對，一時又說不上來。暈暈乎乎地看他似乎很高興，迷迷糊糊地又聽他說要先回燕京，接著恍恍惚惚就送了他出門。

直到那個高大的身影消失，顧妍還是懵的，不禁開始回想，是不是自己說了什麼話，讓人會錯了意？

站在風口吹了一會兒風，仍舊不得而知，她不由回想方才那個問題。

願意嗎？若換了任意一個人，她可以毫不猶豫地拒絕的……

有些事情變得不一樣了，這一點她必須承認。

第三十五章

明啟帝在位雖只有二十九天，但這一年依舊記為明啟元年。待冬去春來，才是真正的成定元年。

深冬臘月裡，顧妍和西德王去了女真部落，見證了外祖母的歸宗儀式。

成定元年正月，昆都倫汗率四萬大軍攻打海西葉赫部落，建州軍連克大小城寨十九座，直逼葉赫東西二城，葉赫不得不向大夏求援。同月裡，西德王帶著顧妍回京，阿齊那不隨昆都倫汗上戰場，反倒跟隨顧妍的腳步，一道前往燕京城。

柳氏寫過幾封信來詢問顧妍的身體，若不是外祖父攔著，柳氏興許要和顧婼一道來遼東，所幸顧妍的腿腳已經大好，只有在快步走路時會有些微痠痛，再適應一段時日便能恢復如初，二月時，顧妍回到了燕京城。

因著國喪，這個年過得不是很好，尤其在天子腳下，大家格外小心翼翼。待到這個時候，沈沈死氣揮散了不少，京城也在逐步恢復往日的欣欣向榮。

西德王府在南城千陽胡同，坊裡就數這間王府最大，周圍又分布著幾戶官宦人家。

顧妍挑起車簾瞧了瞧外頭。她看到王府旁一間大宅院修葺了一番，牆面也重新粉刷一遍，南城的地段寸土寸金，從前這裡是空置的，不知屬了誰去，也不知現在是哪家搬了過來。

旋即，眸色微凝，她看到了威武的石獅頭頂那黑漆紅木的門楣上，書寫的兩個燦金大字——顧府！

柳氏算著日子，早早地便在府裡候著了，聽到下人稟報說馬車進了胡同口，急不可待便出門去迎接。

顧妍剛下馬車，柳氏就已到跟前，上上下下打量她，眼睛不自主地紅了。「又瘦了……」

顧婼也趕緊拉起她問這問那，連大門口都還沒進，已開始寒暄。

西德王搖頭，酸溜溜地嘆道：「一群沒良心的。」

瞧瞧他都在這兒站了好一會兒，合著全看小丫頭去了。

柳氏和顧婼失笑，依次上前喚了聲「父親」和「外祖父」，西德王這才喜笑顏開。

幾人才開始說笑，一句突兀的聲響闖了進來。「我當怎麼了，原是西德王回來了呢！」

顧妍笑容一窒，轉頭望去。青帷油車緩緩停下，從簾內探出了安氏那張熟悉的面孔。

她看著不似從前憔悴了，比最初還要圓潤不少，略施脂粉，容色正好。車裡頭應該還有一個人在，正狠狠地瞪視他們。顧妍順著視線望過去，只能瞧見一角青金石的耳墜來回晃蕩。

想到剛看到的顧府，心頭的猜測已被佐證——顧家又發達了，魏都一人得道，其一眾黨羽雞犬升天。李氏是魏都的至親，魏都怎麼捨得讓李氏受委屈？原先被人壓制著，他情非得已，現今翅膀硬了，他只需動動手指，提拔一下這戶落魄人家，又是什麼難事？

從西城平安坊遷到南城千陽胡同，還剛剛好在王府的旁邊，兩家做了鄰居。是想要藉著這個機會，羞辱他們嗎？

安氏施施然下了車，但車上那個人卻沒有多餘動靜。

柳氏和顧婼的臉色都不是很好看，西德王瞇起眼，笑了笑說：「顧夫人，別來無恙。」

安氏笑道：「以後都是街坊四鄰了，見面的日子還有許多。」又看了看顧妍道：「許久不見，配瑛縣主看著都清減了不少呢。」

而反觀自己，氣色紅潤，意氣風發，安氏沒來由地就挺直了腰桿。

「縣主也是千金之軀呢，如今瞧著可太單薄了。自然不是說王府還能虧待了縣主，萬一教別人以為縣主是個福薄的，那就不好了。」安氏掩著唇呵呵地笑。

柳氏原先還為父親、女兒的歸來喜悅歡快，聽著這話，所有的好心情都煙消雲散，霎時氣得不行。「那我豈不是要恭喜顧夫人？都說面如滿月是福氣，顧夫人從前也是桃子臉，現在看著倒確實越來越富態了。」

人到中年，面容鬆垮，皮膚鬆弛，可不就變成了圓臉，有福氣了？柳氏這是說她老了！

安氏很快就變了臉色，尤其是柳氏看起來年輕光彩依舊，而自己人老珠黃。拜他們所賜，先前一年多，安氏委實過了些苦日子，大病一場後，容色一度很難看。最近幾月用燕窩養著才漸漸恢復了氣色，然看著確實不再年輕了。

顧妍不在意安氏都說了些什麼，她倒很驚訝，從不知道母親也能這樣伶牙俐齒。這種事肯定不是第一回了，外祖父不在府中，母親獨當一面，不反擊還待如何？她可不再是從前在顧家任安氏搓圓捏扁的顧三夫人了！

柳氏不想浪費時間與安氏糾纏，自以為是的人，你搭理她，那才是抬舉她了。

「阿妍離開的時日有些長，許多事不知道，娘親慢慢和妳說。」柳氏牽著顧妍就往裡走，絲毫不將安氏放在眼裡。

顧婼笑了笑，一道跟上，西德王就更不會理人了，唯有阿齊那多看了安氏幾眼。

安氏氣得發抖，抬頭見著一個駝背的老婆子正盯著自己看，更加惱羞成怒，一甩袖便回了馬車上。

車簾掀開，阿齊那看到一個酷似安氏的年輕婦人坐在車裡，驀地就睜大了眼。直到馬車都走了，阿齊那還滯留在原地。

青禾奇怪地喚了聲，阿齊那趕忙問道：「剛剛那位是誰？」

青禾皺著眉，道：「說起來有些複雜，曾經郡主是顧家三爺的夫人，後來恩義絕了分道揚鑣，剛才那位是顧家的大夫人。」

阿齊那眸光輕閃，青禾又在催促，她只得跟上。

安氏氣得在馬車裡絞帕子，她身側坐著的少婦同樣面色不佳。

「經年未見，柳氏還真蛻變了不少。」安氏聽見自己女兒喃喃唸叨，心中酸楚更深一層。

這是她的大女兒顧姚，三年多前就嫁到通州曲家，夫妻舉案齊眉，生活也是幸福美滿，唯一美中不足的，就是至今仍無一兒半女傍身。顧姚本該是侯府的姑奶奶，娘家有勢，顧姚在夫家也有底氣，公婆對她都很好，即便一、兩年了肚子沒個動靜，倒也不曾說些什麼，可隨著顧家被奪爵收券，一朝落魄，不僅是安家對安氏愛搭不理，就連曲家對顧姚也不是那麼客氣了。一再地拿顧姚無子嗣說事作筏子，還張羅著為姑爺曲盛全納妾。

那個妾是個有本事的，頭年就生了個大胖小子，曲盛全寵著、哄著，還說讓她和顧姚平妻。

要和一個妾平起平坐，顧姚哪裡受過這種委屈？收拾東西就回娘家來。

安氏知道顧姚心裡怨著柳氏一家子，寬慰她說：「管別人做什麼，他們又能風光多久？雖說方武帝生前，西德王得蒙聖寵，可現在都是成定帝元年了……一朝天子一朝臣，妳瞧瞧先皇在位時得用的能臣大將，現今哪個不是夾緊了尾巴小心做人的？」

西德王這個異族王，朝堂裡可沒多少人將他放在眼裡，當著面尊稱一聲「王爺」，回頭轉了身，還不是叫「洋夷子」？

顧姚明白這其中道理，然心中到底仍是窩火，她忙拉著安氏的衣袖問：「娘，現在顧家真的靠上貴人了？」

安氏笑著說：「不然呢？妳以為顧家怎麼這樣輕易遷來了南城，而妳爹爹還升了官呢？」

要知道，顧家從前還是侯爵時，也沒這個能力往南城來，可因著上頭一句話，地契就落到他們手裡了。

在顧姚聽說顧家遷來南城時，其實心裡已經大致清楚了，但她賭氣地沒有和曲盛全提及，曲盛全也不大清楚顧家的情況。她現在敢和曲盛全鬧脾氣回娘家來住，正是拿捏這一點，但凡曲盛全有點腦子，就知道這時候該哄著、勸著自己，殷勤小意地將自己迎回去，而不是和那個妾纏纏綿綿，你儂我儂！

安氏拍拍顧姚的手背道：「成定帝身邊的魏公公，可是妳三嬸的兄長呢！妳說有魏公公在，咱們還怕什麼？」

顧姚倏然一驚。她雖在內宅，但多少知道一些朝事，成定帝身邊的魏大公公，她聽得多著呢！

傳言道，成定帝自少時起便不學無術，普通大字不識幾許，回回處理政事，皆交由身邊的秉筆太監魏都一人。魏公公說什麼就是什麼，成定帝也不過問，曲盛全還曾煩惱過，自己要如何才能與魏都搭上線，沒想到魏都是李氏的兄長！

顧姚簡直不敢置信，趕緊拉著安氏。「娘，怎麼從來沒聽三嬸說起過。」

顧姚叫「三嬸」叫得極順溜，甚至早忘了自己曾那麼喚過柳氏。

安氏輕笑著道：「是啊，我也是才知道的……」

擱從前，若知道李氏在宮裡有個做太監的兄長，安氏定然只會冷笑、譏諷、蔑視。可當這個大太監能夠左右聖上的意思，那意義就又發生天翻地覆的變化。

瞧瞧顧三爺吧，如今做小伏低恨不得給李氏做牛做馬，賀氏天天跟嚥了蒼蠅似的面色鐵青，瘋病犯得更頻繁了，就是顧老夫人，哪裡還敢給李氏一點點臉色瞧？風水輪流轉，可不就是這個理？

安氏叮囑道：「待會兒回去後和妳三嬸好好說說話，她現在可是金貴的人。去年她生了個哥兒，取名徊之，這就快週歲了，娘給妳備了對赤金的腳鐲，當給妳弟弟的見面禮，還有一對羊脂玉的鐲子，妳記得和婷姊兒好好聯絡感情。」

顧姚連連點頭，不用安氏說，她也知道要怎麼做。李氏這是發達了，自己當然得使出渾身解數來討好她，未來的好處自是數不盡的……

這邊顧妍隨著柳氏回了府，母女姊妹說起家常，當然少不了隔壁人家。

柳氏只道：「便也是多了些熟悉的陌生人，眼不見為淨吧。」

顧妍笑了笑，顧婼就恨聲不滿。「我們倒是想眼不見心不煩，耐不住人家淨往跟前湊，存了心要讓人不痛快。」

柳氏也無奈，他們能管得住自己，可哪裡能管得住別人？以後是鄰居，低頭不見抬頭見。

顧妍光想想顧家那些人的作派便覺不舒服。「他們愛如何便如何，理他們做甚？不提這些糟心事了。」

接著說起了別的，尤其是要提一提他們在遼東的見聞，還有柳江氏那匪夷所思的身世。

柳氏和顧婼驚得張大了嘴巴，西德王道：「縱然身分上有些變化，但不妨礙其他。」

柳氏頷首道：「父親說得是，母親始終都是母親……」

幾人說了一會兒話，顧衡之就回來了。

他如今去書院讀書，特地告假回府，一進門就控訴顧妍說：「大騙子，說好了只走兩、三月的，都過去大半年了！」

顧妍有些感動，聽他嚷嚷道：「快將廚房燉的蜜棗豬腳湯端上來！以形補形，吃這個最好了！」又吩咐景蘭說：「記得盛兩碗啊！」

其中一碗給顧妍，另一碗自不用說，都知道是給誰的了。

顧妍哭笑不得，在遼東時，青禾和忍冬就換著花樣天天燉豬蹄湯，她現在都好得差不多了，再聞那個味道就有點受不了。但為了衡之的好意，還是吃了幾口。

顧衡之吃得很歡快，豎起大拇指對顧妍說：「大姊的廚藝越來越好了，果然是快要嫁人了，越來越賢慧。」

顧婼羞紅了臉，嗔惱道：「吃東西還堵不住你的嘴！」

顧妍知道舅舅認了紀師兄為義子，而後紀師兄上門來提親。柳氏曾在書信裡交代過，西德王相信柳建文兩口子的眼光，自是同意的。等下過聘禮，定下婚期，顧婼便要安心待嫁，想來至多不過幾月的光景。

前世顧婼嫁與兩廣總督范一陽為繼室，年紀輕輕便香消玉殞，紀師兄為了護著自己，同樣英年早逝……今生這二人能在一起，顧妍是發自內心的高興。

她湊趣道：「那看來以後得喚紀師兄姊夫了。」

「對，姊夫！」顧衡之連連點頭。

柳氏和西德王跟著笑，顧婼臉紅得像要滴血，跺了跺腳就躲開了。

舟車勞頓過後身子疲乏，顧妍早早地便歇了，次日也醒得早。

回了京都，一切又上了正軌，顧妍打算去柳府探望舅母。伊人與舅母學香，應當也在那處，然而還未出門，就碰上內侍公公到王府請人，教兩位縣主去宮中陪淑妃娘娘說話。

顧妍一怔，先是疑惑這淑妃娘娘是哪位，張祖娥和成定帝的大婚在五月，她也是趕在這之前回來的。張皇后還未入主中宮，哪來的淑妃娘娘？而她昨日才回京，今兒個便有人請她去？哪個這麼閒得慌，關注自己的走向？

顧婼見怪不怪了，應諾後拉著顧妍去換身衣服，邊向她解釋。「是鄭昭昭……成定帝即位，後宮空置，張皇后還未入宮，鄭太妃以皇上身邊無人伺候為由，讓鄭昭昭做了成定帝的妃子。」

那如今執掌六宮的不就是鄭昭昭？搶在皇后的前頭，無疑給自己抬了身價，日後鮮少再有妃子會凌駕在鄭昭昭之上了，張祖娥想拿住鄭昭昭，只怕也不容易。

顧妍不由問道：「皇上竟也同意？」

夏侯淵再如何不通人情世故，總不至於連這點都不懂吧？連皇后的體面都不給全，他就是這麼對待祖娥姊姊的！

顧婼輕嘆道：「天家的事，誰又說得清？鄭淑妃近來總會傳我進宮去，有時皇上也在身邊。成定帝的後宮現只有鄭淑妃一人，皇上對她自是千般萬般的好。」

既為君王，自得雨露均霑，今兒有個鄭淑妃，明兒個也會有其他妃子，張皇后自定下成為天家的媳婦起，就該有這種覺悟。顧妍怎麼會不知？她只是心疼張祖娥罷了。上一世張皇后在那個冰冷的殿宇裡過了大半輩子，淒涼孤寂無法言說，這一世她試著阻止過張祖娥走同樣的老路，但最終沒法改變什麼，本以為張祖娥能和成定帝互生情意，起碼會比上輩子好一點，可該在的依舊在，原來不過如此。

顧妍換了身衣服就走，阿齊那竟一路將她送至二門處，顧妍就奇怪地問了句。「齊婆婆有事？」

阿齊那想著還是搖搖頭。「等小姐回來再說吧。」

顧妍便隨著顧婼一道上了馬車。

皇宮有許久沒來過了，內侍一路就將她們帶去御花園。這段路很長，那內侍似是故意和人作對，腳步邁得飛快，顧婼都有些跟不上，更別提顧妍腳傷初癒，走得急了，更覺踝骨痠疼。

她想，鄭昭昭這是存了心要捉弄自己，估計還記著前兩年七夕鬥巧那件事……姓鄭的沒有其他優點，就是記仇。如此一想反倒放了心，顧妍乾脆緩了步子，由著那內侍老遠地在前頭開路。

她們何必由一個太監牽著鼻子走？

顧婼扶著顧妍，二人氣定神閒，還能談笑風生，果然那內侍過了一會兒發現身後沒動靜，就灰頭土臉地回來了，再不敢耍小聰明。

御花園的亭子裡，鄭淑妃正和幾個小娘子說笑。其實算算年紀，鄭昭昭不過才十四，身子還沒成熟，鄭太妃將姪女硬塞進成定帝的後宮，也是被逼得狠了。

內侍上前稟報了句，鄭淑妃暗暗瞪了他一眼，轉而便笑著對二人招手。「鳳華、配瑛，妳們可算來了！」

鄭淑妃熱絡地起身去迎二人，抓著顧妍的手就不肯撒開。「有多日不曾見過配瑛了，聽說妳去了遼東，可有什麼有趣的見聞，一定要和我說說。」

顧妍微微掙開後行禮。「山山水水，不過多了點新鮮勁。」

鄭淑妃看著顧妍在自己面前屈膝低頭，心中就有種說不出的舒爽。方武帝在世時寵著、疼著這丫頭，什麼好東西都往西德王府送，顧妍自是底氣足，可現在換了個皇帝，她沒靠山了，還不是得乖乖低頭？

鄭淑妃略過一分自得，拉著她們進了亭子。「來給妳們介紹幾個人，這是汝陽公主，這位是沐七小姐，這是顧六小姐……」

鄭淑妃一一指著說過去，顧婼和顧妍面色微變。汝陽便也罷了，沐雪茗和顧婷在這兒，卻是她們沒想到的。

顧婷長高了許多，下巴尖尖的，模樣越發像李氏，還能看出幾分顧三爺的影子，美得驚人。顧妍能瞧見她深深的眸子裡一閃而過的恨毒，轉而又是一副不諳世事的神態。

顧婼一見沐雪茗就皺眉，但想著二人也不算深交，就這麼維持著表面上的平和也好。

汝陽公主自顧妍出現就瞇眼盯著她看，尤其在看到顧妍那雙星子般的眸子時，蒙了層灰白雲翳的眼睛閃閃發光。她還記得顧妍，因為這個人，她被方武帝罰了禁足，好久好久都沒能出來走動，心裡早就恨上她了。

汝陽自己有眼疾，專門負責給她診治的太醫說，最好的法子便是換一雙眼睛。她貴為公主，想要一雙眼還不容易？但汝陽公主一定要物色一雙最好看的，從兩年前她就覺得，顧妍的眼睛再合適不過，可她知道，顧妍的身分不一般，她不能隨便開這個口。

幾人依次見過禮後，鄭淑妃就招呼眾人坐下。「這宮中大得很，走得多了也力乏，皇上說我若是覺得無聊了，就找小姊妹們進宮來陪著說話。所幸御花園景致還不錯，用著茶點，賞著花，也算偷得浮生半日閒。」

顧妍想著張祖娥，這一刻有些笑不出來。

顧婷湊趣道：「那也是皇上心疼娘娘呢，擱在別人身上，才沒有這個恩寵。」

「妳這還沒嫁人呢，說這種話倒也臉不紅氣不喘。」鄭淑妃羞惱地嗔她一眼，語氣卻丁點兒沒有責怪的意思。

顧婷就一本正經道：「說的本就是事實。」

鄭淑妃笑著要去捏顧婷的嘴，二人瞧著親密得不得了，顧妍忍不住暗暗納罕，據她所知，顧德妃和鄭淑妃可是死對頭，如此「姊妹情深」，還真教人瞠目結舌。

她和顧婼安然坐著不動聲色，顧婷眼角微瞥，不由便斂下雙眸，旋即輕嘆了句。「許久未見，兩位縣主真的越發生分了，怎麼說也曾經是姊姊妹妹，我都還念著二位姊姊的好……」

鄭淑妃一聽，恍然道：「對了！差點就忘了，婷姊兒和鳳華、配瑛還是親姊妹呢！」嘉怡郡主和顧三爺恩義絕，曾經喧騰過一時，都說顧三爺品行敗壞，可其中究竟如何，那就見仁見智了。

顧妍可不信鄭昭昭事先真不知道，她淡淡道：「是了，有許久未見。」

顧婷看著更加感傷了，唉聲嘆氣也不再說話。一旁的沐雪茗見鄭淑妃沒有開口打圓場的打算，便知道她是有意造成這種局面的，遂捧著茶盞默然不語。

汝陽公主頓時就看不過去。她還是很喜歡顧婷的，顧妍和顧婼這二人一瞧便不是什麼好東西，瞧瞧都將柔弱善良的婷姊姊欺負成什麼樣了？

這時候，汝陽公主站起身護起了顧婷。「妳們還真是沒良心，婷姊姊哪裡對不起妳們了？再大的恩怨還能敵過血肉親情去？婷姊姊吃苦受罪的時候，妳們可是高床軟枕的，翻臉不認人，說的就是妳們這種歹毒之人！」

汝陽公主畢竟不清楚其中狀況，也不曾耳聞過，只當就是惡姊姊欺負妹妹。她在宮裡長大，這種事見得可不少。占著公主的身分，汝陽腰桿也挺直了，不屑地看著顧妍哼道：「一個小瘸子，還在這裡叫板！」

顧婼眸光驟冷，肅然道：「公主，您千金之軀，金口玉言，更該注意儀態。」

汝陽公主眼睛不好，看不清楚顧婼的目光，但她能感受到顧婼話中的森冷，便勃然大怒。「我做什麼，還用得著妳來指手畫腳？」

她可是堂堂公主，大夏的正統血脈，龍血鳳髓！一個因了外來王才封的縣主，憑什麼說她？

顧婼冷冷道：「公主妄言配瑛是瘸子，還不該謹言慎行？」

「難道不是嗎？婷姊姊說她腳斷了，剛剛她走路這麼慢，還要人扶著。」汝陽公主張口就把所有事抖了出來。

顧婷關注著這兩姊妹呢，也知道汝陽公主和顧妍不對盤，剛才就悄悄和汝陽公主說了，汝陽果然十分興奮，逮著機會就要說上一句。

「原來是顧六小姐說的……」顧婼似笑非笑。「那也定是顧六小姐說我們如何作踐欺侮她，如何仗勢欺人？」

見汝陽果斷地點點頭，顧婷的臉色更難看了。

顧妍輕笑道：「顧六小姐，既然心中恨怨，何必還要費心維持這份本就單薄的姊妹情？」她站起身，淡淡望著端坐的顧婷。「我和姊姊二人與顧家已無糾葛，顧六小姐還要糾纏前事，我們確實無可奈何。」

「兩位姊姊當真冤枉我了，我哪裡怨恨姊姊們，我喜歡妳們還來不及呢！」顧婷委屈得眼淚汪汪，說著就要行禮道歉。「是我不好，都是我的錯，我給兩位姊姊賠不是……」

汝陽公主還沒意識到自己做了什麼，一看顧婷這樣卑微，那兩人還高高在上，心下火起。「婷姊姊和她們致歉做甚？」

顧婷真想罵一頓汝陽，成事不足，敗事有餘！可礙著她公主的身分又不好發作。

汝陽見顧婷滿臉淚痕，皺著眉說：「婷姊姊放心，惡人自有惡報！」

汝陽自是任性胡鬧慣了，噔噔噔走了幾步便一腳踹過去。她看得模糊，也不知道自己究竟是踹在哪處，只聽到一聲驚叫，心下還有些得意。

「阿妍！」

顧婼驚叫，親眼看到汝陽公主一腳踢在顧妍的左腳上，然後顧妍便跌坐在地，完全沒給她反應的時間。

鄭淑妃遠遠瞧見走來的那個明黃色身影，趕緊起身，呵斥了句。「汝陽，妳太胡鬧了！」

她給沐雪茗使了個眼色，沐雪茗點點頭，隨鄭淑妃一道去看顧妍的情況。

「阿妍，怎麼了？哪裡疼？」顧婼急得很。

她知道顧妍腳傷才剛好，骨頭脆著呢，萬一又裂了怎麼辦？又不敢伸手去扶她，怕碰著哪裡更加不好。

顧妍皺著眉，突然不知道該怎麼說了。汝陽公主腳踢過來時她閃開了，左腳是沒事，右腳卻扭到了。

感受到一隻有力的胳膊把自己拎起來放回石凳上，熟悉的薄荷味讓她心中倏然一窒。

「怎麼了？」蕭瀝半蹲著身子，面容剛好正對著自己。

顧妍不由得撇過頭，耳根發燙。剛好看到並肩走來的成定帝和夏侯毅，身後跟著的魏都，一雙桃花眼犀利而灼灼。

一眾人紛紛上前見禮，顧妍也想站起來的，被蕭瀝按著不許動。「問妳話呢，怎麼了？」

「就扭了下腳。」

然後蕭瀝的右手握住她的左足，輕揉了下，確定了骨頭沒事，鬆下一口氣，又問道：「哪一隻？」

分明做著登徒子的事，可表情認真嚴肅，顧妍都不知該怎麼說他好。

顧婼驚得瞪大眼睛，一時也忘了去提醒蕭瀝放手。唯有夏侯毅看著二人，覺得今日的陽光真烈，刺得人睜不開眼……

「鬧哄哄的發生什麼事？」成定帝走近一步問起來。

鄭淑妃趕忙倚到成定帝身邊。「皇上，是妾身不好，一不小心讓配瑛跌倒了。」

成定帝茫然，看鄭淑妃微紅著眼眶很自責的模樣，頓時心中不忍，安慰道：「傳太醫來看看，這也怪不得妳……」

顧妍聽那語調溫柔輕緩，不免感到心涼。前有鄭貴妃壓著馬皇后，今又出來個鄭淑妃。若哪一天，真要成定帝在張祖娥和鄭昭昭中選擇一個，不知結果會是怎樣？

汝陽公主見到蕭瀝十分高興，蹦跳著湊到蕭瀝面前，親親熱熱地喚著「表叔」，拉著蕭瀝道：「表叔都不來看看汝陽，汝陽很想表叔呢！」又見蕭瀝正看著顧妍，心中酸酸澀澀的，忙扯開蕭瀝的手，嘟著嘴。「表叔，這是壞人，你別理她！」

蕭瀝耳聰目明，遠遠地便將方才一切看在眼裡。他掙開汝陽公主的手，直起身子，看向成定帝和夏侯毅。

夏侯毅知曉自家妹子是被驕縱的，著實有些不像話，便拉開汝陽，低斥了一句，又藉機深深看了顧妍幾眼，躊躇著問：「妳怎麼樣？」

眸光千迴百轉，包含了諸多情緒，顧妍沒注意，沐雪茗卻看得真真切切，不由咬緊下唇，水眸輕閃。

顧妍淡淡答了句「無礙」，夏侯毅也不好繼續問什麼。

汝陽公主頓時心有不滿，夏侯毅從未對她說過重話，更別提有這麼多人在場的情況下。她自覺丟人，小孩心性頓起，撲過去就要抓顧妍的臉，最好是摳出她那雙眼睛！

小手才剛伸出，蕭瀝便淡淡扣住她的胳膊。沒有用力，但已經疼得汝陽公主眼淚汪汪。

「表叔……」汝陽公主楚楚可憐。

夏侯毅也喚了聲，抓住汝陽公主的肩膀，不讓她靠近，蕭瀝這才緩緩鬆開手。

「汝陽，妳也太放肆了！」成定帝再看不出汝陽公主欺人，那就真的眼瞎了，他對這個嬌蠻的小妹從來沒什麼好感，若不是夏侯毅處處維護著，汝陽早不知得罪多少人了。

成定帝板著臉，肅然道：「送汝陽公主回寢宮。」

「皇兄！」汝陽公主不可置信地瞪大眼。「皇兄，憑什麼——我不服！」

夏侯毅忙拉著汝陽公主，低聲哄勸。有宮娥來請汝陽公主，汝陽公主還不肯就範，夏侯毅沒法子，只好親自領著汝陽公主回宮，行至半道，心念一動驀然回頭，正巧看到蕭瀝和成定帝說了句話，然後打橫抱起顧妍便走。他眸光暗下來，低頭自嘲地笑了聲。

另一廂的成定帝見狀，有點遺憾。「本來還想請表叔看傀儡戲的……」

鄭淑妃斜挑起眉，嫵媚道：「蕭世子不在，不知妾身有沒有這個眼福呢？妾身早和小姊妹們說起皇上做的傀儡偶有多麼精妙，她們可好奇著呢！」

有人喜歡自己做的木偶，成定帝十分高興，他朝沐雪茗和顧婷看過去。沐雪茗是文淵閣大學士沐非的女兒，而沐非又是夏侯毅的老師，成定帝倒見過沐雪茗幾次。至於顧婷，是魏都的外甥女，成定帝現在十分依賴魏都，也聽魏都提起過這個人。

顧婷早便收拾好自己，儀態萬方地給成定帝行了禮，淺笑盈盈。

成定帝一看她便愣住了。「朕認得妳！」

魏都眸子一瞇，聽成定帝的語氣，很不對勁，再朝顧婷看過去，小姑娘神情微滯，眼神撲閃。

「就是妳，把朕的傀儡偶摔了！」

成定帝記得十分清楚，那年東宮花會，梨園深處，還是皇長孫的成定帝看見一個小女孩哭得難過，便去安慰她，還將自己最喜愛的傀儡偶給她玩。但那個女孩毫不領情，甚至扔了他的偶人！

成定帝這個人記性其實並不好，讓他看書識字，他是學不會的。然而只要涉及到他在意的東西，一如他愛若生命的木藝，那他定會記得十分牢靠。

他手裡的偶人，每個都是有生命的，那個女孩摔了傀儡偶的時候，他都聽到偶人的哭聲。淒淒厲厲的嗚啼，至今還在耳邊迴盪，成定帝絕不會忘！

這件事都過了兩年了，她的樣子也變了不少，怎麼成定帝還記得自己？

顧婷臉色煞白，不安地朝魏都看去，眼中隱隱的求救訊息讓魏都皺起了眉。

鄭淑妃偷偷瞧了眼魏都犯難的模樣，微不可察地翹了翹唇角。她可知道魏都打的什麼主意，顧婷近來頻繁地進出皇宮，都是為了什麼？莫不是真當和自己情深義重到半刻不離的地步？皇宮裡能有什麼是顧婷值得圖謀的……總不過是一個男人罷了。

成定帝是好糊弄，可也得看是對了什麼人！

顧婷手足無措，急切地去看魏都的意思行事，成定帝半點好心情都沒了，甩袖就要走人，顧婷更覺難堪。

魏都趕忙跟上成定帝，心想得找個時機和顧婷好好談談……

蕭瀝是一路橫抱著顧妍走出御花園的，來往有許多宮人都怔怔地看著他們。

蕭世子常在宮中當值，配瑛縣主也時常來宮裡走動，對這二人，他們俱不陌生，可從來冷肅的蕭世子，竟抱著配瑛縣主堂而皇之地走出來，怎不教人目瞪口呆？

顧婼小跑著追上他們，雙臂張開擋在蕭瀝面前，疾聲說道：「蕭世子，快將我妹妹放下來！」

這麼多雙眼睛看著，男未婚，女未嫁的，他們要怎麼說！

蕭瀝上上下下看了眼顧婼，忖度了一下問道：「那妳來？」

顧婼微怔，蕭瀝已經繞過她走開了，顧婼趕忙跟上。「蕭世子，你是大忙人，就不煩勞你了，宮中也有坐輦，你將阿妍放下，讓內侍抬著坐輦走便是了。」

蕭瀝看看臂彎裡的顧妍，有點捨不得放開，頓了頓道：「一點也不麻煩。妳要坐轎輦，那就在這兒等著吧。」

顧婼整個石化，顧妍更是汗顏。這個人還真是……說不出的形容。

蕭瀝淡淡地瞥了她一眼，問：「剛剛怎麼不躲？」

顧妍抗辯道：「我躲了！」

只不過後來出了點小意外……誰跟他一樣身手敏捷啊？

蕭瀝彎彎唇角，低沈的悶笑聲從胸膛傳出來。「真笨！」

顧妍不可置信地睜大雙眼，檀口微張。「你放我下來！」

她掙扎著身子，蹬著腿，像條滑手的小泥鰍……然而在他面前，一切都是徒勞無功。

顧妍氣急。「蕭瀝！」

她還從沒這樣連名帶姓地叫過他。

「嗯。」蕭瀝慢慢地應了，雲淡風輕，說不出的柔和。

顧妍挫敗，看到周圍不斷有宮娥、內侍投來驚疑的目光，攢眉說道：「你就不怕有人說閒話啊？」

蕭瀝只道：「我不在乎。」又斜眼睨著她問：「妳怕？」

顧妍真不知要怎麼說，他卻撇過頭理所當然地道：「反正我早晚是要去提親的。」

他在想還是早點定下來好，本來也想聽她的話緩一緩，可今天見到夏侯毅看著顧妍的眼神，蕭瀝就突然不確定了。阿毅很少對外表現出自己的喜惡，你給他這個，他會說好，你贈他那個，他也點頭，待人接物極為隨和，人人都誇讚夏侯毅謙和有禮。

但蕭瀝知道，夏侯毅是在竭力克制自己，這本沒什麼不好，在宮裡生存，多留幾個心眼再正常不過，個人喜好實在算不得什麼。或許是不清楚克制律己的人一旦鬆懈會怎樣，又或許是不想和夏侯毅正面起衝突……蕭瀝也不是個貪心的人，只是有些東西，實在想要擁有。

顧妍不知道怎麼又回到這件事上。她沈默了一會兒，問起來。「難道鎮國公府中要給你議親了？」

蕭瀝都快二十了，尋常這個年紀的都已經當爹了，他卻連個未婚妻子都沒有。他若要議親，小鄭氏定然想插手的，高傲如蕭瀝，怎麼可能任人擺布？現在這麼大張旗鼓，恨不得宮裡所有人都知道，也算是一種反抗吧？

蕭瀝的臉色一下就沈了下來，恨恨地瞪她。他就算要和小鄭氏撕破臉，又怎麼可能會拿她作筏子？

見他眸色越來越沈，顧妍暗忖自己是不是說錯了什麼，轉眼宮門口已經到了。

他走得極快，顧婼追趕上來時早已氣喘吁吁，一手撐腰一手拍著胸口。「蕭世子，你……」

話才剛剛說出來，蕭瀝已經將顧妍放下，轉身就大步走開，留給她們一個背影。

顧婼氣得不行，指著他道：「這個人真是……太無禮了！」又回過頭來問顧妍。「妳和他怎麼回事？」

顧姸默然，覺得他好像是生氣了。

顧婼便語重心長地跟她說話。「妳從來都是有主意的，我不和妳講什麼大道理，妳自己應該拎得清。妳也不是小孩子了，過幾年就要行笄禮，再然後也差不多該嫁人了，要是外頭傳得妳和誰不清不楚的，妳還嫁得出去？」

顧姸低頭，淡淡說：「我知道了。」

語氣很敷衍，顧婼就知道她一個字也沒聽進去。

「顧姸！」

顧婼恨不得撬開她腦子，看看裡面都裝了些什麼東西，從來都千伶百俐的一個人，怎麼到自己的事情上，就這麼不上心？

顧姸仰頭笑道：「姊姊越來越囉嗦了。」

「我還不是為了妳好？」

「是、是，我都知道。」顧姸甜笑著連連點頭。

顧婼頓時什麼脾氣都沒了，扶她上了馬車。顧姸掀開簾子往外頭瞧了眼，沒看到熟悉的身影，隱隱有些失落，又旋即懊惱自己的失言。

顧婼順道說起張祖娥五月的婚事。「還有二月就到婚期了，得早早備了禮去。」又想到宮裡那個鄭淑妃，問起顧姸。「妳要不要抽個時間去見見張姊姊？」

「自然是要見的。」

可有些事就不必說了，張祖娥從來都是通透堅韌的人，前世的日子都熬過來了，還會怕什麼？顧妍只是覺得可惜，曾經一起期待的安泰日子，似乎總是和她們離得這樣遠……

第三十六章

顧婷是憋著一股氣回府的，面如寒霜。

門房看著六小姐這臉色，小心翼翼地涎笑著臉貼上去賣乖，畢竟現今府中內宅裡最尊貴的，不是老夫人，也不是大夫人安氏，而是三夫人李氏，他們能有今天，全是靠了這位李夫人，自然而然對顧六小姐就格外尊敬，爭著搶著要在顧婷面前出頭。

顧婷看了他們的反應，才覺得腔中一股悶氣舒緩了些。娘親總和她說，小不忍則亂大謀，所以隱忍不發，謀定後動，找機會慢慢討回來，該是她的就都是她的，沒人能搶得走。

顧婷一路往三房的院子去。李氏去歲三月中旬生了個大胖小子，取名徊之，如今就快週歲了，就等著行抓週禮。

顧婷回來的時候，顧姚也在，正逗著徊哥兒。徊哥兒就坐在顧姚懷裡咯咯地笑，伸手四處亂揮，看著李氏含糊不清地喚著「娘親」。

李氏笑彎了眉，心中軟得不行。

顧姚笑著對李氏說：「徊哥兒真聰明，這麼點大就會說話了，說不定是個文曲星下凡呢！」又看著徊哥兒道：「徊哥兒，來，叫姊姊——」

教了幾遍，但徊哥兒只咧著嘴笑，就是不開口。

顧婷剛好走進來，徊哥兒立即笑開了顏，叫著「姊姊」，顧婷就摸摸徊哥兒的小腦袋。

顧姚笑著說：「小機靈，怎麼教也不肯開金口，原來是等著婷姊兒呢！所以說這血緣真是個奇妙的東西，瞧瞧徊哥兒多親近婷姊兒呢！」

顧婷對這話十分受用，但還是笑著說：「徊哥兒只是有點認生，再長大一些就好了。」然後不動聲色地從顧姚手裡接過來，讓乳娘抱下去。「該休息了。」

李氏察覺到顧婷的不對勁，顧姚也是玲瓏剔透的人，站起身來告辭。

李氏就讓高嬤嬤和丫鬟們都退下，然後問起顧婷。「這是怎麼了，受了什麼氣？」

顧婷本想著今日讓顧妍和顧婼出出醜，卻因為汝陽公主而將自己的計劃全盤打亂，這事她已經不好意思說了，怪只怪汝陽公主腦子不好。

「今兒個見到皇上了。」

李氏愕然，可看著顧婷的樣子，皺眉道：「皇上對妳很不滿意？」

又想想顧婷還是有點分寸的，在成定帝面前怎麼可能捅出大樓子，何況還有魏都看著呢！

「出什麼事了？」

顧婷苦著臉將事情都說了。「我想他應該早忘了的，不過這麼點芝麻綠豆的小事，誰還記得牢牢的？這麼多人看著，我的臉都丟光了……都是那兩個人害的！」指的當然是顧妍和顧婼。

想當初，她不就是被顧婼排擠而不得不跑開，又因為心情不好，然後衝撞了皇長孫嗎？後來碰上顧妍，分明只需要顧妍幾句話，她也就不用得罪那麼多人。那時候還是姊姊、妹妹沒鬧開呢，做姊姊的都是這樣對待妹妹！

李氏瞇起眼，想了想，問：「妳舅舅怎麼說？」

「舅舅什麼都沒說，跟著皇上就走了。」

李氏輕笑了聲。這確實是魏都會做的事，比起她們，魏都更在意的其實是他自己。或許這就是他們一大家子骨子裡的劣根性吧，可如今除了魏都，李氏好像還真就沒有其他倚靠。

「沒關係，妳舅舅會有對策的。」

顧婷到底不如她娘一般能沈得住氣，但李氏都這麼說了，顧婷只能不甘不願地應下。

外頭傳來顧崇琰的聲音，李氏和顧婷紛紛止了話頭。顧崇琰直直走進房門，親切地問了顧婷幾句，顧婷一一應答，可態度到底不如從前親熱。

顧崇琰不由訕了一下。當初顧家潦倒之際，顧崇琰曾和李氏大吵一架，然後跑去挽回柳氏，希望再續前緣重新開始，結果兩邊都沒討著好。坊間傳言說他得了瘋病，顧崇琰消極了好一陣子，借酒澆愁，弄得人不人鬼不鬼。當然了，如今他看起來已經煥然一新。隨著成定帝的即位，魏都坐上秉筆大太監之位，顧崇琰就知道自己的機會來了。

他開始對李氏、顧婷大獻殷勤，對自己的兒子徊哥兒關愛備至。一開始李氏對他也是淡淡的，可這麼長日子的水磨功夫，李氏都軟下來了，顧婷當然是看李氏的態度。

李氏近來託魏都給顧崇琰安排差事去了，還是原先寶泉局的司事，兜兜轉轉又回到自己手裡。可顧崇琰知道，這才僅僅是個開始，日後的造化，那才大了去！

李氏看著他問起來。「三爺有事？」

顧崇琰佯怒。「沒事就不能過來嗎？」他握著她的手道：「是在想徊哥兒抓週的事。請柬已經發出去了，一應器物單子都在這裡，妳看看還有什麼要添置的？咱們兒子的週禮，一定要好好置辦。」

李氏緊緊看著他，雖然一方面清楚顧崇琰的秉性，一面又情不自禁地享受著他的體貼溫柔……真真是矛盾。

李氏和顧崇琰就地商量起來，顧婷看著沒自己的事，便先離開，她還在想今日在宮裡的那些事。李氏說讓她別急，可她怎能不急？顧婼和顧妍被封縣主的時候，她還在清涼庵，李氏讓高嬤嬤和一個丫鬟陪著她去的，顧婷其實沒有真正做過什麼苦差事，可在那個地方待了好幾個月，讓從來錦衣玉食的千金小姐如何承受？

然而在她吃苦的時候，她最不屑、最痛惡的兩個人，都飛上枝頭變成了鳳凰，這樣的反差，真教人恨得牙癢癢。好不容易她也能水漲船高了，舅舅還說要讓她去做這世上最尊貴之人的妻子，這樣定能夠壓她們一頭了吧？偏偏又出了紕漏！

顧婷想起在御花園裡瞧見蕭瀝對顧妍的那副樣子，分明是緊張珍視。那可是鎮國公世子啊！勛貴中的頭一家，蕭世子無論是身分地位還是樣貌，都是頂尖的，顧妍怎麼會入了他的眼？定是顧妍勾引了人家蕭世子！

「這個不要臉的東西！」顧婷破口罵了一句。

「六妹怎麼了？」顧姚的聲音突然響起。

顧婷眉頭輕蹙，顧姚就解釋道：「走到半道發現鐲子掉了，循著原路回來找，正巧見到了六妹。」

她揚了揚手中的碧璽玉鐲子，一角有些缺口，估計是在哪兒磕著摔壞了。

顧婷淡笑道：「成色這樣好的鐲子，可惜了。」

顧姚也笑。「回頭用赤金鑲上，還能用。」

二人沿著小道一路行去，顧婷偏過頭睨她。「大姊這樣好的人，大姊夫怎甘當那個負心人？」

顧姚面色一僵。來到顧家，最不想聽到的就是曲盛全。按說通州離燕京也不遠，顧姚來了有兩日，卻不見曲盛全有什麼動靜。

顧婷哪壺不開提哪壺，這是犯了哪門子邪火，要燒到自己身上？

「很多男人都是這樣，喜新厭舊的。」顧姚低低說道。「遠的不說，便瞧瞧二叔父和二嬸……二嬸現今都神志不清了，沒見二叔憐惜半分，卻是玉姨娘和信哥兒水漲船高。」

玉英自從生了兒子信哥兒，在顧二爺面前也得臉了。摒除掉當初玉英想爬顧三爺的床，卻陰差陽錯地和顧二爺春風一度這點外，玉英還是十分不錯的，她長得好，也生了兒子，當初安氏病重期間料理得一手好家事，顧二爺倒是真的有點離不開玉英了。

而賀氏又恰恰走了另一個極端。顧媛身為一個大姑娘，閨中有孕，教顧二爺知道了，賀氏又偷拿錢去給人封口，事後死不承認，顧二爺對賀氏的耐心、情意全部耗盡，將錯就錯讓顧媛和賀大郎定下婚約，再過月餘便要嫁去邯鄲賀家。

顧姚要和顧婷拉近關係，也知曉顧婷恨賀氏和顧媛入骨，故意說了這些……顧媛跋扈乖張沒少欺負過顧婷，顧婷當初被趕去清涼庵又全是賀氏的功勞，她十分願意聽到顧媛和賀氏的不好。

果然顧婷這回高興了，不自覺地和顧姚拉近了幾分。

「剛看到六妹愁眉不展，是有什麼煩心事？」顧姚順勢問了起來。

「沒什麼，只是今日應了淑妃娘娘之邀去宮裡，見著那邊兩位。」顧婷下巴微抬，點了點西邊，意思就是西德王府。「都是鄰居，碰面自是躲不開。大家做不成親戚，仁義總在，我不過想和她們隨便聊聊，她們卻當著沐七姊姊和淑妃娘娘，還有一眾宮人的面給我難堪。我人微言輕哪比得過她們，只能受著……算了，左不過受點委屈，算不得什麼。」

顧姚不是十分相信顧婷的說詞，但這時也跟著嘆道：「妳啊，就是人太好了，這可是要吃虧的。」

「那也沒辦法啊。」顧婷柔柔地笑。「都過去了，不提也罷……說來也有多日未曾見過二哥了，他現今不如何著家，一年也見不著幾面。」

提起這個親弟弟，顧姚一籌莫展。「我也不知道修之都幹什麼去了。」

顧婷身邊的丫鬟突然就道：「六小姐、大姑奶奶，奴婢前兒個還在門口見過二少爺呢！只是……」

「只是什麼？」顧姚立即問起來，想到顧修之和顧妍從小就要好，便問道：「只是他去的是西德王府，沒回家？」

見丫鬟點頭，顧姚氣得不輕。「這個臭小子！」

她粉面含怒，和顧婷打了個招呼，就回去尋安氏了。

顧妍回到西德王府，阿齊那見是忍冬揹著她回來，不免有些驚訝，因顧妍的腳傷明明已經好了。

顧妍不好意思地笑笑。「另一隻腳不留神扭了下。」

阿齊那就讓忍冬趕緊將顧妍揹回房裡，打了水冷敷一下，然後取了瓶藥油過來給她搓揉。「不算嚴重，用藥油揉幾天，等瘀傷都化開了便好。」阿齊那這麼說。

顧婼放了心，顧妍便道：「那就麻煩齊婆婆了。」

然後想起出門前阿齊那欲言又止的樣子，還有剛回來時她急切的神情，顧妍問起來。「齊婆婆是有什麼話要對我說？」

阿齊那動作微頓，飛快地睃了眼一旁的顧婼和伺候的幾個丫鬟、婆子。

顧婼知道阿齊那是女真人，而且身分不一般，西德王交代過要禮待阿齊那，顧婼便識趣道：「都下去吧，讓阿妍好好休息。」說完，便帶著人下去了。

阿齊那很快就問起安氏的事。「昨日見馬車中一位年輕的太太，與顧夫人長得幾分相似，我瞧著她覺得很面善。」

顧妍想到昨天也依稀看到安氏馬車中是有人，長得與安氏相像，應該就是顧姚了。「那是顧家的大姑奶奶，已經嫁去通州了，大概是回來探親的……」

可據顧妍所知，顧姚是典型的閨閣貴女，安分守己，阿齊那是女真人，哪會有機會見到顧姚的？

「齊婆婆覺得她像誰？」顧妍問道。

阿齊那一驚，含含糊糊道：「大約十六、七年前，在撫順見過一個婦人……」

說起這個，她神色鬱卒，眸子也瞇了起來。十六、七年前，顧姚還是個垂髫小兒，更加無從說起了。

顧妍想著大約是阿齊那搞錯了。然而轉瞬，琢磨了下，心中就是一跳，復又問了遍。「齊婆婆是說，在遼東撫順見過與顧家大姑奶奶長相相似的婦人……可是方武二十四年？」

見阿齊那點頭，顧妍霎時愣然。方武二十四年，顧姚確實還只是一個小孩子，甚至連顧婼都未曾出生，可這一年，顧修之降生了。

那時候的顧大爺在前往遼東襄平時被流民劫掠，安氏前往廣寧，之後顧大爺安然無恙回歸，安氏也在遼東順利生下孩子，坐完月子後抱著白胖的顧修之回到燕京。

安氏人到中年，年老色衰，早不及年輕時候的水嫩窈窕了，但顧姚和年輕時的安氏很像，阿齊那說看著顧姚面善，其實是看安氏面善才對。

顧妍很清楚，二哥不是安氏和顧大爺的孩子，甚至二哥都算不得是個血統純正的大夏人。阿齊那又是昆都倫汗身邊的巫醫，聯繫到顧修之的真實身分，顧妍心中隱隱浮現出一個猜測。

「齊婆婆問起這件事，是想尋什麼人？」顧妍突然正色。「齊婆婆特意跟隨我一道南下來燕京，是為了什麼？真當是有始有終，照顧我至痊癒？」

阿齊那很驚訝顧妍這麼說，顧妍定定看著她。「齊婆婆的背，是怎麼駝的？」

阿齊那面色微變，眼中怨毒一閃而過。顧妍只是坐著，靜靜望著她。

快到午時的陽光又亮又烈，室內氣氛一時凝滯，良久，才聽到阿齊那長嘆了一聲。「是我騙了您……您說得不錯，我確實是來找人的。」

顧妍並不意外，或許阿齊那也稱不上是欺騙，她來燕京，不過是為了完成某個任務，顧妍甚至有七成的把握，阿齊那要找的人，就是二哥！

「只是抱歉，這件事，不能告訴小姐，望您見諒。」阿齊那低著頭悶悶地說。

事關某些隱秘，她不願說，顧妍也不會過問。「齊婆婆放心，我不怪妳……妳若想找人便只管找去，若我能幫上妳的忙，定然不遺餘力。」

阿齊那驚愕地抬頭，趕忙站起身給她行了一禮。「感謝小姐的信任，若阿齊那此次得償所願，定會銘記在心，永生不忘。」

阿齊那退下了，顧妍便坐在床榻上出神。

她在想，真有這個機會認祖歸宗，二哥是否會願意？二哥身世的秘密，他們各自心照不宣，顧家從來都不是他的歸屬，二哥早就厭煩那個家裡的一切，但顧修之從沒和她說過，他要去尋找自己的生身父母，甚至一直在逃避這個問題。

顧修之不說，心裡就永遠都會有那麼一個疙瘩，抹不平，剜不去。

顧妍直到夜間還是輾轉反側難眠，她想到大金南下時，二哥帶頭衝鋒陷陣，那樣的英姿勃發，器宇軒昂。他生來便該是草原上的雄鷹，有更加廣闊的天空，而不是拘泥在這方小小的天地裡。

內室翻轉的動靜窸窸窣窣，外頭當值的綠繡淺眠，披了件衣服，點一盞油燈進來。「小姐可是要喝水？」

顧妍搖頭道：「不用，我只是睡不著，坐一會兒。」

綠繡點點頭，又往外間去了。

顧妍心想，是要尋個機會去找二哥的……這麼打算著，聽到「咚」一聲的輕響，從窗子上傳來，像是有小石子擊中。

顧妍以為自己聽岔了，然而過了片刻，又是「咚」的一聲脆響。

她蹙眉，綠繡又走進來，困惑地道：「什麼聲音？」

四下一片安靜，窗外疏影橫斜，風聲習習。

顧妍陡然福至心靈，道：「妳去打開窗子。」

綠繡掌著燈過去，不一會兒驚呼道：「這是什麼？」

窗臺上放了一只玉瓶，綠繡拿來交給了顧妍。瓶子沈沈的，裡頭裝了東西，湊近一聞，有股濃重的藥油味。

「是誰放在那裡的？」綠繡喃喃自語。

顧妍想起之前有次某人跳窗，也是這樣先扔幾塊小石子過來。白天的時候分明負氣離開，這會兒天黑了，還往她這兒送藥油……忍不住笑了聲，她將瓶子放到床頭小几上，對綠繡說：「白天的時候亂放的，沒事了。」

綠繡回了自己榻上，顧妍就著床頭燈火看了看那只玉瓶，然後又朝窗外看了會兒，只是再也沒有聽到什麼動靜。

若有似無地嘆息一聲，顧妍重新埋進被子裡，這時睏意就上來了，沈沈睡過去，直到次日醒來，一夜無夢。

用過早膳，柳氏和顧婼陪著她坐了一會兒，柳氏用尺給她量一下身形。

「妳這個年紀就是長得快的時候，去遼東大半年，長高了不少，衣服就不合身了。正巧江南來了幾疋好綢子，娘給妳做幾件衣裳。」

顧妍由著柳氏擺弄，嬌笑道：「府裡不是有針線房嗎，娘親何必親自動手？」

柳氏瞋她一眼。「這是嫌棄娘繡工不好？」

「哪會啊？不是怕娘親累著嗎？」

柳氏笑著捏了捏她的鼻子，然後讓顧妍和顧婼挑選自己喜歡的顏色。顧婼挑了疋真紫的和杏紅的，顧妍更喜歡素色，目光都在那些鵝黃、月白、天水碧色上梭巡，可她個子長得快，更顯得清瘦，再穿這些顏色的衣服，越發顯得清湯寡水。

顧婼很無奈。「妳總穿得這麼素做什麼？小姑娘就該有小姑娘的樣子！」說著就挑了疋水紅色的湊到她身前比了比，點頭道：「這疋就很不錯。」

顧妍哭笑不得，探手撚了撚，感受到手中絲滑如流水的觸感，不由一愣。「這是冰綃羅緞？」

柳氏點頭。「先前培育了一批冰蠶，大多都死了，只存了少數，吐的絲還不夠織一寸尺頭，後來累積了一些經驗，總算成活的冰蠶多了，攢好幾年才得這麼一疋。」

冰蠶難得，又極難成活，因而冰蠶絲千金難得，冰綃羅緞更是可遇不可求，用這種羅緞做的衣服穿在身上，可保冬暖夏涼，顧妍知道這個，還是因上一世張祖娥拜師時贈了舅母兩疋。

「先前一直在想該送什麼禮給祖娥姊姊，這疋冰綃羅緞似乎正好。五月天氣也挺熱了，穿上厚重的禮服，完成一長串禮儀，定十分難受。」

顧婼想想也是。「那改日可以先送去，用冰綃羅緞做件裡衣，能省許多事。」

二人都同意，柳氏也沒什麼好說的，東西再珍貴，到底還是死物，比不得女兒。

幾人陪著坐了一會兒，就聽說蕭若伊帶著晏仲過來了。

「妳說妳怎麼去了這麼久？還以為妳都不回來了。」蕭若伊進了門，先是定定看了她一會兒，然後就拉著顧妍好一陣寒暄，又趕緊招呼晏仲給她瞧瞧去。

晏仲從鼻子裡「哼」一聲，到底是上前看起她的扭傷。

顧妍也沒什麼好彆扭的，倒是蕭若伊嘻嘻笑著跟她說：「走之前妳還只到我肩頭的，這會兒都與我差不多高了，只顧衡之那小子，大半年也沒什麼動靜。」

顧妍輕笑道：「可千萬別被衡之聽到了，當心他和妳急。」

晏仲看過顧妍的足踝後又拉過她腕子，粗長的眉毛一挑，旋即就暗暗瞪了眼蕭若伊。那意思是，啥事都沒有，大驚小怪！

蕭若伊無奈地翻個白眼。怪她咯？還不是她那好大哥不放心？

二人的眼神較量顧妍只作不知，晏仲輕飄飄瞥了顧妍一眼，她霎時會意，盈盈笑道：「辛苦晏先生了，若晏先生不介意，還請留下用膳。」

晏仲當然樂意之至，跟聰明人打交道果然方便簡單許多，於是他笑著出去找西德王了。

今日前來，看病還是次要，關鍵是受人所託……那小子難得開這個金口，他也不能搞砸了不是？想著就有些興奮，他活了這麼大年紀，還沒做過保媒這種事呢！

顧妍怎麼知道晏仲幹什麼去了，權當他是嘴饞了而已。

蕭若伊便拉著顧妍說笑起來，像隻歡快的小鳥，看起來頗有些沒心沒肺的樣子。她拿出一小管香露，雙眼大亮。「春宴的時候，老師調了款寶華香，滴兩滴在香篆裡，和原香相輔相成，命婦們都讚不絕口。這是我仿照著做的，妳聞聞看。」

蕭若伊口中的老師，自然是舅母明氏。明家在蜀中是香藥世家，明氏自小耳濡目染，深諳此道，在春宴上大放異彩不足為奇。只是顧妍記著舅母不是喜好出風頭的人，怎麼還當眾製起香來了？

她問了蕭若伊，蕭若伊的臉色微變。「還不是因為鄭昭昭！」

蕭若伊不是個溫吞性子，很少能靜得下心來學習什麼，卻突然拜師和明氏學起香道，鄭昭昭好奇之下就想看看明氏都有什麼本事，所以仗著鄭淑妃的身分，半強迫半命令明氏當眾調香。

「老師推脫不得，小露了一手，鄭昭昭那不要臉的就要老師也收她為徒。她想得倒是美，也得看有沒有這個天賦！」蕭若伊冷冷地笑。「鄭昭昭嗅覺不敏，還想學香？」

既是如此，確實不好和明氏學香道了。顧妍想到昨日鄭昭昭對她們若有似無的刁難，恐怕不只是因自己曾在七夕鬥巧會上那一齣，更因為伊人和舅母的遷怒。

鄭淑妃橫空出世，少不得有鄭太妃和太皇太后在裡頭推引，鄭昭昭能在宮裡橫行，沒得人管，不就是仰仗了那兩個人？

蕭若伊頓感頭疼，又在想太皇太后的事，便沒精打采起來。「大哥本來找了個人，好吃好喝地伺候，偏偏還給人家跑了。」

蕭瀝要尋的人，無非是精通巫術的老巫，可正如阿齊那所說的，他們哪會任人擺布？

顧妍這廂在安慰著蕭若伊，那廂晏仲已經去見西德王了。

西德王和晏仲沒什麼大交情，晏仲是明氏的表兄，與西德王算是拐著彎的有點親戚關係，西德王倒還感念著晏仲曾經為柳氏還有顧衡之調養身體，因此對他十分禮待。

兩人喝了盞茶，晏仲就問起顧婼的婚事。「聽說是與子平交換了庚帖，下了小定。鳳華縣主持重大方，賢淑明理，又精明能幹，與子平男才女貌，也是天作之合。婚期定在何時？」

晏仲一副十分關心的模樣，西德王有些摸不著頭腦，但想想紀可凡是柳建文和明氏的義子，晏仲關心一下外甥也在情理中。

「等子平正式下聘，就定婚期了。」

晏仲「哦」一聲，感慨起來。「最初見子平時他還是個幼兒，轉眼都長大成材了，想想好像是昨天的事。王府人口本來就少，鳳華縣主出嫁，定是捨不得的……」

旋即想想這麼說好像跑偏了，晏仲趕忙又道：「但能為縣主覓得如意郎君，做長輩的心裡也是高興。」

西德王越發不明就裡，只能呵呵乾笑兩聲，晏仲感覺氣氛好像有點不大對勁，乾脆問道：「配瑛那小丫頭可說親了？」

西德王一愣，陸生警惕。「你問這做什麼？」

合著先前都是鋪墊啊，重點在這裡呢！

「都說一家有女百家求，配瑛也快十三，差不多可以說起親了，我這正是要為她說個媒。」晏仲輕咳一聲，端正嚴肅道：「男方是鎮國公世子，今年十九，王爺也認得，相貌我便不提了，年紀輕輕已經大有作為，前不久剛升了從三品指揮同知，人品性情也好，精通騎射，驍勇善戰，門第又是勛貴中一等一的好……」

晏仲把蕭瀝大大誇了一通，邊說邊去看西德王的臉色，卻發現他眉心擰成了一股。尋常哪家要是說到這門親事，還不欣喜若狂？蕭瀝條件這麼好，西德王還不滿意，那是打算把小丫頭嫁到哪家去？

「你是受了誰的委託？」西德王定定看著他，「是蕭瀝，鎮國公，還是威武將軍？」

晏仲趕忙道：「國公爺肯定尊重令先的意思。」

言下之意，這是蕭瀝請晏仲來的。

西德王大概是有些底了。在遼東時，他也考慮過這件事，活這麼大把歲數，他也見識不少了，不是看不出蕭瀝對顧妍是個什麼意思。但一方面，他要顧及顧妍的意思，另一方面，他也不希望顧妍這麼早定下來。

蕭瀝能請晏仲來說媒，也算有心了，可有心沒心的，還不是主要。鎮國公府人口不算複雜，十多年前那場大戰，鎮國公折損了兩個兒子，大兒子蕭祺是僥倖活下來了，原配欣榮長公主去世，蕭祺又續弦娶了小鄭氏。顧妍若真要嫁過去，小鄭氏就是她的婆母，鄭氏一族在朝中什麼樣的，小鄭氏又是個什麼樣的，這些能不思量？更有傳言說，蕭祺和蕭瀝也不對盤……

西德王從不要求顧妍和顧婼嫁入如何高的門第，簡單平凡，知根知底的最好不過了，如紀可凡，身家清白，文質彬彬。柳建文跟明氏是什麼樣的人，西德王和柳氏再清楚不過，顧婼能和紀可凡結為連理，他們都贊成，可換了蕭瀝……

「這件事我心裡有數了，只是還不急，總得好好商量。」西德王含糊不清，但也沒有把話說死。

晏仲沒想過一次就能將事情定下來，現在這結果已經很不錯了，他的任務也完成了，剩下的留給那臭小子頭疼去！

西德王回頭將這事跟柳氏說了，柳氏嚇了一跳。「鎮國公世子？」

她開始回憶為數不多見過蕭瀝的幾次。俊美無儔的少年郎，看起來有些冷淡嚴肅。少年老成一些倒是無礙，成熟的男子總有他的擔當，只是柳氏同樣有她的顧慮，鎮國公府的門第高，哪怕顧妍貴為縣主，也算得上是高嫁了。

柳氏第一反應就是搖頭。「高門大戶裡水深著呢，鎮國公府那麼高的門檻，我可捨不得阿妍去裡頭折騰。有些人知人知面不知心，都說這世上越是好看的東西越是有毒，顧崇琰那副好皮囊下是什麼，我便不想多說了，誰知道鎮國公世子是不是這種表裡不一的？」

西德王笑道：「妳也不能一竿子打翻一船人啊！」

兩個人說了許久都沒有個定論，顧妍更不清楚這裡的情況。

反觀鎮國公府，蕭瀝整天都漫不經心，好不容易等晏仲回來了，那人又一副高深莫測的模樣。

「到底怎麼樣了？」蕭瀝蹙眉問了句。

晏仲本打算好好耍一耍蕭瀝，但看他一臉嚴肅，瞬間沒了樂趣，擺擺手道：「你當是這麼容易的？買東西還貨比三家呢，何況人家是要嫁閨女。女人的婚姻就是第二次投胎，捧在手裡嬌滴滴的小女兒，不好好想清楚了，能捨得嫁到別人家去？你這條件是好，也不好……」

蕭瀝又何嘗不知道？小鄭氏居心不良，父親對他心有芥蒂，自己未來的妻子，勢必是要與他們硬碰硬的。徬徨過、迷茫過、猶豫過……最終的最終，還是打算給自己一次機會。得之我幸，失之我命。

蕭瀝點點頭說：「多謝晏叔了。」

晏仲拍拍他的肩，然後就去找鎮國公了。老頭子要是知道自己孫子開了竅，可不知道該有多高興。

蕭瀝站了一會兒，也回屋去了。

門外有個嬌小的身影一閃而過，青色裙襬翩躚，轉眼已消失在目所能及的範圍內。而後便是合熙苑裡小鄭氏潑灑了一杯熱茶。

「妳說什麼？世子請晏先生去西德王府說親了？」

跪著的嬌小婢子連連點頭。「是奴婢親耳聽到的，晏先生今日去了王府，為世子和配瑛縣主說媒，但王府那兒似乎沒有應下。」

剛剛那些話自是她無意中聽來的，世子耳聰目明，她憋著口氣連喘息都要格外小心，身體僵著不敢亂動，生怕鬧出什麼動靜，但好在，她的運氣似乎不錯，也許是她躲著的角落隱蔽，又也許是世子正在煩心其他的，沒留意身邊。總之，她安然無恙地來給夫人稟報了。

小婢子幾次抬頭看看小鄭氏，只見她先是十分震驚，繼而便是憤怒，又在聽到王府未應下時，所有的神色都舒緩了，長長吐了口氣。

「算他們識相！」小鄭氏扯扯嘴角，心中還是有些後怕，她萬萬想不到，蕭瀝居然會有一天去提親求娶別家的姑娘！一直都以為那人對誰都是清清淡淡的，這輩子婚事大致就別指望了。老鎮國公不會逼他，她作為蕭瀝的繼母，一輩子看著他，也是件不錯的事，又何必要多一個女人插到中間來？

小鄭氏想到那人高大的身影，精緻深邃的眉眼，看人的目光很淡漠，鮮少會對人露出不同的情緒來，偶爾見著自己，厭煩地皺皺眉，也是極為難得的。又想起一年前在宮裡遇上顧妍，才說了幾句話，就被蕭瀝拉走。她原以為蕭瀝是因為不耐煩看見自己，現在想想，才知多麼不對勁！

小鄭氏臉色鐵青。「妳把他們說的話給我原原本本地複述一遍！」

小婢子愣了愣，她只記得大概是什麼意思，哪裡還能一字不落？又不想在小鄭氏面前表現得自己無能，便添油加醋胡編亂造地說了一通。

世子寡淡，對貴女不屑一顧，既已為自己婚事打算起來，想必心裡應該是樂意的，於是話裡的意思便成了蕭瀝如何迫切地希望能和西德王府結親。

小鄭氏越聽面色越差，小婢子終於噤聲不再說下去了。

「這事，妳別跟其他人提起。」小鄭氏吩咐了句，然後讓身邊的嬤嬤賞了她一個上等紅封，小婢子千恩萬謝地走了。

小鄭氏一雙手用力地擰著帕子，手背上的青筋也爆了出來。

她知道，蕭瀝的婚事，自己定然作不了主。別說蕭瀝自己不同意，就是鎮國公也不會同意的，因而她不動這個心思，可真當蕭瀝自己願意娶妻了，心裡怎麼就跟被千刀萬剮了般？若不是那個丫鬟誤打誤撞，她是不是就一直被蒙在鼓裡，然後等到大局已定，最後被通知一下？

小鄭氏心裡火燒火燎地疼。她只見過顧妍一次，依稀記得是個瘦瘦小小的小姑娘，長得確實好看，尤其雙瞳翦水，極有靈氣。可小鄭氏一見她就不喜歡，因為顧妍和鄭太妃有些許相似。

鄭太妃是平昌侯的嫡親妹子，與小鄭氏同父異母，鄭太妃入宮為妃的時候，小鄭氏還沒出生，但她自小就知道，她在宮裡有個嫡姊，那是鄭氏一族的希望，是所有族人的寶貝。若鄭太妃是天上皓月，那她就連旁邊一顆星子都算不上，小鄭氏對鄭太妃又羨又妒，恨屋及烏，當然看不順眼顧妍，更何況，顧妍還跟蕭瀝扯上了干係。

蕭瀝……蕭瀝……這個名字在喉口幾經轉繞，細細綿綿，讓她鼻眼都一片酸澀。她著實不明白，那個小丫頭究竟有什麼魅力！

小鄭氏尋思著要去見一見顧妍，可兩家無親無故，她貿然上門，十分不合理。於是小鄭氏找了蕭祺，讓蕭祺試著和西德王打個交道，蕭祺一聽這話就蹙了眉。「去找那老頭子做什麼，一個外來王，哪裡值得交往？」

方武帝寵信西德王，他要是還活著，那西德王還有點價值，可方武帝都死了，西德王現在這身分有什麼意思？

小鄭氏恨聲道：「人家好歹是個王爺！你知不知道你兒子要和人家結親了？」她咬牙切齒，點著蕭祺的額頭。「從前說那小子根基淺，不足為懼，你不管，這下好了，人家去了西北幾年回來，翅膀都硬了！眼看著你機會越來越小，他再去娶個縣主……是不是真要等國公爺死了，你兒子襲爵，然後你這個做老子的仰仗兒子的鼻息過活啊？」

蕭祺最不願意聽的就是這個，對於鎮國公當初把世子之位給蕭瀝，他是沒有意見的，誰教他「戰死」了呢？爵位當然得往下傳了。可自己都回來十多年了，老頭子還閉口不提讓蕭瀝讓出世子之位。

蕭祺好不容易覥著臉去跟鎮國公說，鎮國公還理所當然地道：「早晚都是令先的，早點晚點又有什麼關係？」

有什麼關係？呵呵，他可還沒死呢，跳過他直接就把爵位給蕭瀝，他能甘心？

蕭祺冷著一張臉問：「當真？」

「這種事還能造假？都請晏仲去過了，國公爺應該也知道，你說國公爺樂不樂意？」

哪能不樂意？鎮國公一天到晚都想著抱重孫呢！可蕭瀝半點不急，蕭泓又沒個動靜，蕭澈癡傻，年紀還小，去哪兒給他抱個重孫？

蕭祺面容端肅起來。西德王府根基很淺，嘉怡郡主是個棄婦，兩個女兒還有兒子都是人家家裡不要的，還被人誤會過血緣，名聲都不很好聽……然而就如小鄭氏說的，人家好歹是個王爺呢！無論如何，封誥在那裡，西德王就算是個外族王，也有不小本事。大夏水師力量薄弱，西德王的水軍勇猛，兩年前打倭寇，還是西德王出的力，誰說成定帝就不會重用人家了？要真結成這門親事，那小子不是又靠上了大山？媳婦若還是個精明能幹的，更是個大麻煩。

蕭祺越想越不對勁，拉著小鄭氏道：「這門親事不能成！」

小鄭氏達到目的，點頭道：「當然不能成了，所以才要你去和西德王交涉。他們還要商榷的，把女兒嫁進來，定要好好打聽清楚，你隨意透露幾句蕭瀝如何不好，這不就完事了？」

蕭祺趕忙應下，第二天就去尋西德王。西德王記著晏仲剛來說過媒，對蕭祺突如其來的殷切並不訝異。兩人談上幾句，蕭祺就覺得這個外族人十分健談開朗。天南地北攀扯了一陣子，蕭祺想著晏仲都來說過媒了，當下也不避諱，便誇起西德王的兩個外孫女。

晏仲代表了蕭瀝的意思，他昨日便明明白白告訴過晏仲要好好考慮的，然後第二天蕭祺就找上門了……可見蕭祺和晏仲是沒有接洽過的，有傳言說這兩父子不和，看來並非空穴來風。

西德王笑道：「將軍謬讚了，兩個丫頭養在深閨，沒什麼見識。」

蕭祺趕忙擺手。「王爺不用自謙。」又說起自己兒子來。「令先打小就有他的主意，九歲的時候孤身去了西北軍營，數年不歸，更沒有書信往來。剛回來那會兒，我瞧了他許久才認出來，性情都比兒時冷淡了不少。後來聽說他在西北的戰績，隱姓埋名得了不少軍功，曾將韃子首領生俘，將敵酋大將軍的頭顱一刀斬下，掛於城牆之上威懾敵營……都說他殺敵無數，有萬夫莫敵之勇，連我這個做父親的都要感慨一句後繼有人。」

蕭祺一邊拍著胸脯很是驕傲自豪，一邊去看西德王的臉色。

性子疏淡的兒郎，又不著家、不孝順，孔武強壯、一身蠻力，行事血腥暴虐……任是哪家嫁女，不可能沒點膈應。

西德王挑了挑眉毛，裝作聽不懂蕭祺話裡的意思，只恭賀蕭祺道：「大夏有句話說，男兒志在四方。蕭世子年少有為，勇猛無匹，著實可喜可賀。」

蕭祺面色一僵，乾笑著點點頭，心裡想著，畢竟是外族人，交流起來到底困難。他又不好正大光明說自己兒子如何不好。

蕭祺慨慨地回了府，小鄭氏問起來，蕭祺搖頭說沒準信兒。他也是有傲氣的，在這處碰了壁，那便算了。

小鄭氏恨得直跳腳，想著還不如自己去！

要說西德王怎麼想的？倒不是覺得蕭祺說的那些有什麼，個人性情取決於很多因素，他也沒覺得說哪種一定好，哪種就不好。在海外，他也上過戰場，很明白在那個地方，勝利和活下去的重要，蕭瀝能這樣拚命，那是好事。而自古忠孝難兩全，真要像個娘兒們似的婆婆媽媽，蕭瀝也就難堪大任了。

他只是奇怪，蕭祺是威武將軍，怎麼就專揀一些雞毛蒜皮都算不得事的事來說？但要是說西德王也沒個什麼想法，那也未必，起碼他搞明白了一件事，蕭祺和蕭瀝兩父子貌合神離，而且蕭祺並不希望阿妍能和蕭瀝結親。

未來有個不滿意兒媳的公爹，說不得還有個處處使絆子的婆母，若不慎重起來，說不定會毀了顧妍！

第三十七章

西德王正打算找蕭瀝好好談談。然而這件事到底是被耽誤下來，因為紀可凡上門來下聘了。鞭炮爆竹聲噼哩啪啦響徹整個胡同，鼓樂齊鳴，一百二十抬的聘禮，從胡同口一路抬進去，紅彤彤的一片，看著就讓人覺得十分熱鬧喜慶。

動靜這麼大，西德王府隔壁的顧家自然知曉，李氏正在給徊哥兒做小衣，聽聞後只是笑笑，不予理會。

新科探花紀可凡，柳建文的義子，也算是顧婼和顧妍的表兄了，和顧婼訂親，郎才女貌，門當戶對。

顧婷癟癟嘴，與顧姚攜手一道出門去看。

許多人都在西德王府門前看熱鬧，顧修之今日剛好休沐，聽聞顧妍回來，當然要來看她，又趕上這麼個熱鬧，拉著顧妍就去門口，又道：「怎麼說我也是紀子平未來的舅兄，理所應當要去把把關。」

四門大開，抬盒絡繹不絕進了院門，吹班還在門口吹奏，顧修之就拉著顧妍站到門口。西德王和柳建文站在一塊兒，明氏正在和柳氏說話，楊岧的夫人也一道來了——紀可凡和顧婼之間的媒妁，就是請楊夫人做的。

楊夫人拉過顧姸，感覺小姑娘長高不少，因著喜慶，臉上堆滿了笑，容顏俏麗，靈動活潑，看著就讓人喜歡。而後便想到自家楊二郎，也不知那孩子有沒有這個福氣，但楊夫人還是想順其自然。

顧姚和顧婷遠遠地看過來，見到紀可凡長身玉立，身邊站著滿面通紅的顧婼，一抬眸一低頭，四目相對，自有一番情意流露。紀可凡品貌非凡，又滿腹經綸，未來前途無量，和顧婼站在一塊兒，儼然才子佳人。

顧婷覺得十分不甘，顧婼究竟哪裡當得起這樣的良配？

顧姚則是冷嘲不已。她當初嫁給曲盛全的時候，周圍也是一片叫好聲，受著眾人的祝福，後來怎麼樣了？兩人現在看起來登對有什麼用？婚後柴米油鹽各種小事，指不定會是什麼樣呢！

南城的地皮宅子千金難買，一家一家挨得十分緊密，左鄰右舍，不是十足的勳貴，便是積年的官宦人家。千陽胡同的熱鬧，很快就感染周邊，也引來許多看客。

小鄭氏正從平昌侯府回國公府去，轎子經過千陽胡同，順勢問道：「誰家在辦喜事？」

隨行的婆子道：「奴婢去打聽打聽？」

小鄭氏點頭，而後便有些倦乏地揉揉眉心。最近心煩的無疑就是蕭瀝的親事，不說小鄭氏主觀意願就不贊成，站在本身利弊得失上，她也不會樂意的。

鄭太妃而今在宮的倚仗大不如前了，太皇太后雖幫著鄭太妃，但他們也得想到更好的出路。小鄭氏在鎮國公府的地位非但不能丟，還必須得更上層樓，而擋在他們前頭的，就是蕭瀝！平昌侯府不會視而不見的，儘管小鄭氏和平昌侯、鄭太妃的關係都不是十分親近，但在這等事上，他們卻是站在統一戰線的。

很快婆子就回來了。「夫人，是新科探花紀可凡來西德王府下聘，求娶鳳華縣主。」

小鄭氏聽到西德王府幾個字就眼皮直跳，眉頭一皺一鬆，笑了出來。本還在想著如何不動聲色與王府牽線搭橋，機會來得這麼突然，得來全不費功夫。

「既然是喜事，我們也去看看熱鬧。」

此時，顧修之正與紀可凡交代。「阿媮的性子直，有時也執拗強硬，卻是個大方爽朗的好姑娘，你以後可不許欺負她，否則我這拳頭可不是吃素的。」

紀可凡溫笑著應好，顧媮羞紅了臉，不許顧修之動手動腳，顧修之就哇啦哇啦地叫嚷。

「這還沒嫁人呢，胳膊肘便往外拐！」

說得顧媮羞臊得厲害，顧妍忙過去拉住顧修之，不讓他再胡鬧，幾個大人瞧著都覺得有趣極了。

顧婷冷眼看著，側過頭淡淡地說：「大姊，那個似乎是二哥啊！」

顧姚怎麼會沒看見？她瞧得清清楚楚的。想起前不久聽顧婷的丫鬟說起，顧修之時常會去西德王府，卻極少回顧家探望。

顧修之如今已經調來五城兵馬司，目前是南城兵馬司的吏目，掌管維護南城的治安，這種職位，能忙到哪裡去？他手底下那些巡衛、小旗難道還都是死的？還需要他樣樣事必躬親？安氏可不止一次唸叨過顧修之了，可這隻白眼狼，寧願往外人那處湊，也不肯關心一下家人。

顧姚心頭火起，目光灼灼如火地瞪視著顧修之和那門口一群人，適逢顧婷輕嘆了句。

「二哥對她們可真好，不知道彼時我出嫁，會不會有此殊榮待遇？」

顧姚冷哼了聲。怎麼可能？自己出嫁時，顧修之都沒這麼積極過！

顧姚臉色很不好看，在一眾熱鬧喜慶的笑臉裡尤為格格不入，有人認出她們是隔壁顧家的人，再細想一下嘉怡郡主和顧家的淵源，都了然於心，一個眼神，一句私語，原先的恭賀熱鬧很快變了味。

明氏和柳氏雙雙對視一眼，柳氏皺起眉微有不豫，眾人的目光齊刷刷地落到顧姚和顧婷身上，二人乾脆便也不躲躲藏藏了，徑直走向他們，目光先是在今日的主角顧婼和紀可凡身上流連一番。

直到走近了，才發現，紀可凡遠比她們遠遠見的還要風姿卓絕，三月的春光明媚，碎金一般落到二人身上，一時間只能讓人想到兩句詩詞。

陌上人如玉，公子世無雙。北方有佳人，遺世而獨立。

顧婷覺得好像有一根針刺在心口，疼得眼前一陣眩暈，旋即回過神來，指甲深深地掐了掐手心，這才重新揚起笑顏。「恭喜二姊訂親。」

尾音未落，倏然一滯，顧婷連忙捂口，一雙美目如受了驚嚇一般亂瞟。「我又叫錯了，應該是喚縣主才對……」

顧婼眉角狠狠跳了兩下。誠如顧修之所說，顧婼喜歡直來直往，如顧婷這般綿裡藏針，矯揉造作，顧婼最是不屑，同時也最是厭煩。

顧姚心裡還帶著火，霎時看向顧修之，扯著嘴角道：「這麼巧，修之也來湊熱鬧？」

顧修之對這位長姊還是比較熟悉的，這種語調，可不是什麼好事。於是他淡淡喚了聲「大姊」，再未說其他，反倒將顧妍微微掩在身後。

殊不知這個動作更讓顧姚勃然大怒，她和顧修之好歹是一母同胞的姊弟，血緣怎麼也比他和顧妍來得濃，可這小子自小就不與自個兒親近，反倒和顧妍這個隔了房的堂妹親厚，真是白養了他這麼些年！

顧姚冷冷看了眼顧妍，回身笑起來。「六妹都生疏了，大家還是姊妹呢，以後往來走動必不可少，這時候怎客套起來了？這世上，到底還是血濃於水。」

話說一半，便頓了，顧姚恍然道：「也是，郡主和縣主是金貴人，確實是我們高攀不上。」又招呼顧修之。「修之，我們回家吧，別在這兒打攪人家的好事。」

柳氏面色微變，顧婼氣得咬牙。兩家之間的恩怨哪是一句血濃於水就可以了斷的？當初是誰不遺餘力地坑害他們？如今到了顧姚嘴裡，就成了他們擺譜拿喬，仗勢欺人，主次反轉如此之快，可還有丁點兒禮義廉恥？

顧婼脫口便說：「二哥和你們不一樣。」

顧婷微愣，水眸流轉間望見紀可凡蹙了眉，只覺得心中酣暢無比。

顧姚也怔了怔，問道：「如何不一樣？」

「確實，如何個不一樣法？」小鄭氏站了一會兒，看出顧姚和顧婷是在找麻煩，她對西德王府也沒好感，忍不住就出來幫腔了。

眾人一怔。他們自是知道小鄭氏是鎮國公的長媳，一品威武將軍夫人，於是紛紛見禮。

顧妍這還是第二回見小鄭氏，卻發現她的眼神直愣愣地盯著自己，她倒不知自己何時引起小鄭氏的注意。

「還沒說呢，我著實很好奇，顧少爺怎麼個與眾不同了？」小鄭氏笑吟吟地問。

都是些女人家，柳建文與西德王反倒不好插手，只得旁觀。

顧婼撇過頭去不語，紀可凡便笑了笑，說：「修之平素繁忙，能抽空出來已十分難得，

他往顧婼身邊靠了靠，兩人挨得更近。紀可凡輕輕一笑，眉眼似是氤氳在江南的水墨清淡裡。顧婼目光微怔，一時忘了收回。

顧妍也微微彎了唇，唯有顧姚和顧婷心中一陣憋悶。

顧婷直直望著紀可凡嘴角勾起的淺淡弧度，只覺得眼前的陽光太過猛烈，簡直要刺瞎她的眼睛！

小鄭氏興致缺缺。「原是如此啊！」

她大感無趣，又反覆再三多看了幾遍顧妍，一個小丫頭片子，全身也沒有幾兩肉……膚色雪白，面容清麗，一雙眼睛水靈靈的，如同鑲嵌在細瓷上的上等黑曜石。難不成就是這副模樣，把蕭令先的魂兒給勾了去？

疑惑間，柳氏出聲問道：「蕭夫人也是來觀禮的？」

小鄭氏回過神，笑著往她那兒走去。「正是呢，遠遠地瞧見了，過來沾沾喜氣。」

柳氏便也一笑，不置可否。她見小鄭氏一直在看自己的小女兒，便已知曉小鄭氏這是醉翁之意不在酒了，尤其在觸及到她目光裡的甄別和審視，柳氏陣陣地膈應。女兒當然是自家的好，敝帚還自珍呢，小鄭氏這滿滿的嫌棄，柳氏當然不悅。

喜樂還在繼續，抬盒一件件往裡抬，只不過眼下的氣氛，已不如原先那樣喜樂了。

小鄭氏與明氏、柳氏和楊夫人交談起來，眼角一次又一次地往顧妍這兒看過去，顧修之緊緊皺著眉，乾脆站到顧妍面前，擋住小鄭氏的視線。

小鄭氏微怔，掩口嗤嗤地笑。「顧少爺和配瑛縣主感情一定很要好吧，青梅竹馬不過如此了。」

幾人神色各異，看著小鄭氏的目光都很訝異。

顧妍嘴角直抽，青梅竹馬哪能這麼用？

唯有顧修之面色大變，那是被戳中心事之後的慌亂，面色通紅地對小鄭氏咆哮。「妳在胡說八道什麼！」

小鄭氏嚇了一大跳。不只是她，許多人都被顧修之這突如其來的喊聲驚得不輕。

顧姚臉色微白，趕緊拉過他低斥。「修之，你怎麼說話的？」

他怎能這麼衝撞蕭夫人？自己和柳氏嗆聲還要拐彎抹角的，他倒好！

顧修之心中怦怦亂跳，心裡對顧妍那種見不得人的心思，就這麼被道破，除卻憤怒尷尬，還十分恐懼。他自己是無所謂，但阿妍會被人說不知廉恥，會有人苛責她罔顧人倫，小鄭氏根本沒安好心！

顧修之的雙眸逐漸染上血色猩紅，小鄭氏哪裡見過這等陣仗，逕自後退兩步。

顧姚反手一個巴掌打在顧修之臉上。「你都在發什麼瘋？」

顧修之嘴唇緊抿，臉上火辣辣地疼。

這一巴掌打得不輕，顧姚心裡也有些後悔自己衝動了，她壓低聲音，幾乎在顧修之耳邊呢喃。「你給我看清楚了，大庭廣眾之下，你丟的可是顧家的人！你不要臉了，我們還要臉的！」

顧修之哈哈大笑，嘲諷地看了看她，逕自就走了，他甚至不敢多看顧妍一眼。

顧姚氣得不行，又不好在這裡罵他，只得轉頭，不好意思地對小鄭氏笑道：「蕭夫人，實在是抱歉，修之……修之是最近太忙了，心浮氣躁。」

小鄭氏心有餘悸，拍了拍胸口，乾笑兩聲，顯然對顧姚的說詞不信。

顧姚和顧婷臉色都很難看，二人琢磨著要離開，小鄭氏突然說道：「我記得不久後李夫人幼子便要抓週了吧，我還收到請帖了呢！」又轉而看向柳氏。「嘉怡郡主呢，可有收到？」

這一回已不只是柳氏無言以對，就連顧姚和顧婷也覺得十分難堪。

也不想想，兩家如今是個什麼樣的交情，人家府上的少爺抓週，何以要請柳氏過去觀禮？當初顧家這事也鬧騰了一段時日，小鄭氏還能消息這般閉塞，不明原委？

明氏淡淡瞥了眼小鄭氏。鎮國公府要和顧妍結親的事，她聽柳氏提起過。明氏私心覺得顧妍和自己十分有緣，當然是站在顧妍這邊為她考慮。

表面上看去，鎮國公府這樁親事再好不過了，蕭瀝哪怕是尚公主都當得……自然了，宮中沒有適齡的公主，唯一的一位汝陽公主，不說本身有眼疾，輩分還比蕭瀝低了一輩。滿京城多少雙眼睛盯著鎮國公府，明氏卻覺得這未必是樁好姻緣。她與小鄭氏接觸不多，可看起來，這是個沒有分寸的。

小鄭氏不滿意顧妍，挑著他們的刺，已經做得十分明顯，藉口顧家的抓週禮，踩著顧家的臉面來給他們難看，與顧家的關係不見得有多好，兩邊都得罪，實在不高明。再算上小鄭氏和鄭家的關係，蕭瀝和蕭祺兩父子的利弊爭端，明氏越想越覺不妥。

明氏淡笑道：「是這樣嗎？都週歲了？」又看著柳氏說：「我們回京得遲，這些事都不大清楚。」

有些話柳氏不好開口，明氏完全可以代勞。

楊夫人與明氏交情好，自然也幫著道：「別說妳了，我也沒聽說，瞞得確實緊。」

「孩子還小，怕撐不住福氣。」李氏輕笑著撥開人群，淡雅從容地走出來。

顧婷一見李氏就像找到了主心骨，站到李氏身後，霎時挺直了腰桿。

時隔一年多，再次見到李氏，她比原先要豐潤了些，面色紅潤，看得出來日子過得十分不錯。這樣的李氏，讓顧妍想到前世那個一品誥命夫人，遊走在京都勛貴圈子裡，是人人巴結討好的對象。她發現自己其實沒有這麼大器，看到李氏如魚得水，心中依舊不甘，哪怕今生與前世軌跡完全不同了，母親、姊姊和弟弟都安然無恙，她也擺脫了顧家的桎梏，然而某些心結，始終無法打開。不看著李氏和魏都萬劫不復，終究難解心頭之恨！

而柳氏此時的心情反倒平靜多了，在顧家的一切，她只當是前塵往事，如今的生活很美妙，她不想拘泥於過去，還和自己過不去，便笑著道了聲「恭喜」。

李氏暗暗驚訝於柳氏的變化，分明還是記憶裡那個柔弱的女子，樣貌分毫不變，眉眼卻已豁達開朗，整個人的氣質都天翻地覆。李氏頓時覺得，從前的柳氏就是明珠蒙塵，而今塵埃拂去，熠熠生輝，旋即又不屑地想，誰是明珠，誰是頑石，這可沒個說法。

李氏道過謝，看了看小鄭氏說：「本不想這樣興師動眾，還是疏忽了。」又對柳氏道：「改日定向王府遞上請柬，屆時還請郡主賞臉光臨。」

顧婷剎那眼睛極亮，拉著李氏道：「娘親，還有兩位縣主呢！」

她挑眉望向顧妍和顧婼，明媚的大眼睛裡只透露出一個意思——我們敢邀請，妳們敢來嗎？

小鄭氏轉了轉眼珠子，拊掌笑道：「這可真是太好了！到時我們一道去觀禮，定然極熱鬧。」

顧婼覺得很是屈辱，很想拂袖而去，顧妍就悄悄拉住她，輕聲說道：「姊姊，娘親自有打算，我們不要自亂陣腳。」

紀可凡也以眼神安慰她，顧婼只好垂眸嘆氣。

本該是喜慶的日子，卻被這些人弄得心情都沒了，不說顧婼心裡不好受，顧妍也憋了股氣。人家不給請柬，那是人家的過失，但既然誠心邀請，若不領情，便是他們的不是了，然而真要去參加，顏面又往哪兒擺？當真是騎虎難下。

明氏想了想，道：「既如此，不如我也來討個喜慶？」若有她陪著，柳氏也能有個伴。

楊夫人同樣笑道：「那我也厚顏來求一張帖子了。」

都是有頭有臉的夫人，李氏哪有不應的道理？

柳氏便點頭道：「那便恭敬不如從命。」

圍觀群眾瞠目結舌，顧婷心裡也暗暗得意。讓柳氏去參加前夫兒子的抓週禮，那可是響亮亮一個巴掌拍在臉上！能看他們吃癟，顧婷無比暢快。

李氏轉身便帶顧婷和顧姚回府，顧婷臨走前悄悄又往紀可凡那處瞥了眼。少年依舊眉眼溫和，微微低頭正與顧婼說著什麼，而顧婼原先還是滿面的怒容，卻因此消散了許多。

顧婷眼睛澀得厲害，腳下也頓了，顧姚拉了她一把，顧婷才萬分不情願地離開。

聘禮一抬抬進了大門，高高地堆疊起來，人群中一聲聲地叫好。

西德王請了柳建文進屋，顧婼和紀可凡跟著去了，柳氏邀明氏和楊夫人一道，小鄭氏依舊沒有要走的意思，還拉過顧妍說起話，狗皮膏藥似的，讓人十分厭煩。

顧妍平淡相回，真想這時候出現個人把她拉走。大概是她的祈求被聽見了，遠遠走過來一個穿著飛魚錦衣的高大男子，一把抓住她的手就往府裡走去。粗礪的手掌覆在她的腕子上，隔著春裳，都能感受到他掌心的溫熱，就與上回在宮裡一樣，他連個眼神都沒留給小鄭氏。

小鄭氏面色微僵，蕭瀝的出現猝不及防，而這樣的態度，也讓她萬分難堪，但蕭瀝才沒工夫去管小鄭氏的心情，當他知道小鄭氏來西德王府，就知道壞事了！

本來他請晏仲來王府提親，西德王態度就模稜兩可，小鄭氏這麼出來攪和，不用說，成算又小了幾成。

「你、你慢點！」顧妍跟不上他的腳步，幾乎是被他拖著走的。

王府的下人看著縣主被蕭世子拉著手，紛紛張大嘴巴目瞪口呆。雖是在自家府邸裡，可兩個沒什麼關係的人，拉拉扯扯，成何體統？

「蕭瀝！」顧妍皺起眉喝道。

他終於停下，只是手還沒有放開，轉過身定定看著她。良久，只吐出了一句。「她不是我找來的。」

「什麼？」顧妍一時沒反應過來。

他又說：「我也不知道，她怎麼就突然出現了。」

顧妍這才明白他在說小鄭氏，失笑道：「我當然知道她不是你找來的，你能有什麼事，還需要找她？」

蕭瀝和小鄭氏可不對盤，蕭瀝要做什麼，十個小鄭氏都阻不了他，同樣地，小鄭氏也完全幫不上他的忙。

蕭瀝靜默了一會兒，細細摩挲著掌心柔滑纖細的腕子，顧妍後知後覺地想抽回，他卻不肯放。

「我來提親了。」他看著她的眸子，淡淡地說。

顧妍一愣，好久才消化他話中的意思，一瞬大驚失色。「你不是答應過不急嗎？」什麼時候的事，她怎麼不知道？他怎麼可以自作主張！

蕭瀝看著她說：「我後悔了，不想拖下去。」

「你……」顧妍內心慌亂無比，不敢與他直視，那腕子處覆上的大掌也滾得燙人。

事情怎麼會到了這種地步？她根本無心嫁人，只想安安心心過自己的日子而已啊！在她原本的打算裡，根本沒有蕭瀝！

一聲乾咳聲打破兩人間的靜默，顧妍看到西德王正徐徐走過來，順勢掙脫開蕭瀝的束縛。

「咳咳。」

二人挨得很近，顧妍正垂著頭，耳根通紅，白玉般的脖子處也染上了淡淡的粉色。

西德王虎著臉對蕭瀝說：「你跟我來！」

蕭瀝跟著西德王就走了，顧妍看他慢慢遠去的身影，無奈地扶額，雖然對他所言十分驚訝無措，卻又不可遏制地胸腔裡一顆心跳得極快，滿臉滾燙。

顧妍回了自己的院子，過了好一會兒，青禾過來與她說：「蕭世子已經離開了。」

外祖父將蕭瀝叫去，具體談了什麼，顧妍全然不知。雖事關己身，這一刻，她一點兒也不想去過問，橫豎外祖父會尊重她的意思。

安安靜靜坐了一會兒，阿齊那過來找她，捉著顧妍的手。

「齊婆婆？」

「小姐，那位公子是誰？」阿齊那急切地問：「那位方才在門口，與妳站在一塊兒的公子是誰？」

顧妍想，她說的應該是二哥。本來二哥今日來看望她，她就想找阿齊那過來，但滿府不見她的身影。阿齊那不是賣身王府的奴僕，她有自己的空間和活動的自由，顧妍還以為阿齊那和二哥就這麼錯過了。

「齊婆婆見到他了？」

阿齊那連連點頭。「匆匆一瞥，但我不會忘的。」

那個少年像極了她曾經一直照顧著的謝夫人，尤其剛剛發怒的模樣，更與年輕時的昆都倫汗好似一個模子裡刻出來般！

阿齊那記得自己當時遠遠看過去時內心的震驚，讓她不由感激上蒼。她跟著那位少年，直到被他發現了，他提劍指著她。

「小姐，他就是我要找的人！一定是他，不會錯的！」阿齊那十分激動地握住顧妍的手。「小姐，求您幫幫我……」

怎麼能不幫？只是二哥心裡是怎麼想的，她終究沒有底。

「他是顧家的二少爺顧修之。」

顧妍和阿齊那說著顧修之的事，阿齊那聽得十分仔細認真，尤其在確定顧修之是生在方武二十四年，又是出生在遼東時，雙眼錚亮。

「齊婆婆若想要見他，我可以幫齊婆婆，只是，齊婆婆想好要怎麼說了？」

阿齊那渾身一震。那個遺落在外的孩子，整整失蹤了十七年，他一直都以為自己是無父無母的孤兒，忽然有一天，孩子的親生父母差人來尋他了，這種事，真的這樣容易接受？

「是，我想好了。」阿齊那肯定地點頭。「他的身上，流著女真的血，他被冠以女真最高貴的幾個姓氏之一……他是太陽之子！」

在女真的土地上，昆都倫汗就是女真的太陽。

顧妍定定看著自己的手指。不久以後，二哥在她面前應該會以另一種姿態出現了吧？她早該習慣他的新身分——斛律成瑾……

誰也不會想到的，大金最驍勇善戰的秦王殿下，會是曾經那麼渺小不起眼的顧修之。

顧妍請人去給顧修之送信，但顧修之就好像突然人間蒸發了般，尋不到蹤影。不只顧家沒有他的消息，哪怕平日當值的衙門裡，也不見其人。

楊岩的次子楊二郎，與顧修之同為五城兵馬司吏目，聽到顧妍差人來尋顧修之，只搖頭道：「說是告了假，卻有幾日未來了。」

顧妍不由愕然，想不通顧修之去了哪裡，不是上次見面時還好好的嗎？

又想起二哥被顧姚當眾打了一耳光，心中定然不好受，可他從來都是想得開的人，哪會平白無故受了點委屈就鬧小脾氣？他若是有火，一般當場就發了，如小鄭氏胡謅亂語，顧修之就絲毫不顧忌小鄭氏的身分，當面呵斥她。顧妍也覺得那日顧修之的反應著實大了些。

阿齊那心煩意亂，可如今聯繫不上顧修之，她又絲毫沒有頭緒，只得乾著急。

而她們又怎會知道，顧修之是故意躲起來了？

小鄭氏當日或許是無心之失的口誤，但無意中觸及顧修之心底的秘密，讓他一時無法面對。無論他心裡再如何清楚顧妍與自己並非血親，但在世人眼裡，他們都是被冠以同一姓氏的兄妹，於世俗禮教難容。

原來他也曾經這麼齷齪地想過，想要將那個從小捧在掌心裡的女孩占為己有。阿妍若是知道了，一定會被嚇壞的吧？

顧修之拎著酒罈，在城外破廟裡喝得酩酊大醉。可這破廟一般都是給流民或乞丐遮風避雨的場所，從去歲開始北方各地都有不同程度的乾旱，流民越發多了，顧修之突然出現，占了他們的地盤，其中一個領頭的看不過去，打算好好教訓他一頓。

顧修之心裡憋著一股氣，又趁著醉意，將那人打得爬不起來，其餘的人一個個往上衝，最後也都被他打趴下。

直過了十日左右，楊二郎尋到破廟來，看到他的模樣，十分吃驚。「你、你怎麼搞成這樣了？縣主可找了你許久！」

顧修之一個字也沒聽進去，他看著楊二郎端厚的面容，不由苦笑了聲。

楊夫人和柳氏交情不錯，也曾有意為子女打算過，顧修之頗有種自己珍藏的寶貝被別人偷去的感覺，本對楊二郎十分不待見，但這個人，正直老實也單純，怎麼都比他好。

顧修之勾著楊二郎的脖子道：「二郎，我可真羨慕你。」

「什麼？」楊二郎摸不著頭腦。

顧修之又醉醺醺的，自嘲地說：「我啊，喜歡一個姑娘……」

原來是風流韻事。

楊二郎無奈地嘆了聲，扛起顧修之，打算帶他回府，有一搭沒一搭地與他說著話。「是哪家的姑娘，值得你這般頹唐？」

若是門當戶對，顧修之大可上門提親，何必在此買醉？

顧修之聞言便笑了，笑了好一會兒。

「是哪家啊？我才不會告訴你，她是我的妹妹……」

後面的字越發模糊，到最後幾近呢喃，楊二郎沒聽清楚最後兩個字是什麼，顧修之已經迷迷糊糊地睡了過去。

楊二郎沒將顧修之送到顧府，他與顧修之也算相熟了，知道一點顧修之家裡的事，便將顧修之送到西德王府。

「若不是在街上聽到有小乞丐說起，城外破廟有個貴公子大打出手，我恐怕還想不到是他。」楊二郎嘆口氣。

西德王很是不解，顧妍怔怔看了會兒顧修之，站起身向楊二郎道謝。

楊二郎笑道：「這有什麼？既是好友，又是同事，應該的。」

他不好意思地撓撓頭，尤其在自己母親一度有意無意提起配瑛縣主時，對顧妍總有種種莫名的好奇，現在一見，她確實是個十分漂亮可愛的小姑娘。

顧妍問道：「二哥他有沒有說起什麼，他怎麼突然就這樣了？」

楊二郎張了張嘴，旋即想起顧修之說的那些，喜歡上一個姑娘的話。總是人家的私事，由著顧修之自己解決好了，他一個外人卻是不好隨便說道。

楊二郎搖頭道：「我也不大清楚。」

顧妍便不再強求，和西德王一道送楊二郎出去，阿齊那聞訊匆匆趕過來，正巧與顧妍打上照面。

「二哥在客房裡，齊婆婆去看看吧。」

阿齊那趕忙進屋，等顧妍送了楊二郎回來，卻發現阿齊那將顧修之的上衣盡數除去了，身體翻過來伏在床榻上。精壯的古銅色背脊，上頭散布著大大小小幾處傷疤，更顯眼的，是腰背上，那一塊碗口大小的朱紅色胎記。

在女真，禮教並沒有大夏繁冗，男女大防也不講究，然而顧妍好歹是地地道道的大夏人，那人就算是從小一起長大的二哥，一時也接受不了，於是她臉「噌」地一紅，趕忙回過身去。

阿齊那聽聞動靜，忙將薄被給顧修之蓋上，顧妍這才回過身來。

「真的是他。」阿齊那眼眶濕潤。

那個孩子，剛出生的時候，後腰背上就是有這麼一塊紅色的胎記，謝夫人還笑說這胎記太醜。

顧妍知道阿齊那會照顧好二哥，興許明天一早起來，他就能知道十多年前的往事。而這種秘辛，到底不適合她參與其中，便回房歇下了。

她靜靜看著頭頂的承塵許久，長嘆了聲。憶及去遼東之前，曾經隱晦地問過顧修之，若有機會，他是否願意找回自己的親生父母，她還記得顧修之當時眸底有一瞬閃過亮光，又很快歸於平靜。也許心裡曾經對此有過渴望，但在真正觸手可及之時，又望而卻步。

對待感情，他們都是膽小鬼，始終跨不出第一步。

顧妍腦裡亂糟糟的，直到月滿枝頭了，才淺淺睡過去。

第二日起身，青禾取了衣衫過來，顧妍方才想起，今日是李氏幼子徊哥兒的抓週禮。那日小鄭氏胡攪蠻纏，柳氏應下了邀請，今日要去觀禮。

顧婼對顧家芥蒂太深，如何也不會去參加，柳氏已然想開，只當是去走個過場，而顧妍，亦是陪著柳氏去的。

由著幾個丫鬟收拾好，顧妍問道：「二哥還在外院客房？」

「門房說，顧二少爺天剛亮就出去了。」

顧妍一驚。「那齊婆婆呢？」

阿齊那整晚上守在顧修之身邊，肯定知道顧修之的去向。

青禾搖搖頭。「她是和顧二少爺一道離開的，門房知道齊婆婆身分不一般，便沒有攔著。」

顧妍心中一跳。二哥這是信了齊婆婆說的話？還是責怪她的自作主張？

過了一會兒，柳氏過來尋她，看到顧妍精神不佳，柳氏心疼道：「可以不陪著娘親去的，光是他們，娘親還應付得來，再不濟，尚有妳舅母和楊夫人陪著。」

下。

顧妍卻不是為了週禮這件事心煩，柳氏既能當眾答應，便說明柳氏已然將過去完全放

「是昨日睡得晚了。人家誠心邀請，我們不應，那就是我們禮數不周。」

柳氏輕笑著捏了捏她的鼻子，等明氏、楊夫人來了，便一道去了顧府。

第三十八章

週禮算是大辦的，來往也有許多勛貴人家。誰都知道顧家家道中落，卻在短短一年多的時間內翻盤，這若是沒有丁點兒後盾，恐怕做不到，因而許多人藉著此次徊哥兒的抓週禮，上門來打探虛實。自然，也有不少來看好戲的。

鳳華縣主訂親那日，到底圍觀了不少的群眾，一傳十，十傳百，顧三爺的前妻嘉怡郡主來參加前夫兒子的抓週禮，這檔子事放哪兒都要被人津津樂道，何況京都方才解除國喪沒多久，正缺談資。

柳氏能感到他人投過來的目光十分怪異，她淡淡笑了笑，由婢子引去大堂。

李氏正與幾位婦人交談，其中之一便是小鄭氏，還有許久不見的于氏和顧好。

顧好高了許多，越發窈窕婀娜，靠近于氏站著，目光卻注視著小鄭氏，時不時說上一句，要在小鄭氏面前博個臉熟。不為別的，只為小鄭氏，是蕭瀝的繼母。

小鄭氏不喜歡顧好，她極反感自己說話的時候被打斷，尤其還是這種年輕俏麗、心比天高的姑娘家。

安氏淡淡瞥了眼顧好，與小鄭氏道：「說來我們好姊兒與蕭夫人還有些淵源，四夫人與蕭二夫人是表姊妹，也該稱一聲姨母。」

蕭二夫人金氏，是老鎮國公的二兒媳，也是蕭泓和蕭若琳的生母。于氏有些不好意思。金氏是中山侯嫡女，她與金氏的親戚關係其實隔得挺遠，幾乎沒有往來，如今來攀親，有點說不過去，但她也知道安氏是在抬舉她們。

顧妤乖巧地喚了小鄭氏一聲「姨母」，小鄭氏淡淡應了，態度不是十分熱絡。

李氏遠遠瞧見柳氏和顧妍走進來，笑著迎上去。「郡主和縣主來了？」

小鄭氏眉眼微亮，笑嗔道：「嘉怡郡主來得可巧了，抓週禮正要開始呢！」

言下之意，不過是說柳氏來晚了，所有的目光齊刷刷落到幾人身上，她們身後的顧妤、顧婷也一併投過來暗嘲的目光。

顧妍冷眼看著，勾了勾唇，這群人的德行，到哪兒都一個樣。

柳氏淡笑道：「有些事耽擱了下。」

李氏毫不在意。「這有什麼，郡主能來是給我們面子。」

在場有許多柳氏認識的人，也有不認識的，不過她都不在乎了。當初的事，丟人的是顧家，而不是她，這種耍猴似的被人觀看，那也要有人能耍得起來。這又不是戲臺子，她哪會配合李氏給人表演？

花廳堂上擺好了晬桌，一張橢圓形大桌上放上儒釋道的經書，筆墨紙硯、算盤、錢幣、帳冊、鮮花、吃食、玩具，若是男兒，則放上弓矢，若是女兒，則放上刀尺針縷、胭脂首飾。

乳娘抱著徊哥兒出來時，顧崇琰也來了。他身後跟著一個年輕俊朗的男子，正與顧崇琰說著話，笑容裡多少帶了點諂媚意味。

這人是顧姚的夫君曲盛全，也是現今戶部寶泉局的監事，本來年紀輕輕，又有家中為他打算和鋪路，曲盛全有望升任寶泉局司監的。只可惜，半路殺出個程咬金，魏都從中作梗，又被顧崇琰截了胡。

顧妍四處去尋，發現顧姚正和李氏說話，絲毫不瞧曲盛全一眼。原先還以為顧姚是回娘家來探親的，可看顧姚一連在顧家待了多日，恐怕是與曲家鬧了點矛盾，曲盛全這時候肯來參加抓週禮，擺明是拉下面子來勸導顧姚，顧姚不趁這時候拿個喬，也對不起自己受過的屈辱。

李氏給他們帶來這麼多好處，也難怪一個、兩個都快忘了自己姓的是什麼！

顧妍淡淡瞥一眼便收回視線，顧崇琰卻一下就看到了柳氏和顧妍。對於她們的到來，顧崇琰並不驚訝，李氏早與他說過這件事。然而真當這兩人再次站在自己面前，心中的滋味就如同打翻了五味瓶。

早前柳氏教他吃了許多虧，顧崇琰心中自是記恨著，但也不可否認，這時候雲淡風輕的柳氏，有多麼讓人驚豔。

男人骨子裡大約都是有點賤性的，從前柳氏扒著自己，顧崇琰不屑一顧，但真當柳氏離了他，性情品貌漸漸變成他喜歡的樣子，他心底深處又湧出濃濃的不甘。

李氏淡淡瞥過去，顧崇琰忙輕咳了聲，很快揚起微笑，與眾人問好。

抓週禮正要開始，外頭卻突然喧鬧，有宮裡的內侍捧著紅木托盤進來，捏著細亮的嗓音道：「皇上知道今兒是顧四少爺抓週，特賜了印章，來祝賀四少爺週歲之喜。」

眾人俱是一驚，這顧家何德何能，竟能得到成定帝的賞賜？

面面相覷間，目光紛紛落到乳娘懷裡那個胖乎乎的小兒身上，原本尚存輕視心態的觀眾面容一肅，隱隱透露出尊敬。

曲盛全睟子不斷透露精光，小鄭氏則是有些不屑地撇嘴。顧崇琰不由挺直腰桿，享受極了這種被追捧的滋味，自知這是魏都在給自家做臉面。

印章被放到晬桌另一頭，顧崇琰抱著徊哥兒從這頭放下，徊哥兒便咯咯笑著在桌上爬起來。

不止一個人關心徊哥兒的動向，他們私心都覺得，這個小兒，未來恐怕是了不得！

徊哥兒十分好動，在桌上亂爬，伸出小手翻找。這會兒抓了個金算盤抖了半晌，一會兒又抓了個金元寶，揣在懷裡誰也不給。

顧崇琰面色沈下來。顧家是書香門第，他當然希望徊哥兒將來子承父業。珠算、財寶，這是要從商？

李氏神色淡淡，一點也不急。眾人窸窸窣窣說著話，目光卻若有似無投射在印章之上。

徊哥兒玩了一會兒就把算盤和元寶放下，又爬起來。

顧妍忽地仰起頭問柳氏。「娘親，我抓週的時候都抓到了什麼？」

柳氏眸子微亮，輕笑道：「妳啊，可皮了，從這頭爬到那頭，拿了這個，放下那個，沒個定性，後來乾脆抱著一盤子糯米糖糕不撒手，就坐著吃起來。」

都說抓週禮能預測孩子未來的走向，觀禮的夫人們說顧妍吃的是福糕，未來定是個有福氣的，但想想也知曉這不過是些好聽話罷了，沒什麼大用處。

顧妍想著自己曾坐在晬桌上啃糕點，不由失笑，恰好這時聽到一眾喝彩聲，原來是徊哥兒拿了印章抱在手裡。

顧崇琰鬆口氣，李氏面上帶笑，顧家人聽著周遭此起彼伏的稱讚，一個個笑開了顏。

早就預料到的結果，又有什麼意思？李氏肯定跟魏都通過氣了，也肯定訓練過徊哥兒，不然這齣戲作給誰看？

顧妍低頭看著鞋尖，冷不防有一隻白嫩的小手伸到面前。抬眸一看，便見徊哥兒不知何時爬到她的前面，舉著那只印章笑道：「姊姊……給姊姊。」

顧妍倏地一怔，顧婷面色大變。

這不是徊哥兒第一次見到顧妍嗎？怎麼叫她姊姊！還把抓週抓到的東西送給別人！

「徊哥兒！」顧婷語氣已帶上薄怒。

徊哥兒好似沒聽到，努力地伸出小手，要把小印章放到顧妍手裡。顧妍僵著身子不接，徊哥兒也一度僵持。

小孩子的力氣就這麼大，手腳痠軟了，身子一個不穩就要栽下來。乳娘大驚失色，要撲過來也晚了，顧妍不由自主地伸出手。

佪哥兒長得白白胖胖，顧妍接住他，卻也受不住力，一個踉蹌坐到地上。

印章脫手滾開很遠，佪哥兒兩隻手抱著顧妍的脖子。她身上有種極淺淡的香，帶著果露的甜馨，也有花卉的芬芳。佪哥兒「吧唧」一聲就在顧妍面頰上親了口。

小鄭氏當即笑起來。「四少爺抓週，這是抓了配瑛縣主啊？」

算起來，佪哥兒可是顧妍的親弟弟呢，這下可熱鬧了。

眾人神色各異，顧婷乾脆黑了一張臉，幾步上前就把佪哥兒從顧妍懷裡拉出來。佪哥兒乍一離開那香香甜甜的氣味，皺了鼻子就開始哭，顧婷禁錮著他不讓他動，佪哥兒就開始大聲嚎。

李氏讓乳娘將佪哥兒抱下去，顧崇琰一雙眼就犀利地黏在顧妍身上。他從前就覺得顧妍玄乎得很，本來佪哥兒抓週都順順利利的，怎麼一碰到她就不對勁？一定是這妖孽，施了什麼妖法！

顧崇琰怒氣橫生，顧婷也火大，佪哥兒方才那舉動讓她不滿，好好的抓週禮全讓顧妍給破壞了。

她不冷不熱地嘲道：「配瑛縣主好本事啊，我這弟弟對妳比對我還親呢！」

柳氏剛將顧妍扶起來，細問她有無受傷，轉而聽到顧婷這話，心中就一陣陣膈應。方才若不是阿妍，徊哥兒只怕已經摔在地上了，這時候陰陽怪氣的算什麼？

柳氏淡笑相回。「大抵這世上真有緣分這說法，顧六小姐也別羨慕，你們終究還是血親的，可別為了這點小事就傷了和氣。」

畢竟剛剛的事大家有目共睹，誰能將罪過怪到顧妍身上？徊哥兒和顧婷是血親，在場之人誰又不知道，顧妍和徊哥兒也是血親？兩家的矛盾當然是關起門來自己算，人前還要斤斤計較，全然失了得體大度。

顧婷臉色通紅，安氏就出來打圓場。「郡主誤會了，徊哥兒不認生，婷姊兒高興還來不及呢！」

安氏這張嘴，就是黑的也能說成白的，柳氏淡笑了聲不予理會。

抓週禮也就算結束了，李氏強顏歡笑，和安氏一道將福糕分派下去。

原先紛紛擾擾的人群忽然一靜，安氏抬頭，就見一個滿臉邋遢、渾身酒氣的高大男子大步走進來，她正想呵斥是哪個不長眼的把這種人放進來，然而定睛一看，才發現居然是自己許久不見的顧修之。

安氏先是驚愕，繼而便是惱火。在場之人哪個不是錦衣華服的？顧修之這樣還不是讓人說沒教養，她的臉往哪兒擺？她都不想承認這是自己兒子！

然而，顧修之直直地就往安氏這邊走過來，她連躲都躲不過，只好壓低聲音道：「趕緊下去換身衣服，這麼多人看著呢！」

顧修之定定看著她，一雙眼睛因宿醉布滿血絲，他大步往前一跨，安氏就順勢後退。

「你別胡鬧……快點走！」

平時恨不得催著他回來，這時候他回來了，又開始趕他了？他在她眼裡都是什麼？是兒子？還是爭面子的工具？

顧修之頓住不再上前，故意大聲地喊了句「母親」。

安氏看到眾人恍然，她老臉登時一紅，硬著頭皮瞪他一眼。「做什麼？生怕別人不知道我是你母親？」她聲音壓得越發低了。「怎麼搞成這德行，這麼多人看著呢，你趕緊收拾去，別在這裡丟人現眼！」

「丟人？丟誰的人？」顧修之咧嘴呵呵一笑。「母親在乎嗎？」

漫不經心的語調，顧妍到底聽出了一點狠戾。本來看到顧修之安然出現時心中稍定，可這狀態似乎又有點不太對勁，如今滿堂賓客未散，他要做什麼？

安氏也納悶，但到底顧念著大局為重，找了個穩重的婆子要將顧修之帶下去。可顧修之身強體健，他掙扎幾下脫開身，望著安氏就笑。「我就這麼見不得人？在母親眼裡，我都算是什麼？」

安氏倏然一怔，沒來由地後退一步。她厲聲呵斥。「胡說八道些什麼！」

顧修之頓時沈默，黑眸裡翻滾不斷，突然有種孤注一擲的決絕。

顧妍眸光微凝，高喊了一聲。「二哥！」

所有人的目光便紛紛落到顧妍身上，可她渾然不覺，疾步走到顧修之身邊。

十七年前的事她不清楚，但顧修之身為昆都倫汗的兒子，卻流落在外，其中若沒有一點陰私，顧妍是不信的。

當著這麼多人的面，二哥是要與安氏鬧開嗎？沒錯，安氏是顏面無存了，那二哥又能好到哪裡去？再怎麼說，顧家養了顧修之這麼多年，在外人眼裡，這份恩情已十分難得，而今反咬一口，他豈不成了那等不仁不義、不孝不悌之輩？以後他要如何立足？

顧妍對他暗暗搖頭，長翹的睫毛投下淡淡淺影。

從前只到自己胸口的小姑娘，不知不覺都已經長大了。顧修之只感到胸腔中一瞬既溫暖又柔軟，然而當聽到她喚著自己「二哥」時，便如同一盆冷水兜頭澆下，泯滅了所有的激昂熱情，唯餘滿嘴苦澀。

對顧妍而言，他也僅僅是二哥，是兄長。他是不是該感激這世間的緣分，能將兩個毫無干係的人扯到一塊兒？又是不是該痛恨這條紐帶，讓他們從一開始就以這種固定的關係綁縛起來？如果沒了這層束縛枷鎖呢？於他們兩個而言，會有什麼變化？

來往賓客都是有頭有臉的，大概能猜到這會兒是鬧了矛盾。他們也不是自降身分去看熱鬧的人，只留下一、兩個奴僕，便三三兩兩離去。

顧姚氣勢凌人地擋在安氏面前，冷冷看向顧修之。「你又在發什麼瘋，怎麼跟娘說話的？」轉而又遷怒到顧妍身上。「縣主這是做什麼，有什麼話不如改日慢慢說，今兒是徊哥兒的抓週禮，可不是妳的茶話會！」

顧姚話裡夾槍帶棒，顧妍早習慣了，懶得計較。顧修之卻不讓，他揮手推了把，顧姚直直往後倒。

曲盛全瞅準機會趕忙將妻子接住，板起臉道：「修之，這可是你長姊！」

長姊？不過又是一個翻版的安氏，哪裡算是什麼長姊？

見顧修之嗤笑，顧姚更加羞惱，指著他的鼻子道：「你到底還知不知道自己是誰，大白天的還犯起瘋病來了？沒得讓人看笑話！」

顧修之笑開了顏。「是啊，我都是誰啊？」他指指安氏，又指指顧姚。「妳的兒子？還是妳的弟弟？」

安氏眼角直跳，莫名有種不安，她也不想鬧大，安撫道：「修之，你姊姊生氣了胡說的，你別放心上。」

顧姚不滿意母親當眾這麼說自己。「娘，妳別慣他，就是妳慣壞的！」

顧修之還真不知道安氏什麼時候慣過自己。從小他就是按著安氏說的去做，沒有丁點兒商量餘地，讓他覺得自己好像是被她用線扯著的傀儡，毫無自主可言。

「夠了！你們又都在惺惺作態什麼？我算什麼？你們就一點兒也不知道？」顧修之又跨出一步，站在安氏跟前。「母親？妳真的是我母親？」

安氏瞳孔猛地一縮，李氏眸子瞇了起來。

顧姚霎時驚怒道：「顧修之，你都在瞎說什麼？」

顧妍忙伸手拉住他的衣袖，顧修之回身溫柔地笑了笑，他慢慢掰開顧妍的手指。

阿齊那不知什麼時候過來的，順勢將顧妍往一邊拖去，低低道：「小姐對不住，容阿齊那私心一回。」

轉眼顧妍已經回到柳氏的身邊，柳氏難免問道：「修之是怎麼了？」

顧妍閉上眼。雖非她本意，卻還是到了這個地步。

「我們走吧，二哥自有打算。」

柳氏也不想多待，和明氏、楊夫人一道離去，顧妍能感受到身後有許多灼熱的視線投注，她卻已經不想管了。

是對是錯，這一刻，她也說不清楚。

她只知道，第二日，滿京城都沸騰了，眾所周知，顧二少爺顧修之，不是安氏和顧大爺的兒子，而是不知道從哪兒抱來的野孩子！

當初孩子的生母難產而亡，生父卻不知所蹤，安氏因緣際會抱了這個孩子，養在自己身邊，而她原本的孩子，其實剛出生便夭折了。

這種事絲毫不難理解，安氏那時還是世子夫人，最需要的就是有子嗣傍身，以鞏固自己在族中的地位。宮裡還有貍貓換太子呢，大戶人家裡的陰私都是換湯不換藥的，見得還少嗎？

顧家大房算是斷了香火，眾人說安氏狠絕的同時，也有說顧修之狼心狗肺，再怎麼都是吃了顧家十多年的飯，說翻臉就翻臉。到底不是一家人，終究養不熟。

聽說顧大爺吐了口血倒地不起，安氏也崩潰後大病一場，而顧修之則不知所蹤。

顧妍聽著外頭那些流言蜚語，著實難以理解，為何二哥要選擇這麼偏激的方式……她找不到顧修之，連帶著阿齊那也一道消失了。

直過了幾日，阿齊那才又一次出現。「小姐，我欠您一個解釋。」

顧妍請她坐下，只問起來。「他怎麼樣了？現在在哪裡？」

「小姐大可不必擔心，十九殿下一切都很好，只是需要一些時間。有些事實，總不是那麼容易接受的。」

斛律成瑾，按序齒排行，是昆都倫汗的十九子，阿齊那稱他十九殿下。

阿齊那眸色迷離，定定注視著遠方。「小姐不是曾經問過，我的背是怎麼駝的？十九殿下十分信任您。」

所以，她願意向顧妍傾吐，顧修之的生母謝夫人是大夏人，而顧修之的生父正是昆都倫汗斛律可赤。謝夫人是邊境撫順的一家獵戶之女，一次在山中遇上雪狼，幸得昆都倫汗相救，英雄救美的故事，比比皆是，那時的昆都倫汗雖年過不惑，卻是個英武高大的男子，謝夫人成了昆都倫汗眾夫人裡的一個，並很快有了身孕，而當時負責照顧謝夫人的便是阿齊那。

「謝夫人懷胎八個多月的時候，聽聞其父病危的消息，大夏人總瞧不起女真這種蠻族，謝大爺幾乎是與謝夫人斷絕了父女關係，可到底是有生養之恩，謝夫人不敢忘，便由我還有十幾名護衛陪同著回了撫順。」

那一晚下了很大的雨，他們的馬車陷在泥濘裡出不來，幾個護衛繼續推馬車，而其他人則護送謝夫人去城郊一間破廟裡留宿。當時破廟裡已經有幾個人也在避雨了，好巧不巧的，也是一名孕婦，挺著大肚子臉色發白，是快生了。

「是安氏？」顧妍問道。

阿齊那點頭。

「謝夫人那時也動了胎氣，還破了水，兩個孕婦，我一時忙不過來。後來又來了一個婆子，左眼角下有一顆黃豆大小的痦子，我那日在顧家花廳裡，也看到她了。」

眼角長了痦子，還在顧家看見，那就只有高嬤嬤了！李氏身邊的高嬤嬤，居然也在這件事裡有參與？顧妍陡然福至心靈，安氏和李氏一直來往密切，原是從這時候就打下的交情。

「謝夫人生了個男孩，力竭後昏睡了過去，而那位夫人生下一個女孩，哭了兩聲便斷氣了。我通曉些醫術，可惜救不了那個女孩，正想勸她節哀順變，冷不防被身後一記重擊敲暈。」

阿齊那摸了摸自己的肩膀，眸子裡冷光頻閃。她本來也不是駝背的，可那一記，將她的肩胛骨打斷了。後來一定又補了許多下，她的肩骨再無法痊癒，當她醒過來的時候，全身動彈不得，只有眼珠子能夠轉。

天色大亮，雨已經停了，破廟裡不見那幾個人，而謝夫人倒在血泊裡死不瞑目。阿齊那不記得自己是怎麼活下來的，她本來也該陪著謝夫人一道去地府的，但老天到底留了她一口氣。

跟著他們來的侍衛死的死，逃的逃，車馬的痕跡被雨水沖刷得乾乾淨淨，謝夫人生的孩子沒了，那個死去的女嬰也沒了……當年的血案就是這麼殘酷，安氏和高嬤嬤殺人奪子，而顧修之可以說是認賊作母了十幾年！

安氏對顧修之什麼樣，顧妍知曉一二，她根本不拿二哥當兒子。她只是需要一個男孩，需要自己在顧家站穩腳跟。若沒有安氏，或許顧修之現在能承歡父母膝下，不用走那麼多彎路，也可以是女真最尊貴的王子。莫怪他狠心，畢竟安氏，曾經對他更加狠心！

誠然，顧修之幾乎是與安氏兩敗俱傷。他的身世一經曝出，弄得人盡皆知，安氏平素苦心經營的形象毀於一旦，顧家覺得面子上過不去，勢必要對安氏發難，可與此同時，顧修之是親手將把自己養大的顧家推往了風口浪尖，不顧半分情義。

百善孝為先，他這不只是斷了自己與顧家的關聯，也一度成了人們口中所說的薄情寡義之輩。傷敵一千，自損八百。造成現今的局面，早已脫離了一開始的設想。

顧妍輕瞥了眼阿齊那問道：「所以，齊婆婆接下來準備怎麼做？找到了妳想要尋的人，完成了妳的任務，然後呢？帶他回到他該去的地方？」

阿齊那霎時沈默。她倒是想啊，可惜十九殿下並不樂意離開呢。

當時分明是有一百種方式放在面前的，顧修之卻執意選擇這其中最吃力不討好的一種。

阿齊那還記得剛開始與顧修之說起他的身世時，這個少年驚愕、憤怒、悲痛，久久不能自已……然而當一切沈澱下來，顧修之心裡卻又湧起一股難以言說的歡喜，這是個能讓他徹底擺脫顧家的好機會，更是一個能讓他以全新的姿態、身分站在顧妍面前的契機。

從此在世人眼裡，他們將不再是兄妹！都只是為了這個女孩啊……

阿齊那心中輕嘆，搖了搖頭。「十九殿下自有他的打算，我不能夠左右他的意思。」

阿齊那繼續留在王府，而不是去顧修之身邊。正如她一開始說的，顧修之需要一段時間冷靜，並且不想被打擾，無論是誰。

西德王府還能平平靜靜，隔鄰的顧家就不得安生了。

顧大爺受不住刺激，一口痰梗在喉口昏了過去，好不容易緩過來，命已然去了大半條。

他年紀已一大把了，從前身為長寧侯世子，都是順風順水地過。經歷過劫難，本以為是否極泰來，家境漸漸恢復，仕途平穩，安氏持家有道，兒子也算爭氣……他以後就可以享享清福，靠著兒子養老送終，哪裡知道，顧修之竟然不是他的種！

他表面上看著與安氏相敬如賓，實則十分懼內，凡事都聽安氏的，不敢去風月場所，不敢拈花惹草，不敢有通房，以致到如今，年近半百了，膝下也只有一子一女。

早前大兒子活到十歲病逝，女兒顧姚嫁了人，次子顧修之倒是平安長大，卻被告知不是他的孩子，顧大爺自然接受不了。

顧二爺本來就只有顧媛一個女兒，陰差陽錯讓玉英生了個信哥兒；顧三爺本來就顧衡之一個病病殃殃的兒子，人家都不認這個老爹了，顧三爺轉而又得了一個聰明伶俐的徊哥兒，他們一個個都有後了，卻未料自己到頭來孤家寡人一個，這一切，都是誰帶來的？是安氏！

顧大爺決定，他要休妻！

狼毫筆蘸墨奮筆疾書，一張輕飄飄的紙擺到安氏面前，安氏目瞪口呆。

「你、你敢！」安氏抖著手指，直指向顧大爺。「你這些年都做了些什麼，你就不怕我捅出去？」

顧大爺手腳可不乾淨，這麼多年夫妻，安氏一清二楚，如今拿這些威脅他，他若還想要大好前程，就該知道怎麼做。

可顧大爺才不怕，他做了些什麼事，安氏都是幫凶，若非安氏鼓搗教唆，憑他的膽子，還真不敢。

顧大爺哼哼兩聲。「妳只管去說，反正妳做了些什麼好事，我也是知道一點的。」

他們半斤八兩，誰又比誰好？

顧大爺心意已決，顧姚素來和安氏一個鼻孔出氣，他也沒指望女兒向著自己，甚至因為顧修之的事，他都有點懷疑顧姚是不是自己親生的。

一雙懷疑的眼睛上上下下打量，顧姚一眼便看穿了，驚怒地叫道：「父親！」

她氣得渾身發抖。這個人，他居然還敢懷疑自己！

顧大爺訕訕地摸了摸鼻子。

顧姚怒道：「母親哪裡對不住您？她為您生兒育女，操持家事，忙裡忙外，處處為您打算，孝順公婆，四處奔波，人都蒼老了，到頭來您卻要休了她？」

不提這些事還好，一提起來，顧大爺旋即怒火中燒。「妳還好意思說？妳母親都做了什麼？我娶了她，就沒有丁點兒自主，凡事都是她來拿主意。我身為一個大男人，沒有半點氣概可言。從前敬她，我處處謙讓，現在，她卻直接斷了我的香火，讓我後繼無人！」

子嗣傳承有多重要，顧姚怎會不知？若非子嗣這個問題，她在曲家何至於被一個妾騎到頭上。顧大爺是家中嫡長子，本來子嗣單薄，完全可以納妾，但顧念著自己已有了顧修之這個兒子，又一度懼怕安氏，因此遲遲耽擱，瞧瞧現在，滿頭華髮，垂垂老矣，安氏簡直毀了他！

「妳走吧，我意已決，休要再提！」他怒甩衣袖。「曲盛全既然來接妳回通州，妳就別賴在這裡不走，至於妳母親，我給了她一封放妻書，而不是休書，已經給了十足的臉面。」

顧姚一瞬透心涼，安氏則哭到了顧老夫人面前。顧老夫人早前中了風，現在慢慢將養，好了許多，可一張嘴還是歪了。

她還不知道顧修之的身世，安氏是她最中意的兒媳，乍一聽聞大兒子要休妻，只覺不可思議。沈嬤嬤委婉地表達了安氏的所作所為，安氏剛想開口解釋，兜頭就被一杯熱茶澆了滿頭滿臉。

顧老夫人手腳不便也要抄起枴杖往安氏身上招呼，悲憤欲絕。「家門不幸！家門不幸啊！」

說到底，顧老夫人究竟沒將安氏當作自家人，五指還有長有短呢，哪怕是親兒子，真要做了什麼大逆不道的，顧老夫人說不定也要將人掃地出門，何況是個兒媳。害得自己兒子絕了子嗣，她若是還偏幫，那就真老糊塗了。

安氏硬生生就被休回娘家。她的腦中一片空白，反反覆覆出現的，都是顧修之那張薄唇張張合合，一一控訴著她的罪行。

顧修之五歲，先生教導他讀書識字，他將先生氣走後，去逗弄剛出生的狗崽，安氏就讓人將狗崽開膛剖肚，扔到他面前，顧修之獨自把狗崽埋了，沈默了幾天。三房的顧衡之身嬌體弱，顧老夫人多關心兩句，安氏便教顧修之身著單衣去雪地裡站上半夜，直到渾身高熱才准許回屋。果然家中長輩都將重心移到顧修之身上；安雲和十四歲中了秀才，彼時十歲的顧修之連字都寫不索利，她讓常嬤嬤看著顧修之寫，一個筆畫出錯，便重重打一記手心，打得整隻手皮穿肉爛；十歲的孩子貪玩，泅水去湖裡採蓮蓬，安氏讓人按著他的頭不許他起來，只剩最後一口氣了，讓他長了記性。凡此種種，不一而足。原來他都記得清清楚楚……

安氏莫名打了個冷戰。顧修之不是自己兒子，因而無論做什麼，安氏不會心疼他一分一毫。可她忘了，顧修之不是純善溫馴的羊，他是會啖肉飲血的狼，一旦時機成熟，他不會放過任何反咬的機會。

被休回娘家，安氏知道自己完了，但她還有顧姚。她握住顧姚的手，叮囑道：「姚兒，娘以後不能事事為妳打算了，妳一定要自己把握住機會，切莫優柔寡斷！妳在曲家受了委屈，以前娘還能為妳撐腰，現在就只能靠妳自己，曲盛全那小子現在巴著妳，妳就不要太擺譜，也別和一個上不得檯面的賤東西一般見識。」

顧姚和曲盛全的矛盾，安氏看在眼裡，顧姚就是太拿曲盛全當回事，才失了該有的決斷。

「顧家現今能靠的，就是李氏和魏都這層關係，我與李氏有長久密切的往來，日後，這份人情該交到妳的手上。」安氏娓娓道來，顧修之在顧家祠堂裡與安氏、顧大爺滴血驗親，最後只是證實了他並非安氏和顧大爺的孩子，但當年殺人奪子之事，到底沒能曝出。「高嬤嬤是李氏的乳娘，當年陰差陽錯地幫了我，李氏這麼多年捏著我的把柄，我怕她將顧修之的身世說出來，便處處配合她。可顧修之既然敢站出來與我決裂，定然知曉了當年的內情。」

「是誰告訴他的？」顧姚問道。

安氏瞇了瞇眼猜測。「我記得西德王和顧妍不久前才從遼東回來……」

謝夫人生產時雖在破廟，可外頭守了幾個壯漢，看服飾並非大夏人，若非安氏當時也帶了幾個護衛，根本拿不下他們。由此可見，謝夫人的身分不簡單。安氏自認將手腳做得乾淨，後來差人打聽過，那樁破廟案不了了之，死的都是女真人，大夏何以去管女真人的死活，死了當然最好，萬萬沒料到，還有漏網之魚。

「高嬤嬤是李氏的知心人，李氏不會想高嬤嬤牽扯進殺人案裡……姚兒，妳只須把握好，好處自不必說。」

至於所有的報應，就由她一人承擔，這是一個母親，能為女兒做的最後一點事。

入夜的王府，安寧靜謐。顧妍毫無睡意，起身支開窗櫺，沁涼的風吹來，帶了些許泥土腥味。

站在光影裡的少女烏髮似墨，眉目如畫，只是目光深深，思慮沈沈。隱在暗處的人輕嘆了聲，隨意撿起顆小石子，輕彈到窗櫺上。

顧妍微怔，想起來某個慣犯，撐著窗沿探出腦袋，伸長了脖子四下張望。蕭瀝又往暗處躲了躲，嘴角緩緩揚起一抹淡笑。

尋了一圈無果，顧妍瞇眼暗罵了聲幼稚，「砰」一下關上窗子。

蕭瀝伸手扶額，只好自行動手，推窗而入，顧妍已坐在桌前，倒了杯茶慢條斯理地喝，抬眸輕瞥，見他一身夜行服，不由笑道：「又是路過？」

早先備好的詞被搶了，蕭瀝陡然無言，撓著手背點頭，換來的就是她另一聲輕笑。

自從知道蕭瀝找了晏仲上門提親，顧妍突然不知該以何種態度面對他。從前當他是恩人，是朋友，可真當某些話說開，除卻固有的排斥，不可否認也摻雜了一點難以言說的感受，就如當年在雪天梅林裡初見夏侯毅時，一瞬的臉紅心跳、手足無措。她很不喜歡這種感覺……所有與夏侯毅有關的心動歡悅，都被她扔在上一世了，她也從沒想過有朝一日要再撿回來。

蕭瀝見她沈默，不由又撓了撓手背，顧妍定睛瞧過去，卻見他手上腫了一塊。「你的手……」

蕭瀝這才低頭，也驚訝。「剛還好好的。」

顧妍移了盞燈過來，聞到他身上帶了股淺淡的花香，問道：「你剛剛躲哪兒了？」

她的庭院十分開闊，目所能及幾乎沒有什麼可以躲藏的地方。當然她知道蕭瀝身手好，什麼犄角旮旯都信手拈來。

「就在那棵海桐樹後的桃花叢裡。」

這個時候，桃花都已經謝得差不多了，然那叢桃樹，灼灼如火，豔麗又妖媚。

顧妍哭笑不得。「那是夾竹桃，花粉是有毒的，沾上點就會發癢紅腫，若誤食了，還可能致死呢。」

蕭瀝不由蹙眉。「這麼毒的東西，種著做什麼？」

他才只沾了點花粉，便覺奇癢無比，而她細皮嫩肉的，就更別提了，還不如拔了。

顧妍挑眉笑道：「防賊啊！尤其是那種半夜三更還闖進小娘子閨閣的……」

蕭瀝一窒，注意到她眼裡的促狹，也就笑了。她膽子這麼大，骨子裡根本就不是個會循規蹈矩的人，何曾在意過這個？若真的不想他進來，有的是法子，哪還能像現在這樣心平氣和地說話。

蕭瀝在她對面坐下來，伸出手道：「有什麼辦法嗎？挺癢的。」

手背上已經腫了一片，還往手臂上蔓延。其實也不見得有多麼難以忍受，只是在她面前，不由自主想得到多點關注。

顧妍想了想，拿帕子沾著茶水給他擦手背。他的手掌很寬大，溫暖厚實，一如往昔的滾燙。上頭分布著深深淺淺的疤痕，算不得好看，但每一道都有它的故事。

澄明昏黃的瑩瑩燈光裡，少女目光清淡，如早春初融的湖水，波光瀲灩。記憶驀地回到兩年前，那個昏暗的窖洞裡，倔強又逞能的小姑娘，嘴角抿得緊緊的，用她僅有的一碗清水，為他清洗傷口，一遍又一遍，動作輕柔，認真卻又笨拙。

蕭瀝從不相信命運，所謂的因緣際會，他從不信奉，可真到了這個時候，總要不止一次地感激上蒼，讓他那日能夠路過，接住這個從天而降的姑娘。

蕭瀝目光膠著，輕輕握住她的腕子，顧妍如被燙灼般，猛地收回手。

纖細的手腕如同一條光滑的泥鰍，倏地便脫離掌控，蕭瀝有些可惜。

她站起身退開兩步，目光稍顯混亂。「你來做什麼？」

蕭瀝默了一瞬，抬眸看她。「修之的事，我聽說了。」

鬧得那麼大，確實很難不聽到風聲。顧妍淡淡「嗯」一聲，沒再說話，然而這樣的沈默，其實說明了很多問題。

「妳早就知道了？」

所以絲毫沒有驚訝，輕而易舉就接受了這個事實？所以顧修之看她的眼裡，總有一點別的東西！

「是從什麼時候開始的？」蕭瀝眸色沈沈。

顧妍很無奈。「你到底想說什麼？」

蕭瀝閉了閉眼。「再給我點時間。那天，西德王找我去說了些話……」

顧妍想起那日紀可凡下聘時，外祖父將蕭瀝叫去，可他們都說了什麼，她是不清楚的。

「鎮國公府確實沒有表面上看起來的簡單，我的父親，或是蕭夫人，都不好相與。」蕭瀝靜靜看著她道：「現在的我，還不能做到掃清障礙，但只要給我時間，我會處理好。」

處理好？怎麼處理？用最簡單粗暴的方式，將自己的生父和繼母通通殺了嗎？就和上一世一模一樣？

顧妍不願意看到，更不希望，這一切的緣由，還是因為自己，她輕嘆。「何必呢？這世上，滿地繁華錦繡……」

「但也只有一個顧妍。」蕭瀝出聲打斷。

顧妍睜大雙眼。「你是認真的？」

「我可從未開過這種玩笑。」

又是一陣沈默。

顧妍想，大約要和蕭瀝好好說清楚了。他願意娶她，她很感激，有一瞬覺得心中暖意滋生，心跳如擂鼓。可到底理智至上，他們根本不是同類人。她不需要，也不值得他為自己做些什麼，從前是，現在是，以後也是。

顧妍張了張嘴，話音還未吐出，就聞得外面突然響起一陣喧譁。

兩人都一愣，值守的忍冬起身開門出去，又有腳步緩緩靠近，顧妍忙望了眼房裡有沒有可以藏人的地方。要是被人看到這麼個大男人出現在自己房間裡，就算是貼身婢子，一時都解釋不清楚了。

看她轉著眼珠子焦急的模樣，蕭瀝很想跟她說，自己躲房梁上便可以，然而還未有所動作，便被她一下推進羅漢床裡，扯出錦被兜頭給他蓋上，一股淺淡的香味沁入鼻尖，既像玉簪的淡雅，又有蘭花的清幽，帶著果露香香甜甜的滋味，和她身上的很像，蕭瀝霎時僵了一般動彈不得。

忍冬推門而入，就見顧妍一動不動站在床前，便上前說道：「小姐，西苑馬棚走水了，火勢很大。」

又不是天乾物燥的季節，再說白天才剛下了一場小雨呢！

「怎麼回事？」

忍冬道：「具體起因不清楚，巡夜的婆子看到那處火光沖天，才發現的。」

顧妍點點頭。「我們去看看。」

忍冬忙找了件絲緞披風給她披上，兩人一道出了門。

蕭瀝長眉緊擰，慢慢起身躍出窗子，往西苑的方向去。

第三十九章

火勢很大，許多人都醒了，白日下了雨，馬棚的草料染了濕意，經火一燒，滾滾的濃煙燻得人睜不開眼，根本無法靠近。

西德王看到顧妍走過來，連連揮手。「妳來做什麼，趕緊回去！」

顧妍環顧了一下，道：「今晚吹的是西南風，火燒在西面，若是還不撲滅，很快就會殃及到周邊。」

「蓄水缸裡水滿了沒？要是沒了就趕緊添上。」西德王知道勸不動她，吩咐人將周邊幾間倒座房給拆了，又讓人拿了帖子去請五城兵馬司來幫著滅火。

顧妍拿帕子捂著口鼻，熱浪和煙燻讓她有些受不住，迷迷糊糊聽到似乎有打鬥的聲音，。

托羅衝到西德王跟前來，大聲道：「王爺，有賊子潛入，在二門打起來了。」

果然螳螂捕蟬，黃雀在後！

西德王冷哼，交代顧妍趕緊回去，匆匆和托羅去了二門。大批的護院隨著西德王走了，留下的都是家丁或婆子、丫鬟。

火光搖曳，熱氣燻得面上滾燙，顧妍看著周遭晃悠的樹影，眸光撲閃。西苑已是邊緣了，大火起於這處，風全朝向王府吹，對周遭的影響不大，幾棵大樹長在圍牆邊，最是容易招賊。

「不對！」顧妍面容陡然肅穆。「這是調虎離山！」

顧妍說的什麼意思，忍冬完全沒聽懂，她只看到滿眼的火光，煙熏火燎，迷迷糊糊發現院牆邊的大樹上跳下來許多黑影。

忍冬驚叫了聲，顧妍叫上忍冬趕緊跑，去找護院過來，可那些人的動作何其迅速，手起刀落，幾個家丁、婆子的身子軟綿綿地倒了下去。

驚懼叫喊越發響亮，求生的本能促使他們扔下東西四散而逃。

茫然四顧，已有人提刀擋住了去路。忍冬張開雙臂擋在顧妍面前，刀刃離忍冬頭頂僅餘兩寸時，來人倏然栽倒，天旋地轉間，顧妍只聞到一股清冽的薄荷香。

「你還沒走？」她驚愕。

頭頂上方便響起他咬牙切齒的聲音。

「我要走了，妳還能在這兒？」

蕭瀝手臂圈著她，緩緩收緊，將她護在懷裡。

耳邊有諸多聲響，溫溫的液體噴灑在耳側，顧妍只顧抓住他胸前衣襟，埋首聽他綿綿不絕的心跳聲。眼睛看不到了，其他的感知便格外敏銳，她能聽到成群的腳步聲逼近，還有托羅的叫喊。「王爺，在那裡！」

五城兵馬司來人了，一窩蜂地湧過來，蕭瀝也慢慢停下。

西德王森森說道：「你可以放開了。」

蕭瀝慢吞吞地鬆手，顧妍退出他的懷抱，雙頰酡紅。悄悄抬眸，只見外祖父沈著臉，一旁還站著目瞪口呆的楊二郎，和一位清瘦的中年男子，她聽到外祖父叫那中年男子「莫指揮使」。

「王爺和縣主受驚了，今晚的事，下官定會儘快解決，明兒一早便去順天府備上檔，不管是入室盜匪或有人預謀，定給王爺一個水落石出。」

闖入的賊子都被捉住了，擒了雙臂反扣身後，然而只一瞬，一個個都軟趴趴地倒了下去。

楊二郎大驚，上前拉下他們的面巾，扳開嘴一看，驚叫道：「頭兒，他們的牙裡都藏了毒！」

這居然還是批死士！

馬棚不是議事的地方，西德王正要請莫指揮使和楊二郎去正廳，偏偏柳氏和顧婼聽聞風聲也過來了，西德王當真一個頭兩個大。

「大半夜的，都回去吧，沒事了。」他擺擺手又回頭瞪了顧妍一眼。「還有妳，別在這兒瞎摻和！」

要不是蕭瀝在，這小丫頭還不知道會怎麼樣呢！西德王想想都覺得後怕。

柳氏拉過顧妍，見她除卻髮髻有些凌亂，一切如常，正當鬆口氣，眼角餘光輕瞥，就見她後頸小領上沾了點血漬。「怎麼了，哪兒傷著了？」

顧妍後知後覺伸手探了探，記憶中似乎是有鮮血噴灑過來……她忙回頭，只見蕭瀝長身而立，右腕上衣物有明顯的破損。

「你受傷了？」顧妍上前兩步，果然見他的黑衣下皮開肉綻。

事急從權，顧妍也管不上這麼多，忙拉上他的衣袖要去找人包紮，根本沒去顧慮其他人怎麼想怎麼看。

西德王暗暗翻個白眼，柳氏和顧婼早知道些內情，雖不贊成，倒也沒多說些什麼，楊二郎和莫指揮使卻是暗暗心驚。楊二郎遠遠地看著一高大一纖細的兩個身影漸漸遠去，心中似乎有一瞬悵然，然而短暫的酸澀之後，便是會心一笑，也沒再多放心上。

蕭瀝心情頗好，順從地任由顧妍牽著，也不問她要去哪裡。

暫時闢出了一間西廂房，阿齊那早早地便在那兒候著了，忍冬受了些輕傷，正由阿齊那上藥包紮。

等這方完工，顧妍便讓忍冬回去休養，又道：「齊婆婆，妳再給他看看怎麼樣。」

阿齊那定定瞧了眼這個少年。她認得他，在遼東的時候，就曾經有過那麼匆匆一瞥。她用剪子剪開他的窄袖，傷口偏深，皮肉外翻，還在往外沁著血。

蕭瀝卻收回手不給她包，淡淡道：「不用麻煩了。」說著瞥了顧妍一眼。

若還看不出蕭瀝對顧妍的心意，她就白活這麼多年了。只阿齊那的心到底是偏向她家十九殿下的，對這個少年，就沒了多少好感。

不要她幫忙，她還不樂意幫呢！

阿齊那轉身就走，顧妍在後面叫她都沒理，回頭就瞪蕭瀝。「你現在逞什麼能，這樣很好玩？」

話音驀地一停，他已將腕子伸向她，示意讓她來包紮。

顧妍知道自己有幾斤幾兩，哪裡比得上阿齊那，便要出門去找她回來。

蕭瀝幽幽嘆道：「好歹還是為了救妳才受的傷呢，這點小事都不樂意。算了，誰讓我自作多情。」

顧妍目瞪口呆。這……這不是耍無賴嗎？

見她遲遲沒有動靜，蕭瀝又低聲加了句。「沒關係，妳不用愧疚，反正我是心甘情願的……」

顧妍憤恨地咬牙，暗罵了聲無恥，卻到底敵不過一時心軟，坐下給他包紮。

誰知道他突然間發什麼瘋！

蕭瀝揚唇淺笑。其實也沒什麼，他就是覺得，楊二郎偶爾流露出的目光，讓他很不舒服。但看她認真又仔細地給他包紮傷口，頓時便有種心滿意足之感。

打上最後一個結，顧妍順勢站起來，別開眼，吶吶說道：「我去正廳。」

話音剛落便直直地往外走去，隨即不由懊惱……和他說這些做什麼，難不成生怕人家找不到？

深吸幾口氣壓下燥熱，顧妍這才循跡去往正堂。正堂旁有兩間耳房，西耳房處開了扇木門，方便婆子、丫鬟進出，這時候正好給顧妍行了方便。萬幸這時候木門沒有上鎖，顧妍躡手躡腳地推開，堂前交談的聲音越發清晰。

「二門處的那些賊匪都是引子，是用來掩人耳目的死肉，至多就是些耍把式的。下官查探過，白日裡府上進了一批木柴，這些人若躲在其中，實則可以輕易混進來。」

聲音有點陌生，應該是那位莫指揮使。

王府的進項都是些往來已久的，自西德王入住王府後，從未出過什麼大的紕漏，此次若不是買通了管事掌櫃，便是早就布上了這步棋。

西德王一時沈吟，莫指揮使又道：「誠然這批死士才是重中之重，若非蕭世子在源頭處便解決隱患，當真散開了，也是麻煩。」

西德王扯扯嘴角，真有些懷疑那小子是不是故意的，讓這麼多人看到，不日外頭便要傳開了，卻也不可否認，蕭瀝擔了多重要的工作。

楊二郎匆匆進來道：「王爺、大人，火已經撲滅了，只是，燒得也差不多了。」

西德王不太在意這個，讓托羅去清點一下傷亡，順道問起來。「起火的原因可查出來了？」

「問過巡夜的哨衛，說是剛剛巡過馬棚，便看到有火光熊熊燃起，勢不可當。」

馬棚確實堆放了許多乾草料，也易燃，興許是巡邏的哨衛不小心濺了點火星上去，引起的大火，當然也不否認是外頭來的火種，可白日都下了雨，浸濕一大片，哪還能燒得這麼快。

蕭瀝袖著手大步跨進來，對西德王微微頷首道：「草料上，被潑了火油。」

「火油？」莫指揮使一怔。

這火油，就是俗稱的石液，是從石中產生的，極易燃燒。有人用它的煙煤來做墨，濃淡相宜，連松墨都比不上它。在燕京很少能見到火油，反倒是西北、東北比較多，莫指揮使沒見過，但蕭瀝曾切切實實領教過火油的威力。

「剛剛聞到燃燒的氣味與草料燃燒有所不同，我又回去看了看，確實有火油的痕跡。」

莫指揮使和楊二郎對視一眼，心領神會。這是一條十分重要的線索，把握好了，興許就能順藤摸瓜，摸出那隻黑手。

西德王捋著鬍子若有所思，看更漏著實是太晚了，謝過莫指揮使和楊二郎深夜趕來，又送他們出正廳。

蕭瀝目光環視，沒見到顧妍，還在疑惑，就聽到身後西德王重重咳了聲。「別看了，人不在這裡。」又上下打量他這身夜行服，嘖嘖嘆道：「你這大晚上的神出鬼沒，挺本事啊！」

當沒聽出來西德王語氣裡的挖苦，蕭瀝搖頭道：「不敢當。」

西德王瞪大眼，顧妍在耳房險些笑出來，忙捂了口，眉眼俱彎。

臉皮越來越厚了……

西德王沒好氣道：「今天多謝你，這麼晚了，早點回去吧。」

蕭瀝剛剛聽到一點不同尋常的動靜，目光移到正堂的耳房口，西德王又跳起來。「還看，還看！都說了不在這裡了！」

蕭瀝不置可否，頷首道：「那我明日再過來。」

也不等西德王回應就走了，西德王驚得張大嘴，破口罵道：「還真當這裡是你家啊！」

話裡卻沒有半點責備的意思，反而顯得色厲內荏。

西德王又慢慢倚回去，懶懶道：「聽夠了，可以出來了。」

顧妍忙收斂笑意，掀簾走出來，盈盈站到西德王面前。西德王心裡長長嘆了聲，喃喃唸叨。「女大不中留……」

「外祖父說什麼？」顧妍沒聽清。

西德王才懶得理她。「折騰了大半夜，也不嫌累！我這把老骨頭可受不起。」

「外祖父一點兒也不老。」

「就妳嘴甜！」西德王笑罵。

待一切都慢慢平息了，顧妍才回到房裡。忍冬回自己房裡休息了，為了以防萬一，由青禾跟景蘭一裡一外守夜。

顧妍正想著這晚上的事，可惜理不清頭緒，被褥上還殘留著蕭瀝的氣息，慢慢地睡意上來了，沈沈睡過去。

只是到了後半夜，又開始下起瓢潑大雨，傾盆而落，又急又烈，算是今年最痛快的一場。

到了第二日一早，莫指揮使果然去了順天府上檔，最後官府便說，死的那些人是從關中一帶來的流寇，被天災逼得沒法子，才走上盜匪這條路，機緣巧合來了京都，又不知道是從哪兒聽來的西德王府家產頗豐，所以拿刀逼迫送木柴的管事，讓一眾人藏身其中混入王府，又花錢買了幾個俠士，謀劃了這麼一齣……只可惜最後全軍覆沒。

對於這番解釋，西德王半個字不信。南城的地皮上，哪一家不是略有薄產，何必將主意打到王府頭上？而那些死士身手了得，還十分果敢英勇，豈是江湖上區區俠士能比的？更別說，馬棚處還有火油燃燒的痕跡。試問普通盜匪，哪來的火油？

西德王這麼一說，順天府尹就再差人來著火的地方查探，結果一無所獲。只因晚間的一場大雨，兵馬司留在馬棚處的守衛見雨勢甚大，早躲雨去了，該有的痕跡洗刷一清，光憑他們幾個口述，難以作為憑證。

莫指揮使趕來致歉，自認管教下屬不力，西德王像一拳頭打在棉花上，暗惱五城兵馬司尸位素餐，恨只恨沒有親自差人守著，造成這麼大的疏漏。

但凡事皆有轉機，蕭瀝次日來王府的時候，拿了一截燒焦的斷木，淡淡說：「這是我留的備份，原是以防萬一，未料真派上了用場。」

西德王眼前大亮，嘖嘖嘆了好幾聲，倒是越看蕭瀝越順眼了，便讓托羅親自送去衙門，於是昨晚鎮國公世子英雄救美的事蹟再次傳開，雖事出有因，可到底於配瑛縣主閨譽有損，有人便開始猜測，配瑛縣主早晚是要嫁入鎮國公府的，也算門當戶對，郎才女貌了。如是一來，絞碎了無數春閨少女芳心。

顧婷對蕭瀝沒什麼印象，遠遠見過幾次，依稀記得是個俊美冷傲的男子，皮相再好，日日對著一張冷臉，能有什麼意思？她腦中頻頻閃現那日見到的紀可凡，一顰一笑皆如沐春風，直直要吹拂到人心窩子裡去。

對於顧婼，顧婷不是不恨。但她深知，自己要走得更高、更遠，紀可凡之於她，到底太淺薄了，而鎮國公府確實底蘊強盛，蕭瀝身上還流著皇家的血，讓她眼睜睜看著顧妍攀上高枝，如何甘心。

顧婷和李氏抱怨，李氏瞋她一眼。「妳就不能有點耐心？這麼沈不住氣，早晚吃大虧。」

魏都還想著要顧婷去侍奉成定帝，李氏雖沒意見，心裡卻覺得不大適合。宮裡的陰謀算計還少？顧婷再不長長心眼，才要被人吃得連骨頭都不剩！

「再等！再等黃花菜都涼了！」

真要她看著顧妍榮寵無雙，那她還不如死了算了。

李氏無奈地直嘆。「婷姊兒，妳什麼時候才能長點本事，遇到煩心的，除了來我這裡，還會別的嗎？妳也不小了，再跟小時候一樣任著性子來，是還想再去清涼庵一趟？」

顧婷一聽清涼庵，就渾身打個哆嗦，只好耐著性子悠悠道：「那娘親，就這麼等下去，什麼都不做？」

李氏直搖頭。「妳真以為鎮國公府是這麼好進的？不說蕭世子自己樂不樂意，小鄭氏可不是吃素的。」

顧婷若有所思，感覺小鄭氏也不是那麼靠譜。

李氏只好說：「沒錯，她現在是縣主，她外祖父是大夏唯一的外族王爺，得方武帝欽封，但若事實上，一切都是空的、虛的呢？」

顧婷聽不明白，李氏也不多說，讓她去和新請來的女師傅學習。這個女師傅出生在木匠之家，本身也是個精通木藝的。成定帝什麼都不喜歡，唯獨喜愛木匠活，既然先前顧婷惹了成定帝不快，再往後只好投其所好，讓成定帝改觀，那這第一步，就是要顧婷去接觸木藝。

顧婷即刻苦下臉，不情不願地走了，弄得李氏頻頻搖頭。

一連過了幾日，順天府對王府走水之事也沒個定論，蕭瀝送來的那截斷木亦沒用，他們也只一拖再拖、敷衍下去。

西德王等得不耐煩，向成定帝請旨嚴查，成定帝便讓錦衣衛介入，負責的恰恰便是左指揮僉事蕭瀝。順天府尹自覺被打了臉，面上無光，又不好表露，只暗暗怨恨上了西德王。

這日，王府前來了個荊釵布衣的中年婦人，抱著只打了補丁的包袱，一雙眼睛靈活地轉來轉去。婦人上前就與門房說道：「這位小哥，小婦人是府上王爺的遠房親戚，路過燕京，特來拜訪的。」

此人笑得諂媚，一口牙微微發黃，那門房瞧見就翻個白眼。

什麼遠房親戚？誰不知道西德王是外族人，就算有遠房親戚，也不會和大夏有關聯，打秋風打到這裡來了，事先怎麼不好好打聽清楚。

門房不耐煩地擺手。「我們王爺哪來妳這樣的親戚，別添亂了，王府又不是善堂，哪兒來的回哪兒去吧！」

婦人舔了舔唇，急忙道：「是真的，小婦人本姓吳，江南姑蘇人，與柳家是世交……你們郡主肯定是認得我的，她小時候我還抱過她呢！」

吳婆子煞有介事，門房一想，嘉怡郡主確實是姓柳，祖籍也是江南姑蘇。可這婆子一會兒說是王爺的遠親，一會兒又說是柳家的世交，沒個定性，誰知道哪句真、哪句假，都知道的事，隨便打聽打聽不就出來了？

「妳抱過郡主，我還當過大王呢！」門房抄起棍棒就要趕人。「別在這裡擋著，否則休怪我不客氣。」

吳婆子不由瑟縮了一下，又見這朱門高牆，實在不甘心，咬咬牙道：「小哥，真不是我胡說，我可清楚著呢！你們王爺對外說是外族人，其實就是假的！真以為你們郡主這麼容易當郡主啊……我可知道他們都是什麼關係的，他們一家子都在騙人，耍得人團團轉呢！」

吳婆子刻意放低聲音，自以為握住人家的命脈，頓時趾高氣揚。「你將這些話和你們王爺、郡主說了，他們定要出來將我好好請進去！」

話音未落，冷不防一記棍棒打在身上，她「哎喲」一聲慘叫。

門房搖頭。「都跟妳說過了，妳偏不聽！」回頭就和另外幾人道：「真是越說越離譜了，怪事年年有，怎就今年特別多！」

見幾人都笑了，吳婆子氣得不輕，身上又被打得生疼，惱道：「你們有眼不識泰山，等我成了你們王府的主子，一定要將你們通通賣了！」

「那就恭候大駕！」

幾人又哄堂大笑，吳婆子還想再說兩句，那門房一揚棍，她立即撒開腿就跑，直到跑出胡同，才扠著腰破口大罵。「沒有一點眼力見！一個老騙子，帶著一群小騙子招搖過市，就你們還想狗仗人勢？呸！也不撒泡尿照照自己！」

長長深吸幾口氣，吳婆子只得暫時壓下一口鳥氣。剛轉身，就對上一個滿臉皺巴巴的男人，吳婆子不由後退兩步。

那男人笑著上前，指了指身後的軟轎。「我們大人有幾句話想問問妳。」

西德王府的門房自當這婆子胡攪蠻纏，原也沒放在心上，誰知第二日，西德王便被順天府尹一狀告到御前，順天府尹手執朝笏，在朝上噼哩啪啦說了一通。

「西德王戴爾德，姑蘇人士，原名柳昱，二十二年前出海，船翻遇難，大難不死後返還中原，以戴爾德身分欺上瞞下。更誤導誆騙先帝，揚言收嘉怡郡主柳氏為義女，使先帝特封其為郡主……」順天府尹一字一頓，鏗鏘有力，就怕滿堂文武官員聽不真切。

殿上靜了靜，旋即紛紛抽了一口氣。

楊岩額上冒汗，轉而就看向柳建文。他和柳建文自小相識，當然認得柳昱，初見西德王時其實心中已然有數，只不過他並沒有說穿，畢竟這事揭露，對他們沒有半分好處，然而依舊被扒了出來……

柳建文神色淡淡，無視落在自己身上的視線，垂眸不語。

成定帝還有點搞不明白，那順天府尹便順勢再加一把火。「皇上，西德王戴爾德，即柳昱，正是左春坊大學士柳大人的伯父！」

至此，眾人恍然，西德王和柳建文交往緊密，兩家甚至結為姻親，原以為是嘉怡郡主的關係，現在一想，定是柳建文幫著欺瞞了。當初納悶是從哪兒冒出來的外族人，甚至好生敬佩嘉怡郡主疏財，西德王仗義收女，到頭來人家其實就是嘉怡郡主的親爹！

欺世盜名，將所有人玩弄股掌之間，若是其他便也算了，至多就是謊言拆穿後聲名不佳，可他們竟連先帝都欺瞞，這已經不是區區幾句責難便能糊弄過去的。

成定帝往柳建文那兒瞧了眼，轉而又去看魏都。他一向都沒主意，也不知要如何處置。

見魏都目光落在柳建文身上，成定帝直起身子問道：「柳卿家，此話是否屬實？」

柳建文不慌不忙，拱手道：「皇上，請容臣問一問何大人。」

順天府尹正是姓何。

見成定帝揮手准許，柳建文便淡淡看著何府尹。「何大人何以如此篤定，西德王乃是我已故伯父？」

「若要人不知，除非己莫為！」何府尹成竹在胸。「西德王樣貌與大夏子民有異，令人先入為主，信了他的鬼話，殊不知，這才是最大的漏洞。昨日下官前往王府，就王府走水一事欲與西德王商議，恰碰上一個姑蘇來的婆子。那婆子帶來一幅畫像，畫中人正是柳昱，與西德王輪廓相貌十分相似。且據她所言，柳昱天生眼瞳異色，二十多年前出海下落不明，而今西德王來自海外，又與柳家來往密切……凡此種種，絕非巧合！」

原先是沒人往這個方向想，然而待想通了，所有線索就串了起來。何府尹也是經過反覆推敲，才敢在金鑾殿上參西德王一本。

柳建文始終看著他。「身分不明出現在王府前的婆子，拿了張不知從哪兒來的畫像，再說幾件姑蘇人盡皆知的事，何大人便就此論斷？何大人為官也不是一天、兩天了，怎麼做事還是這般急躁？不知道的，還以為是西德王怎地得罪了您，您藉故發揮，要他好看呢！」

何府尹面色大變。西德王府走水，他查案不力，成定帝讓錦衣衛插手，他從旁輔助。何府尹丟了面子，在同僚間早傳開了，所以見著機會要拉西德王下水……然這等心思被道破，也太難堪。

「休要狡辯！」何府尹惱羞成怒。「你與西德王分明一丘之貉，自然幫著他說話！」

柳建文呵呵笑。「何大人誤會了，我可什麼都沒說。」

成定帝看得糊塗，又沒心力管這個，揮揮手道：「移交大理寺。」便早早退朝，扔下眾臣。

何府尹怒目而視。「柳大人，請吧！」

柳建文倒不跟他客氣，從容自如地退下，何府尹不由暗啐了口。「裝吧！待會兒有得你哭。」

一眾官員浩浩蕩蕩地退朝，有不少一道前往大理寺。楊岩不由跟上柳建文，趁四下無人悄聲問起。「暢元，世伯可有對策？」

柳建文眉眼淡淡，抿緊了嘴角，終是一嘆。「我也不知。」

大理寺的衙役來請西德王過堂審訊時，他正與蕭瀝商討走水一事的始末，托羅急忙來稟報道：「王爺，大理寺來人請您和郡主過去一趟，還差官兵圍住了府邸！」

西德王和蕭瀝同時一怔，西德王讓托羅進來說話，可那衙役嘴巴緊實得很，從他們嘴裡根本套不出什麼東西。

西德王暗想自己有哪處被人捏了把柄，靈光一閃似乎知曉了大概，恰好紀可凡急匆匆來了王府。「義父讓我趕緊來給王爺說一聲，今日早朝順天府尹在御前參了王爺一本，說王爺隱匿身分，欺瞞國人，是對先皇大不敬，要著大理寺三堂會審！」

西德王慢慢瞇起眸子，蕭瀝愕然道：「什麼隱匿身分？」

紀可凡下意識地看向西德王，西德王捋著鬍子搖頭失笑。「得，這下全知道了！」

他越過二人，回了趟書房，從暗格裡找了只細長匣子出來，塞到袖囊裡，這才坦然跟著來人前往大理寺。

消息很快傳遍王府上下，顧妍一聽便暗道糟糕，急急跑出去，卻見西德王和柳氏已經被衙役帶走了，王府幾個入口被重兵把守，插翅難逃。紀可凡是硬闖進來的，只是他進府後便不能再出去，也一道被軟禁在王府。

顧婼急著詢問紀可凡起因始末，紀可凡便安慰她不要著急。然而真當事情降臨到自己頭上，哪能輕易安心？何況他們還沒有一點底。先是夜半馬棚走水，再是無端禍從天降，若非是有人刻意針對，也不至於這樣連環緊湊。

顧妍拉住蕭瀝，讓他想法子帶自己出去。「你和王府沒有什麼關聯，他們又賣你面子，官兵是不會為難你的……我要去大理寺！」

蕭瀝沈吟一陣，找冷簫去拿了件小號的飛魚服進來，讓她換上，又戴上冠帽。

顧妍身量在同齡女孩中算得上是高的，雖與蕭瀝還是差了一大截，但比之身形矮小的男子已絲毫不讓，至多便是清瘦了些。但錦衣衛能者如雲，又豈會有人在意這些？有蕭瀝在前面打頭陣，顧妍只需低頭牢牢跟在他身後便好。果然外頭的官兵沒敢攔著他，二人一路暢通無阻。

大理寺在皇城西北角，離王府尚有一段距離，蕭瀝是騎馬而來，然而顧妍不會馬術，只好與他共乘一騎。

夏衣單薄，蕭瀝能感到身前坐著的少女身形微僵。想起剛剛紀可凡的話，他問起來。

「西德王是什麼身分？」

顧妍默了默，一想不久後就應當傳揚開了，現在說不說其實無所謂。

「他是我的外祖父。」

蕭瀝微怔，又聽她一字一頓道：「我的親外祖父。」

大理寺早擠滿了人，不少還穿著朝服，儼然剛剛下朝隨著人群一道過來觀審。

早前的大理寺卿因獻上紅丸害明啟帝暴斃被斬，如今的大理寺卿叫盧祐，顧妍知道，這人是五虎之一，魏都的走狗。

堂上擠滿了人，蕭瀝的到來並沒引起什麼注意，顧妍隱在蕭瀝身側，就更加不起眼。

盧祐在上端坐，公堂之上，坐了幾個堂官，已是大理寺正的顧二爺亦在其中。成定帝沒有親臨，但派了信王——夏侯毅過來聽審，此時的他也不過是個十五歲的少年，穿了身月白色蝠紋蟒袍，紫金束冠，氣質溫和，清秀雋雅。

大約也就是他看起來人畜無害，且與成定帝兄弟感情深厚，生母早逝又根基淺薄，所以朝中才沒有如當初逼迫福王就藩一樣，在信王身上也如法炮製。

顧妍記得夏侯毅真正意義上去封地的那一年，是在他和沐雪茗成親一年後，也就是柳家抄家滅族的那一年。擁得美嬌娘，帶上萬千賞賜，臨走前還不忘推恩師一家入火坑，然後自己和和美美、皆大歡喜……最後痛苦枉死的是誰，與他何干？

他永遠都是這樣，在自己真正得權之前，一副事不關己的模樣。她曾覺得他這是與世無爭，天生淡然……呵，算了吧！人家只是藏得深，懂得忍而已。

淡淡的目光掃過，夏侯毅似心有所感，往那個方向望去。蕭瀝下意識地身形微側，擋住他的視線，夏侯毅也只能看到蕭瀝高大的身影。他很驚訝，表叔不喜歡湊熱鬧，竟也會來這裡？旋即想到顧妍和西德王府的淵源，又想到早先在御花園見到的情景，頓時了然。

二人視線輕觸過後便分開，夏侯毅還點頭打過招呼，蕭瀝同樣頷首相回。

堂前跪著的婆子口若懸河，指著西德王與柳氏好一通說。

按說遇上這種事，柳氏早該六神無主了。但究竟吃一塹，長一智，柳氏的心性變了不少，來之前也確實焦急——若是人家信口胡謅也罷，他們身正不怕影子斜，任由說去。

然而事實正如這吳婆子所言，西德王也確實就是柳家前任家主柳昱，化名戴爾德成了大夏的西德王……當時若不是要將柳氏還有幾個孩子從顧家完完整整地帶出去，西德王大可不必欺隱，但正因為明白顧家人的德行，清楚顧家若知曉柳氏有一個身居王爺之位的父親，他們是打死也不會放柳氏走的，還要牢牢地抓住她，留下這個強大的後盾。

就算看在西德王的面子上，顧家此後對柳氏客客氣氣，態度比起從前有質的飛躍。可狼窩終究是狼窩，不能因為長滿了鮮草，就安心讓羊崽待在裡面。等你養肥了，等來的，不是獵戶的屠刀，就是豺狼的獠牙。

西德王在與柳氏相認之後，沒有第一時間公開，而是選擇和顧家決裂，正是因為如此。雖甩掉了一個包袱，卻也暗生了一個隱患。

柳氏心有戚戚，若非自己釀下當初的苦果，也不至於累及父親被逼到這分兒上。來時西德王便與她說過，不要過分在意，他只問心無愧便好，然而真能如此容易？

柳氏深深吸口氣。「這位應該是母親身邊的秋喜吧？」

吳婆子一愣，柳氏冷笑了。「我說怎地看起來恁眼熟。」她轉而對高堂之上的盧祐道：「大人，這位吳婆子，曾是我母親身邊的一位二等丫鬟，因為手腳不乾淨，被母親打發了，這人品行無一不是問題，她的話，大人怎能輕易相信？」

盧祐怔住，何府尹也是一愣。證人提供口供，也要講究可信度，首先考校的，便是人品信用，光就此而言，吳婆子確實擔當不起。

盧祐輕咳一聲，擺明偏袒道：「幾十年前的事，就不追究真偽了。」

吳婆子鬆口氣，柳氏攢起秀眉，何府尹乾脆打斷她。「夠了，不用繼續胡攪蠻纏！」他展開一幅畫卷，繞公堂走一圈給眾人看，最後站定在西德王面前。「怎麼樣王爺，這畫中人是否覺得特別面善？」

畫中的是一個三、四十歲的中年男子，面容白淨，一雙琥珀色眼瞳澄淨剔透。

西德王面相粗獷，但也只是因為一臉的落腮鬍子，誰知道鬍子底下是個什麼模樣？在大夏，琥珀色眼瞳的人十分少見，舉國恐怕也找不出幾個，可仔細看看，西德王和畫中人好像還真有幾分相似。

西德王默然，柳建文神情倒還算平靜，以他對自己伯父的瞭解，他不至於就這麼把死穴暴露給別人。

何府尹不由沾沾自喜，總算出了心裡一口鳥氣。「王爺，這人正是柳昱，你可還有話要說？」

讓你再踐！沒了王爺這個頭銜，你還算得了什麼？

盧祐心情大悅，驚堂木一拍，斷然道：「王爺，為了讓大家看得仔細些，不如王爺現在就把鬍子剃了吧，給眾人看看，您究竟長什麼樣？」

夏侯毅皺眉，下意識道：「身體髮膚，受之父母，不管西德王身分如何，總得按著大夏的規矩來，盧大人未免強人所難了。」

顧妍不禁往他那兒看了眼。對於向來低調的信王來說，這番話已經逾越了，成定帝派他來聽審，可不是派他來斷案的。什麼時候他也能良心發現，而不是選擇明哲保身？

何府尹本來也有此意，夏侯毅這樣一說反而不好糊弄了，他再接再厲。「盧大人，下官還有人證！」

說著，讓衙役將人帶上來。那是一個鬚髮斑白的花甲老人，西德王一見他就「哈」的一聲笑。

柳氏不可置信。「華掌櫃，你……」

何府尹打斷她道：「這位是遼東商號的掌櫃華川，在柳家幾十年了，前段時日，西德王還去了趟遼東，見了幾個掌櫃。」

華川跪著唯唯諾諾地說：「雖然樣貌有了些微變化，但草民絕不會認錯大老爺的！」

何府尹勾唇暗笑，盧祐同樣眉眼輕揚，顧二爺甚至準備好了判狀，就等著盧祐驚堂木一拍，下筆直書。

西德王臉上終於有點表情了，他搖頭長嘆一聲。「華川，柳家待你也算不薄……」

早前遼東一行，原是為自己挖了個坑。西德王自嘲一陣，大手一揮，便將面上黏的大鬍子一把扯下，頓時滿堂譁然，除卻他一雙眸子，分明就是長了一張大夏人的臉，縱然有些歲月痕跡，但無庸置疑，他與畫像中人正是同一個！

盧祐霎時興奮起來。「柳昱，你這是承認了，還不快快認罪！」

柳昱攤了攤手。「敢問盧大人，本王何罪之有？」

竟還自稱本王？

盧祐簡直要笑了。「柳昱，你誆騙先帝，不敬天威，欺上瞞下，還要問本官何罪之有？」

柳氏額上冒汗，十分心焦。而到了這時，顧妍和柳建文反倒平靜下來了。柳昱既然這樣明目張膽，想必是有了對策。

「真是麻煩！多大點事？」柳昱笑著搖搖頭，他自顧自說著，從袖子裡取出一只小木匣，又從裡頭拿了卷明黃色布帛出來。「幸好早早地備著了，否則真被你們坑死！」

環顧了一圈，柳昱悠悠笑道：「聖旨到了，還不接旨？」

突如其來的變故，讓人應接不暇。

何府尹心中突地一跳，瞪大雙眼，猶不死心。「誰知道這是真的假的……」

可眾目睽睽之下拿出一卷偽造的聖旨，除非是真的不想活了！他豈會不懂？

柳昱懶得和他廢話，直接將聖旨給了盧祐。「盧大人大可以找一位老臣，比對筆跡和璽印，驗證真偽……若是真的，還煩請宣讀旨意。」

盧祐一怔，匆匆掃了眼。在看到那塊鮮紅的方印時，臉色一瞬黑了個徹底。

千歲怎麼就沒跟他提過這件事？

盧祐不得已地起身宣讀聖旨，公堂上眾人紛紛跪迎。

「柳門昱公，蒙天垂幸，大難不死，今攜西邊海域，歸順天朝，朕心甚悅……」盧祐每唸出一個字，何府尹的身子就跟著顫抖一下。

聖旨裡的內容，無非都是一些冠冕堂皇的話，由著那時方武帝身邊的秉筆大太監魏庭親自書寫。

最初封王之際，柳昱便在方武帝面前坦露過真容，也表明自己的身分。他這麼做，一方面是為以後方便行事，另一方面，自然也是為預防今日的這種狀況。突如其來的一個外族王有多麼惹眼，柳昱還是能想像的，往後少不得有人來扒他的老底，說他欺君罔上。既如此，不如早早地討上一枚護身符。

那時的柳昱，對方武帝說了兩個字，就讓對方龍心大悅，覺得相見恨晚。

柳昱說：好玩！

沒錯，只是好玩！方武帝本身不是個勤政愛民的仁君，骨子裡還有一些荒唐。柳昱表現出的玩世不恭，恰好對了方武帝的胃口，所以在之後外人看起來，方武帝十分寵信西德王。

商場如戰場，高門深似海。連後宅都有數不清的陰私，更別提是權力中心的朝堂。柳昱是個優秀的商人，可同時他也做了十多年的海域領主，對政治上的爾虞我詐，他並不陌生。

狡兔尚有三窟，他這麼多年的閱歷，也當得起老奸巨猾了。

盧祐黑著臉唸完聖旨，眾人齊呼萬歲，柳昱站起身就笑盈盈地望向還跪在地上的何府尹。「何大人，搜集這些人證、物證費了不少心思吧？真不好意思，恐怕是白費了……」

何府尹默然，只抬眸看向盧祐。盧祐不由暗罵一句蠢貨，扯著臉皮與柳昱打哈哈。「一切都是誤會，望王爺大人有大量……」

「別叫王爺了，我算哪門子王爺啊？」柳昱抬手就制止了他要接下去的話，唉聲嘆氣了好幾回，戚戚地道：「差點就成了欺君罔上，十惡不赦的罪犯了，還王爺呢！不當也罷！」

有了理，就是這麼任性！

顧妍低下頭，笑得肩膀聳動，蕭瀝慢慢翹起了嘴角，湊近她的耳側。「這下妳該放心了？」

那根本就是隻老狐狸，哪這麼容易栽的？

剛知道西德王原來是顧妍的親外祖父，他也驚訝了一把，罪名坐實了，少不得會影響到顧妍，現在看來根本是瞎操心。想到這裡，他不由就有些頭疼……要過老狐狸那一關，恐怕不容易吧？

盧祐耐著性子給柳昱致歉，何府尹臉上已經下不來了，顧妍感覺周圍人太多，有點喘不過氣，便先出去，蕭瀝隨後一道跟上。

夏侯毅心裡鬆了鬆，無意間一瞥，似乎看到了……顧衡之？穿上飛魚服，將長髮高高束起，顧妍與顧衡之長相又如此相似，乍一眼確實有些無法辨別。

夏侯毅只知顧衡之如今在書院讀書，連王府都是極少回的，怎麼還穿了錦衣衛的衣服？

猶豫了一瞬，見沒自己什麼事了，夏侯毅也跟著離開。

走到大理寺外，顧妍長長吁了一口氣，站在簷下，靜靜聽著身後嘈雜紛亂的人語。她再如何臨危不亂，也不過就是個十幾歲的孩子。

蕭瀝寬厚溫暖的手覆蓋住她的，尚能感受到她指尖顫抖的冰涼。

顧妍剛想掙開，就聽他淡淡安慰道：「不用怕了。」

很輕很輕的呢喃，幾乎都要被風吹散，顧妍沒來由地心尖又酥又麻，激得渾身戰慄。她別過臉說：「誰怕了……」

蕭瀝沒忽略掉她微微泛紅的耳根，卻只作沒看到。

肌膚相接的地方出了汗，顧妍掙了掙連忙脫開，只說起盧祐還有那個何府尹。「他們定是故意針對外祖父的，若非事先留了一手，現在就不是這個場面了。」

蕭瀝當然看出來了，不只是他，在場許多人都看出來了。

「盧祐還有姓何的，都是做了別人的刀，在前面開路……可是誰要加害西德王？」

蕭瀝想不通，西德王在大夏根基很淺，少有結怨，誰要這樣大費周章，把人家八輩子祖宗都查清楚？

顧妍閉上眼。「興許他們想害的並不是外祖父呢？如果，外祖父只是恰好擋了他們的道，為了永絕後患，所以他們選擇斬草除根呢？」

蕭瀝很快想到早前王府走水。近些日子的調查，他已經有些眉目了，等到答案揭曉，興許就會牽扯出一連串的陰私。西德王若在這時候倒臺，所謂的走水案，也就沒有調查下去的必要了。

蕭瀝總覺得顧妍話裡有話，斜挑著眉問：「妳覺得是誰？」

問她？他心裡難道還能沒數？

顧妍反問回去。「你說呢？」

蕭瀝失笑。「不管是誰，想來定是個有本事的。」

「人家有本事，你本事就小了？」

「妳是這麼想的？」蕭瀝眼眸微亮。

顧妍癟癟嘴。「我就是這麼說說而已……」

蕭瀝不由好笑，眼眸輕閃，輕瞥了眼身後，道：「該回去了……」

見他拉過她的手，顧妍猛地一驚。「我自己會走！」

「嗯。」蕭瀝淡淡應了，卻還是沒放開。

顧妍不由咬牙。「蕭令先，你非得別人都看見了才滿意啊？」

他停下來，上上下下掃了幾眼，慢慢蹙眉。「這個樣子，恐怕看不出來是個女的。」

確實，顧妍雖然個子長得快，可某些特徵就跟休眠了似的沒有半分動靜，乍看過去，就是個長相清秀俊美的少年，和顧衡之沒啥大的差別。

顧妍目瞪口呆，飛快地低下頭一看，差點一口血噴出來。胸脯平平的，還真的看不出來……

「蕭瀝！」

連名帶姓的叫，是真的惱了。

蕭瀝淡淡道：「沒關係，我不嫌棄。」

誰管你嫌不嫌棄？真不要臉！

顧妍到底還是無奈了，順從地由他拉到馬旁。蕭瀝很君子地鬆開手，示意讓她先上去。那是匹強健高大的三河馬，對於顧妍來說，還是太高了……她手抓住韁繩，想翻身而上，然而試了幾次都沒用。

身後那人嘴邊噙著淡笑，顧妍乾脆放棄了，讓蕭瀝先上去。還未有所反應，一陣天旋地轉之後，她已經穩穩坐在了馬鞍上，身子被他圈在手臂與韁繩之間。

「下次，我教妳騎馬。」

淡淡的薄荷香混著他的呼吸灑在耳側，能聽到他聲音裡帶著隱隱笑意，顧妍險些脫口而出——下次是什麼時候？

馬蹄噠噠地走遠了，夏侯毅定定站著好一會兒，袖下的拳頭才慢慢鬆開。

原來，她與表叔，是這樣的相處方式。會生氣嗔怒，會歡喜嬌慵，會柔順靜好，也會臉紅羞澀……任著自己的性子來，不用半點偽裝，而對著自己時，卻成了另一副模樣，客氣、疏離、冷淡，周到，無可挑剔，同時也偽善得讓人想用力揭開她的畫皮，想看看她面具下都藏了什麼！

定是會失望的，他分明好幾次捕捉到，她看向自己的目光裡，透著明顯的不耐和厭煩。

夏侯毅閉了閉眼，腦子裡一瞬有無數個畫面閃過，太陽穴抽疼得厲害，突突直跳。感覺肩膀被人拍了一下，他也從怔忡間回過神來。

來人是他的老師，文淵閣大學士沐非，沐恩侯府的二老爺，也是沐雪茗的父親。

夏侯毅恭敬地稱一聲「老師」，沐非點點頭。

信王這個學生，聰穎睿智，性情溫和，又十分懂得如何為人處世。明啟帝有六個兒子，最後活到成年的，除了現在的成定帝，就只有夏侯毅。既非長子，生母早逝，又沒有什麼倚靠，能在吃人不吐骨頭的皇宮裡平安長大，沒有幾許本事，恐怕是不行的。

「旭由有些日子沒來過為師這兒了。」沐非親切地稱呼夏侯毅的表字。

夏侯毅頓了頓說：「前幾日身子不適，不想將病氣過給老師或師妹，便只在宮裡自行讀書。」

他所說的師妹，是沐非的女兒沐雪茗。沐非膝下有幾個兒子，卻只有這麼一個女兒，沐雪茗從小就是被寵大的。

沐非對夏侯毅的態度還是滿意的，拍了拍他的肩膀。「走吧，跟老師去喝杯茶，小七新學了烹茶的手藝……」

小七自是指沐雪茗，想到那個一直喚著自己「師兄」的少女，夏侯毅只能感到陣陣茫然，分明是稀鬆平常的稱謂，也不見得有何特殊，為何心裡總有種奇怪的偏執，甚至對沐雪茗這樣稱呼自己很不滿意……但他從來不說，她便當他是默許。

方武帝在世的時候，曾和他提起過配瑛烹茶有多麼出色了得，口齒留香，餘味綿長。僅有一次與她在御花園共飲過，但很可惜，他並沒有這個榮幸喝過她親自烹煮的茶湯。

沐雪茗也要學她烹茶煮水嗎?心裡的不滿似乎又多了點。
「旭由,還不走嗎?」沐非回頭催了聲,夏侯毅只好匆匆跟上。

第四十章

等到柳昱和柳氏等人回到西德王府時，門口的官兵和衙役都已經撤散了。柳昱回府就往堂前一坐，柳建文跟柳氏坐在下首，顧婼、紀可凡還有顧妍紛紛聚過來。

既然身分都被揭穿了，柳昱也沒必要再貼個大鬍子掩人耳目，能以乾淨的面龐示人。

顧婼急著知曉結果，柳氏與她大致說了一遍，顧婼和紀可凡同時鬆了口氣。

顧妍拉著柳昱的袖子笑道：「外祖父沒了大鬍子，看起來更精神了。」

柳昱順勢瞥她一眼，嘴角才彎了彎，就四下裡張望。「外祖父在找誰？」

「蕭瀝那小子呢！」

「……回去了。」

柳昱環胸冷哼。「別以為妳躲人家身後，我就看不見妳了。膽子挺大啊，還敢扮男裝堂而皇之地去大理寺？」

火氣剛剛上來，就察覺不對勁。孩子都是自家的好，他怎麼也不能罵自家外孫女，肯定是蕭瀝那小子帶壞的。

柳昱恨恨地道：「他以後上門一次我趕他一次！」

顧妍一時語塞。再一看柳氏還有柳建文含笑不語，紀可凡、顧婼諱莫如深的臉色，她陡然意識到一件事——所有人都知道她幹什麼去了！虧她還偷偷摸摸的，以為自己神不知，鬼不覺……

顧妍尷尬地輕咳兩聲，嘻嘻笑道：「我要是不去，又怎麼會知道外祖父這樣機智過人？」

總算千穿萬穿，馬屁不穿。

柳昱不由失笑。其實他也不是真的生氣，顧妍硬要去大理寺他能夠理解，對於幾個孩子，他從不會太嚴苛。他不過就是有一種「吾家有女初長成，最終便宜別家人」的不滿。小丫頭都還沒及笄呢，人家就把爪子伸過來了，以後看他不好好「招待」姓蕭的，爪子伸一次他剁一次！

柳昱屏退了下人，只留了柳氏和柳建文。

顧婼與紀可凡的婚期定在今年八月中秋之後，還有幾個月的時間，顧婼需要趕製出自己的嫁衣。紀可凡則去了花廳喝茶、用點心。顧妍一邊乖順地出門，一邊趁人不注意又悄悄溜回來。

柳昱對她是毫無辦法，柳建文知道點事，便只是笑笑。「隨她吧，阿妍年紀雖小，心眼可不少，多聽一聽，對她來說沒有壞處。」

舅舅都幫她說話了，顧妍便到柳氏身邊。

柳昱手指輕扣著案桌。「早年我剛接手柳家生意起，華川就跟著我四處闖蕩了，我讓他去做遼東商號的掌櫃，也是看中他的忠誠和老實。」

華川便是那個在公堂上指證柳昱的老掌櫃，算是柳家的世僕，但柳家待他好，連現在的柳家家主柳建明都要尊稱他一聲華叔。但是看看吧，華川都反了！

柳建文沈默片刻，說：「已經有人瞄上柳家了，手伸得這樣快，不出幾年，這些蠹蟲早晚都要深入腹地。」

柳昱擔心的就是這個。

「柳家原先在姑蘇是一方強豪，但慢慢地升起後起之秀，並駕齊驅，其實沒有多少優勢。自兩年前成了皇商，又掌管南方幾省的鹽引開始，漸漸就太惹眼了……」

匹夫無罪，懷璧其罪，道理十分簡單。

柳氏想了一陣，抬眸望向柳昱。「父親是想要……韜光養晦？」

顧妍暗暗搖頭。韜光養晦恐怕是不夠的，暫時避其鋒芒，或許能夠解一時危機，卻無法從根本上解決問題。

對於其他商戶來說，柳家一天不倒，他們就會多一絲威脅，而對於那些想剷除他們的人來說，柳家存在一天，就是一個強大的後盾……所以為從此永絕後患，目標一旦瞄準，非要人翻不了身。

柳昱慢慢搖頭。「不，我想要柳家徹底退下來，至少二十年之內，再沒希望重新崛起。」

柳氏暗暗心驚，二十年！柳家的百年基業，說拋就拋？

「捨不得孩子套不著狼，玉致，該決斷的時候，就不要拖泥帶水。」柳昱正色說道：「比起往後的傳承，家財都不過是身外之物，沒了可以再有，但飛來橫禍我們擔不住……還記不記得兩年前妳三哥險死還生？」

那時候，若柳建文真的被認定是賣國賊，柳家也就徹底完了。也是那時候，柳氏看透了顧崇琰，真正開始面對自己的人生。

柳建文低喃道：「槍打出頭鳥，退得太顯眼了也不好。」

「當然，這事得慢慢來。」柳昱點點頭。「我還要修書回姑蘇與建明商榷，沒個幾年，也無法完成這次急流勇退。」

顧妍十分佩服外祖父的知機識變。

二十年，正是最動盪混亂的一段時間。大夏滅亡，大金初立，掃蕩四夷，河清海晏。二十年後的盛世，是屬於另一批江山才人。而柳家在這時候隱沒，誰說在那時就找不來另外一個屬於他們的機會？

周而復始，起承轉合，沈默中的等待，只是為了破曉時的一瞬爆發。

深夜的宮苑肅穆冷寂，初夏的夜風微涼，簷下燭火明明滅滅。

夏侯毅又一次從夢裡驚醒，額上的薄汗順著眉骨滴落在眼裡，又酸又澀。他已經數不清，自己有多少個夜晚從夢裡驚醒。無數畫面從眼前飄過，總覺得自己似乎經歷了許許多多，也看盡了一生。

沈悶黑霧始終籠罩周身，他拚命呼吸，叫喊、追趕在前頭走著的人……盡頭處是一片紅梅林，白雪依依，還有一角雪白的狐裘蹁躚而起，有隱隱人聲傳來，如鳳鳴鶯歌，如喁喁情話，好聽極了，他像是受了蠱惑一樣，一步一步地靠近。

迷霧的盡頭，是少年和少女，低笑著，玩鬧著……那少女一口一個「師兄」，甜甜糯糯的，叫得人心都酥了，可每每多走一步，就會從夢境被拉回現實。

胸口的隱痛不知從何而來，夏侯毅伸出手捂著心臟，胸腔裡滿是數不盡的失落惆悵。他一貫都會克制按捺自己的情緒，從不知道為什麼區區一個夢，就能讓他心境如此波瀾起伏，大起大落。

很難過……對，就是難過。

夢裡的人一聲聲喚他師兄，嬌軟的語調，像一片羽毛拂過，蜻蜓點水，一點兒也不像是沐雪茗的聲音。沐雪茗叫他師兄的時候，是溫婉的，是討好的，他不喜歡這種有強烈目的的接觸，更不喜歡沐雪茗這麼稱呼他。

愣愣地躺在一字木床上，他茫然望著頭頂的承塵，撫著胸口，感受心臟的跳動和生命的跡象，額上的汗濕慢慢風乾。

這裡這麼用力地跳，為什麼還空乏得厲害？它在期待什麼？自己又在期待些什麼？

全忘了……什麼都忘了。剛剛夢裡的人、夢裡的事，一點都不記得了。

除卻失落空洞，原來真的什麼都沒有。他真的從來，什麼都沒有……

晚風蕭蕭，夜涼如水。

過了子時，連屋簷下的燈火都滅了，整座皇城陷入安穩的沈眠裡。

夏侯毅再無心睡眠，起身就往殿外去。他雖被封信王，但一時還沒有府邸。成定帝要將以前永安王的舊府邸翻新一下賜給他，再等到他入住王府，恐怕就差不多該考慮婚事，再過幾年便要就藩……前路早已經鋪好在面前，他根本沒得選擇。

夏侯毅漫無目的地遊走，其間遇上巡邏的衛隊，一個個都用奇怪的目光看著他……也是，向來都循規蹈矩的信王殿下，怎麼大半夜的不在自己寢殿裡休息，還來外頭閒晃？他也說不出是為何。大概是覺得有些累了，偶爾也想不再維持這副樣子。

宮中的路七拐八拐，四通八達，老實說他住了十多年，其實有些地方還沒有去過，熟悉的也只有幾個場所，分明沒有目的地，腳下又好像有跡可循。僅憑著直覺，拐到了宮闈一角。

這是個廢棄的宮殿，連守衛都沒有，能看到一株伸出牆外的老梅，黑瘦乾枯，零星長了幾片黃葉，他分明沒來過這個地方的，回身看看走過的路，也都不識得。

他怔怔站了會兒，忽覺頭疼欲裂，支離破碎的殘卷裡，總有一個身著明黃色龍袞服的清瘦男人，日復一日地在此地駐足凝望。

「姑娘今早喝了藥，又全吐了出來。」

「從子時起便一直高熱，夢囈不斷，神志不清，到現在也沒退下。」

「辰時三刻的時候咯血了，太醫說，恐怕……」

耳邊縈繞的都是一個陌生的女聲，吵吵嚷嚷都在說著一個人。

夏侯毅臉色忽地慘白，豆大的汗珠從額頭上滾落，不由蹲下身子抱起了頭。他好像看到那個男人僵直了身子，冷冷地丟下一句話。「治不好她，就都陪葬吧！」

要治好誰？誰又在那裡？

無數畫面要將他的頭撐開，好一陣之後才算從劇痛裡回過神來，夏侯毅快步推開老舊的宮門。

「誰！」凌厲粗啞的聲音，聽起來似乎是個老嬤嬤。

他沒想到這裡原來也是有人的。

燈火迅速燃起，逼近他。果然是個削瘦佝僂的嬤嬤。

見是夏侯毅，老嬤嬤愣了愣，放下燈籠緩緩行禮。「信王殿下，深夜到訪，所為何事？」

夏侯毅平復了一會兒，才問道：「嬤嬤一直守在這裡？」他往殿宇裡望去，黑漆漆的一片。

老嬤嬤倒是客氣。「如殿下所見，不過是個破落的宮殿，如今，也只剩老奴一個看守人了。」

一直都在這裡，卻清楚地知道，他就是信王？

夏侯毅一陣沈默，還是笑了笑。「夜來無眠，四處走走，無意便闖了進來。」他又看了看屋裡，黑黢黢的一無所有，只好當自己是魔怔，淡淡說道：「並無大事，也該回了。」

老嬤嬤執意送他出門。

這廂後腳才剛跨出，便聽得身後有一聲撞擊聲，他頓足，老嬤嬤解釋道：「是老奴養的一隻貓，夜裡的時候總不安生……」

他還沒問什麼，何必急著解釋？又為何沒聽到貓叫？

夏侯毅頷首，不想多摻和，頭也不回地離開。

老嬤嬤在他身後站了許久，到月色下看不見人影了，這才慢悠悠地回屋。

除卻方才的一陣躁動，到這時，已沒了半點聲響，她點上房裡的唯一一盞燭臺。

燭火搖曳，這個不大的房室內，竟排滿各種刑具。奄奄一息的女子被綁在木架子上，一身白衣被鮮血染紅，髮絲散亂地貼在臉上，看不清容貌，一雙眼睛卻恨毒地盯著眼前人。

老嬤嬤「嗤」的一聲笑了。「還有力氣？看來折騰得還不夠……」

她明顯看到那女子身子抖了抖，不由微笑。「別怕，我不會讓您死的，主子也捨不得您死……不讓您活活脫層皮，怎麼對得起主子煞費苦心地把您弄過來？」

女子的呼吸加重，口中嗚咽不斷，聽不清究竟在說些什麼。她已經說不出話了……口中只剩半截斷舌，如何還能咬字吐詞？

「不服氣？」嬤嬤喟嘆道：「您也別怨誰，要怪就怪您，當初何必要處處給主子使絆子？其實啊，這麼折騰現在的您，實在不解氣，慈寧宮裡那個身體，才是本尊呢，不是？」

女子雙目霍瞪，口中嗚咽得更大聲了，這次老嬤嬤模模糊糊似乎聽清楚了一點。

她在說，鄭三娘……

嬤嬤獰笑了一下。「太妃娘娘的名字，哪是妳能隨便叫喚的？」

話音戛然而止，似有利器刺破血肉的聲響，悶哼掙扎一瞬後消停。潑水聲過後，痛呼又一次被堵在了喉嚨口，周而復始。

次日一早，鄭太妃起身喝著煲好的燕窩粥，身側的宮人附耳輕聲說道：「昨兒夜裡，信王無意闖進去了，封嬤嬤沒讓他進去。」

「信王？」鄭太妃看了眼身側的宮人，輕輕蹙眉。鮮紅的指甲輕叩著案桌，她徐徐說道：「讓封嬤嬤換個地方，痕跡都處理乾淨了，再找人悄悄守著那間宮殿，別讓人進去了就是。」

「至於信王……現在動不了，以後總有人要收拾他的。皇上可只有這麼一個弟弟啊！」

夏侯毅但凡有點腦子，就不會來蹚這渾水，他是聰明人，很明白有的時候裝傻充愣可以活得更長久。

宮人點頭應下，繼續侍候鄭太妃用早膳。

早朝的時候，柳昱向成定帝遞交了引退書。

昨兒個有關西德王欺君罔上的事早就傳遍了，最後的真相和反轉一度讓人瞠目結舌，成為百姓茶餘飯後的談資。對於征服了海外領土的柳昱，眾人只有敬佩景仰的分兒，更為他將自己的領土獻給大夏歌功頌德一番。到最後，柳昱獲了個好名聲，反倒成了挑事的何府尹不分青紅皂白，昏庸無能，聲討之聲應接不暇。

成定帝對於柳昱的引退書措手不及。他再如何不懂人情世故，也知道，西德王是方武帝欽封的，人家既無過又無錯，不過是被人冤枉了，現在水落石出，成定帝還他一個清白還來不及，哪裡能准了他的請奏？

「西德王莫衝動，你受的委屈，朕一定給你一個交代。」說著就要懲治何府尹，將他貶謫遠調，又要將那姓吳的婆子流放西北。

何府尹雙腿都軟了，怔怔地望向成定帝身邊的魏都。

魏都淡著面容，看不出喜怒，也沒有要開口為自己說上一句話。

何府尹心中驟涼，他知曉自己已經被千歲放棄了。當初自告奮勇為千歲打頭陣，他本以為是個大好機會，日後飛黃騰達指日可待，最後竟還在陰溝裡翻了船……誰知道柳昱還留了一手？恐怕是連千歲都不一定知曉。

魏都確實不大清楚。柳昱手裡保留的那卷聖旨正是魏庭所書，而早先在方武帝身邊伺候的，都是他的乾爹魏庭。

魏庭原本一直將自己當作他的衣缽傳人，什麼都不瞞著，因而魏都對方武帝身邊的事一清二楚。可自從自己借了那時東廠廠公吳懷山的力去幫親妹子李氏，由著蕭瀝發現端倪，招上了魏庭之後，魏庭就和自己撇清了，處處防著，什麼風吹草動，他還要靠靳氏才能知曉。

魏庭暗地裡都做了些什麼，魏都還真不明白。那份聖旨，自然而然就不在他的考慮範圍之內。

魏都饒有興味地打量柳昱。打草驚蛇，還引來了隻狼？

柳昱確實是有引退之意，但他知道沒這般容易，他今日不過是來給成定帝施點壓，順帶解決掉幾隻小嘍囉，再讓成定帝記自己一個人情。何府尹還有盧祐都是誰的人，柳昱大概知道，柳建文在朝中還有點人脈，有些事打聽起來十分容易。自己能安然無恙那是運道，可對方也不能沒有丁點兒損失，否則那是虧了……他倒不介意和魏都對上，反正人家都已經瞄上他了。

成定帝現在處處都聽著這個閹人的，一點帝王風範都沒有，往後若始終如一，他接下來就用不著再在京都待下去了……收拾好一切，帶著人去海外那片世外桃源，也不是做不到。

當然，這都是下下之策，畢竟他們的根，都在大夏。

「皇上厚愛，臣，惶恐。」自稱為臣，這也算表明了態度。

成定帝直愣愣地往魏都那兒瞧，他還沒有聽明白柳昱是什麼意思。

魏都微笑著對成定帝點頭，成定帝這才長吁口氣。「西德王受驚了……」

然後，賞賜許多的珍寶去王府，又記著鳳華縣主就要嫁與新科探花紀可凡為妻，便又額外賜下縣主的儀仗，做足臉面，西德王都感恩戴德地收下。

一提起鳳華縣主的婚事，自然而然就想到，還有半月就是成定帝與張皇后的大婚之禮。禮部早已緊鑼密鼓地籌備，一應事宜全按著最高的規制來。

成定帝的後宮，至今不過只有鄭淑妃和幾位低品階的才人，為了大婚，成定帝如今不再出入宮闈，以顯示自己對新皇后的愛重。

眾臣雪亮的眼睛看著，大抵是明白成定帝對張皇后極為重視，便有一名御史站出來進諫。「皇上即將大婚，按禮制，奉聖夫人不便繼續留在內宮。」

奉聖夫人，便是說的成定帝的乳娘靳氏，也是魏都現在的對食。

魏都臉色終於有點變了。靳氏侍候成定帝十多年，成定帝對其早已十分依賴信任，自己能夠得成定帝的重用，靳氏在其間起了至關重要的作用，有靳氏在成定帝耳邊一直吹著耳旁風，魏都根本不用擔心自己的前路，這人竟然還想讓靳氏離開宮闈！

魏都定定看著這個站出來的御史，不動聲色地給王嘉使了個眼色，王嘉點點頭，那意思無非是說：正是西銘黨人。

魏都眸子瞇得更加厲害。

成定帝有些無措，他自小喝著靳氏的母乳，一直喝到七歲，靳氏對自己來說，早已不單單只是乳娘了。他根本離不開她，更無法想像，萬一靳氏不在身邊，他要怎麼辦？

成定帝堅決道：「不行！」

眾人一愣，成定帝也覺得自己反應過激了，咳了聲，正容說道：「皇后年紀還小，有奉聖夫人在，還能有個照應。」

說得人嘴角齊齊一抽。當初選皇長孫妃時，張皇后就已經十四，不過後來因為王選侍的過世，還有方武帝、明啟帝的接連殯天，婚期遲遲未定。拖到現在，也有十六了，還算得上年紀小？何況自古天子成婚後，哪個還需要自己乳母來四處打點的？

那御史又接著道：「皇后娘娘德才兼備，光風霽月，又身為中宮之首，當明理開化，賞罰分明，否則何以母儀天下，為世間女子之表率典範？」

張祖娥的父親張國紀也忙走出兩步。「皇后正心修身，定能堪當大任。」

未來國丈都出來說話了，成定帝不知該怎麼接。他急急看向魏都，要他幫著拿主意，然而朝臣最看不慣的就是成定帝凡事都要問過魏都再下定論。

究竟誰才是皇帝，誰才是他們的主子？

一時激憤，又有數個御史齊齊走出。「請皇上決斷！」

成定帝倏地站起來。「此事容後再議！」

第一次任性地退了朝，魏都便亦步亦趨走在成定帝身後。朝臣十分不滿，更有強硬偏執的，乾脆到乾清宮前一跪不起，等候成定帝下旨。

有了一個人帶頭，就有第二個、第三個……成定帝緊閉殿門，躲著他們。

柳建文和楊岩遠遠看向乾清宮前跪了一地的官員，沈默一陣。

柳昱拍了拍柳建文的肩膀，調笑道：「你也要去湊熱鬧？」

柳建文失笑，狀似無意地喟嘆了一句。「大多都是西銘黨人……」

楊岩微怔。「暢元？」

柳建文吶吶地搖頭。

方武初年的時候，西銘書院在金匱復立，容納廣大莘莘學子，標榜氣節，議政講學，體恤民生，那時的他們，一心想著要使天下欣欣望治，滿心滾燙，也聚集了許多志同道合之士。到現在，西銘黨的規模確實大了，然而他們竟都在一堆雞毛蒜皮的小事上斤斤計較。北六省大旱，百姓流離失所，關中流寇遍地，沒人關心。京都繁榮，歌舞昇平，眼見無甚勞心之處，他們就把矛頭對準了內宮。

皇帝的內務家事，何勞他們鞠躬盡瘁？這麼急著想要將奉聖夫人靳氏逐出宮闈，是為了什麼？是因為成定帝如此依賴靳氏，而靳氏和魏都又關係匪淺，所以想從靳氏身上先下手為強，從而扳倒魏都嗎？

他們對於宦官專政早有不滿了，或許是打從心裡就瞧不起這些身子都不完整的閹人，所以逮著機會就要抨擊一番……反倒忘了，他們最開始聚集這個朋黨的初衷，都是什麼。

就算奉聖夫人不在內廷了，成定帝就能學著處理政事了？就可以脫離魏都自力更生了？他們就能代替這些閹人，為皇上鞍前馬後了？究竟是為了黎民百姓，還是為了他們自己？

柳建文早就看不清，也分不明了。他側過頭苦笑了一下。「我大約是真的老了，都搞不懂了。」

都四十好幾的人了，鬢髮花白，不服老也不行啊！

楊岩與柳建文自小相識，有些默契總是有的，聞言不由沈默下來。直到過了許久，他才低低說道：「暢元，不管變成什麼樣，我們只願不忘初心。」

正如初入蒙學的那一天，朗朗讀書聲在江南的黑瓦白牆內飄搖而出。捧著書卷的少兒學子們，挺直背脊，跟著老先生搖頭晃腦、一字一頓。

為天地立心，為生民立命，為往聖繼絕學，為萬世開太平！

不同的皮囊下，卻都是那顆火熱滾燙的赤子之心，這是他們的本心和希望。

柳建文對天長嘆，也淡淡笑了。

成定帝終究是被逼得沒法子，總這樣躲下去不是辦法，那群頑固，一個個吃了秤砣鐵了心，非得逼得他就範。他想起當年自己的祖父，也是這樣被他們逼得不得不立父親為東宮太子。

若是沒有他們，自己如今興許就不是皇帝！做皇帝有什麼好的？私事還要被管轄，還不如做個閒散王爺來得自在！他一點也不稀罕做皇帝！

「魏都，你說怎麼辦？朕不想乳娘出宮。」成定帝又向魏都求救。

魏都沈吟了一陣。「皇上，先答應他們。」

成定帝悚然大驚，魏都又接著道：「皇上先妥協一下，等到皇后娘娘入主後宮，適應了一段時日，再找個由頭讓奉聖夫人回聖上身邊伺候，既不駁了大臣的面子，也可以全了皇上的孝義。」

成定帝猶豫一下，覺得這不失為一個好法子，雖然讓乳娘離開自己一段時日，定會十分不習慣。「也好，就這樣吧……」

成定帝最終還是同意讓奉聖夫人靳氏出宮，但與此同時，他也賜了座大宅子給靳氏，更升了靳氏的兒子職位，力求不讓靳氏受到一絲委屈。

暖和的風吹過，吹落桃李芬芳，吹綠了田田蓮葉。

清閒的日子總是過得飛快，臨近婚期，禮部六司已忙不過來，就差沒人仰馬翻。

顧妍、顧婼約上蕭若伊去了張府，張祖娥這時正在試著訂製的鳳冠霞帔。她生得絕美，面如滿月，皮膚細膩白皙。隨著年齡的增長，更如一顆熟透的桃子，一身大紅嫁衣，襯得她明麗動人、婀娜娉婷。

蕭若伊瞧了一眼，便再也移不開視線，嘖嘖嘆息幾聲。「這得是幾輩子修來的福氣，才能娶到張姊姊這樣的美人……可恨！我怎麼就生了個女兒身？」

張祖娥哭笑不得，笑罵了她一句。「都快及笄的人了，怎地還這樣胡鬧？」

她拉住蕭若伊的手，緊緊握著。掌心汗津津的，指尖微涼，那是屬於待嫁新娘子的忐忑緊張。

顧妍仍記得上一世幫著張祖娥試嫁衣。訂製的禮服光鮮柔軟，貼合上她的身體，完美勾勒出她的曲線。金絲堆疊的鳳冠，嵌飾以龍鳳，寶石、珍珠不計其數，珠光寶氣交相輝映。

張祖娥曾和她抱怨。「這麼重的鳳冠，可該將脖子都壓疼了，等妳嫁人的時候，也要讓妳試試……」

只可惜，上輩子的她，到底沒能出嫁，做上一回新娘子。

顧妍目光怔怔的，張祖娥不由笑道：「阿妍跟傻了似的，盯著我看個不停。」

顧婼說：「那是被張姊姊美呆了。」

顧妍輕笑著點頭。「祖娥姊姊真的很漂亮。」

張祖娥直笑，拉著幾人坐下，親自給她們沏茶。這大約是她們之間最後一次能如從前一樣談天說地肆無忌憚，再往後，一個個相繼嫁作人婦，心智與情感都會有翻天覆地的變化，再要回歸這份純澈自然，也不容易，因而她們十分珍惜這樣的時光。

張祖娥的閨房裡，擺放了各種木製的小人偶，一個個都是成定帝做了託宮人送過來的，張祖娥全部留著，排得整整齊齊。

顧妍在自己腳傷痊癒後曾來找過張祖娥，可待看到滿屋子的人偶玩具時，滿腹的話語陡然打了結，不知該從何說起。

上一世的成定帝和張祖娥，一度相敬如賓，張皇后凡事都做得本分，讓人挑不出錯。她心裡怎麼想的從不與人說，不自禁吐露出一、兩句，復又止住了話頭。

既然沒得選擇，便只好認命，努力把當下的日子過好。她未來必得是要母儀天下的，和成定帝之間如何，終究還是他們的事，卻不是顧妍一個外人可以干涉評斷。

如人飲水，冷暖自知。在你眼裡的不足，在他們看來，興許甘之如飴。

顧妍靜靜聽著張祖娥說話，幾人一起閒閒地吃著茶點。準備的東西都是她們平素愛吃的，張祖娥一一全部記得。

也不知是誰先提起大婚之事，張祖娥緊巴巴地看著她們說：「妳們到時一定要在坤寧宮裡……」

一長串的禮儀之後，張祖娥便會被迎至坤寧宮，等成定帝挑起她的蓋頭，完成最後的禮節。

那時在張皇后身邊的，都是命婦、女官、宮人，一個個她都是認不清、也認不全的。雖然早早就由嬤嬤教導過所有的儀式，可真當臨門了，哪能沒有一絲心浮氣躁？

張祖娥也只是個普普通通即將嫁為人婦的小娘子，更要一朝成為天家婦，心中的不安可想而知。只願能有熟識的，陪著走完這一段。

美人雙眸水光盈盈，一點兒也不似前世裡那個堅韌端淑的張皇后，這是只有她們才熟知的、依舊青澀稚嫩的張祖娥。

顧妍握住她沁涼的手，悄悄塞了一顆醃梅子。「放心，我們一定會在的。」

人生百味，酸甜苦辣，未來的不確定實在太多了，既然重新走上這條路，注定身不由己，便唯願這一生能夠如意安康。

張祖娥在歡喜期盼與無措裡輾轉難眠，而同為主人公的成定帝倒也沒好到哪裡去。

離了靳氏在旁侍候，成定帝就覺得心裡好似空了一塊，提了壺酒，就往夏侯毅的宮殿裡去。他們兩兄弟，自小感情便要好，夏侯毅沒少為兄長揹過黑鍋，成定帝雖軟弱無能，但對唯一的手足，還算盡力護著。

自古天家薄情，夏侯毅對於成定帝而言，興許是個例外。

經年的桂花酒，還是早先在東宮的時候，夏侯毅採了新鮮桂花釀的，就埋在梨園的梨樹底下，成定帝一找就找到了，命人挖出來。

香味撲鼻的桂花酒，入口甘綿，回味無窮，後勁也不小。成定帝酒量不佳，喝沒幾口，腦袋就有些暈了，拉著夏侯毅盡說些不著邊際的話。夏侯毅一句句聽著，也不回應，還是一杯杯酒下肚。

成定帝一手拍在夏侯毅的肩膀上，他說：「大哥也是要成親的了……」

夏侯毅眨眨眼，說了聲「恭喜」。

張祖娥他見過的，關鍵是大哥喜歡，能將她娶來，不是好事嗎？至少不像他，一無所有。

心裡空落落的，夏侯毅又悶悶地喝了口酒。

成定帝拍拍胸脯，信誓旦旦道：「哥哥要成親了，也不能忘了弟弟啊！阿毅束髮了，可以成家立業了，你喜歡哪家的小娘子，跟哥哥說，哥哥給你賜婚。」

夏侯毅微怔，腦子裡飛快地閃過一個人影，趕忙搖搖頭。「大哥，你喝醉了。」

別說什麼看上了，她對他避如蛇蠍，恨不得遠遠走開呢！

成定帝哪能輕易放棄，隨即就想到沐雪茗。「昭昭常說沐七性情溫婉，聰慧機敏，又嫻靜貌美，阿毅和沐七是師兄妹，很是相熟了……」

「皇上！」夏侯毅連大哥都不叫了，站起身，握緊拳，長長揖了一禮。「臣弟與沐七只是師兄妹，並非皇兄所想，臣弟還年輕，不急著考慮婚姻大事，勞皇兄費心。」

用這麼生分的語氣，成定帝茫然無措，吶吶地喚了句。「阿毅……」

夏侯毅又打斷。「夜深了，皇兄該就寢了。」

他看了看遠遠站著的魏都，魏都順勢走過來，請成定帝移駕乾清宮。

成定帝暈暈乎乎的，還是不大明白，阿毅怎麼突然就發了火。

其實夏侯毅自己也不太明白，聽到有人將他和沐雪茗湊在一塊兒，他就覺得厭煩。平日聽她「師兄」長、「師兄」短的已經受夠了，看在老師的面子上他不予計較，但為何處處都有她的影子？

沐雪茗對他的情意，夏侯毅看得明白，可他裝作不懂，一點兒也不想接受，更不想成為自己的負擔。

鄭昭昭說沐雪茗怎麼好？誰不知道沐雪茗和鄭昭昭私交甚好，這話是誰讓說的，他好歹還能分得清，而皇兄隨便聽幾句話，耳根子就軟了？

夏侯毅有一股火氣憋在胸口，回頭就去沖了個冷水澡。

成定帝回了乾清宮，就怔怔坐在案前，摸不著頭腦。「魏都，阿毅是怎麼了？他從不會隨便亂發脾氣的……」

魏都笑笑。「興許是殿下有心儀人選吧。」

成定帝雙眼大亮。「是誰？」

魏都眸子一瞇，想了想，搖搖頭。「奴才也不是很清楚，只偶爾聽聞過，據說先帝在世時，曾想撮合殿下與配瑛縣主，後來慢慢耽擱下來，但那時候，殿下似乎並不反對。」

魏都說的先帝，指的當然是方武帝。當年方武帝對配瑛縣主有多寵愛，大家都有目共睹。隔三差五便會賞賜許多珍寶去王府，又經常將她召入宮中……這在他人眼裡，自然就是一種無上的榮耀。

成定帝想了一陣，竭力回想顧妍的樣子。他沒見過顧妍幾次，印象並不深刻，即便哪日見到了，都被張祖娥吸去了目光，哪還會關注角落裡的小丫頭？

唯記得，似乎是個瘦瘦小小的小娘子……哦，對了！

成定帝陡然想起來，曾經夏侯毅特意和他學習製作勸酒胡（注）。他做了五個，夏侯毅只做了一個，一雙手上滿是細碎的傷口。他將勸酒胡送給張祖娥，夏侯毅就託張祖娥將自己做的給配瑛帶過去。

是了、是了，是有這麼回事！只不過時間有點久遠了，他一時就沒憶起來。原來阿毅早就心有所屬啦……

成定帝這回了然於心，略帶興奮地看向魏都。「是真的？祖父也曾經想過要為阿毅和配瑛締結鴛盟？」

魏都斂眸正色。「奴才不敢拿這種事開玩笑。」

成定帝想想也對，他想為弟弟做些事，可又實在想不出能賞他些什麼。自己很快就要擁得美嬌娘入懷了，而弟弟還是孑然一身。何不做一回月老，牽一回紅線？

莫怪成定帝思想開放，他自己便從不是循規蹈矩的人。《詩書》、《禮》、《易》、《樂》、《春秋》，從沒一樣是完整讀過的，別人說什麼，他便跟著照做，何況這也是祖父的意思，他是為了完成祖父的心願。

大約是酒勁上頭了，成定帝眼前暈暈乎乎的。

魏都眼看成定帝耷拉了眼皮，慢慢道：「殿下心中想來是有數的，皇上何不幫他一把？」

循循善誘，如蠱惑般縈繞耳側，成定帝吶吶地點頭。「應該的，應該的……」

他抽出了一卷明黃綢布，讓魏都幫著寫一旨賜婚書，可魏都自己也不會寫什麼字，便找了個得力的太監進來，按著聖意洋洋灑灑一番書寫，成定帝又糊裡糊塗地蓋上大印。

魏都滿意地笑笑，伺候成定帝洗漱就寢。回頭又看了眼案桌上的聖旨，無聲地勾了勾唇。

他難道真有這麼好心，為完成先帝遺願，特意撮合顧妍和夏侯毅？

呵，別開玩笑了！他們和他是什麼關係，自己吃飽了撐著要去管這趟閒事？不過是最近被逼得有點狠了……

西德王府走水的事自是魏都找人安排——既然擾亂了他親外甥的抓週禮，哪還能容得他們置身事外？開始不過是要給個教訓，然而他沒料到會招來蕭瀝這個變數。

魏都本想借何府尹跟盧祐的手將西德王拉下馬，但那隻狡狐有九條命，不容易對付。王嘉而今是錦衣衛的右指揮僉事，想知道個什麼消息信手拈來，而同為指揮僉事的鎮國公世子蕭瀝，讓人完全摸不著頭腦。

繼續任蕭瀝調查下去，不說將魏都暴露出來，總是要逼他砍掉一臂的。他好不容易擺脫掉魏庭，開始能夠獨當一面，尚未好好享受，哪裡容得蕭瀝將他全盤計劃搗碎？

蕭瀝插手進西德王府是為什麼緣由，他找人打聽打聽就一清二楚了……到底年少氣盛，英雄難過美人關。任他往日裡秉持沈穩，說陷還不就陷下了？甚至不顧身分往人家那裡大獻

注：勸酒胡，古時宴會中用以勸酒的小木偶。

殷勤，媳婦兒都要被人搶走了，他就不信那小子還能坐得住，還要變著法子來掀自己老底。遙想當初，若不是蕭瀝去魏庭那裡告了他一狀，自己何至於一年多來小心翼翼夾著尾巴做人？

魏都想想就「嘖」一聲。「年輕人哪，究竟還是太嫩了。」

次日成定帝宿醉醒來，頭就跟炸開了一樣，難受得厲害，鄭淑妃早早地備上了醒酒湯，又來伺候成定帝洗漱穿衣。這些事本來都有人照料，鄭淑妃但求親力親為。成定帝許久不來後宮，她就只能用這種方式提醒成定帝自己的存在感。成定帝覺得自己挺對不起她，心下又是暖融融的極為熨貼。

二人溫存一番後，這才真正起了身。

鄭淑妃給他繫上腰帶，打理好了，抬頭笑道：「皇上今日還是要去御花園嗎？上次見您做的傀儡偶還沒完工呢！」

成定帝眸子大亮，他最喜歡的就是鄭淑妃說著自己感興趣的事。「淑妃想看嗎？朕親自表演給妳看。」

鄭淑妃當然拍手叫好，二人攜手正欲出門，魏都領了聖旨來詢問。「皇上，可要去西德王府宣旨？」

成定帝一愣，鄭淑妃疑惑道：「什麼旨意？皇上又賞賜了西德王什麼東西嗎？」

她伸手搶過那卷聖旨來看，魏都倒也沒攔著，待一目十行地掃過，鄭淑妃驚得張大嘴巴。「皇上，您要給信王和配瑛賜婚？」
成定帝迷迷濛濛想起來，昨夜自己確實是下了這麼一道旨，便吶吶地點頭。
「那沐七呢？」鄭淑妃加緊問道：「皇上給信王和配瑛賜婚，將沐七置於何處？」
鄭淑妃與沐雪茗越發要好了，沐雪茗深得她心，處處都貼合她的胃口，鄭淑妃自然第一時間為沐雪茗爭取權益。
「阿毅他對沐七無意，朕不能逼他。」成定帝苦惱地撓撓頭，拿過鄭淑妃手裡的聖旨，他不想多談。
鄭淑妃這才冷靜下來，剛剛她太衝動了，復又揚起得宜的笑來。「那倒是，信王既然無意，確實不好強人所難……」
可旋即想到顧妍，心頭就升起陣陣煩躁的火焰。又是她！怎麼哪兒都能有她橫插一腳！勾引了蕭世子不說，連帶著信王也一併勾搭上嗎？
她想到這裡又是一愣。
若是不給顧妍賜婚，她豈不是就和蕭瀝水到渠成了？
有情人終成眷屬這種事鄭淑妃是不待見的，何況鎮國公府裡已經有個小姑姑在了，根本沒有世子夫人存在的必要，以後也不會需要……早點撇乾淨了最好！
鄭淑妃不由拊掌。「皇上英明，這等大喜事，怎能不教太皇太后也知曉了高興一下？」
成定帝一想也對，就順道要去給太皇太后請安，正巧鄭太妃也在。不知從什麼時候開始，水火不容的鄭太妃和太皇太后竟能相處和諧，十分融洽。

成定帝素來不關心這些，只本本分分地給人請了安，說了自己的決定。鄭太妃和太皇太后對視一眼，從彼此眼裡看到笑意。

小鄭氏與平昌侯府通過消息，就相當於是與鄭太妃也稟報了一遍。她們當然不樂意如今身為鎮國公世子的蕭瀝娶妻生子——有了家室，他的世子之位就更加牢靠了，小鄭氏還能起什麼風浪？喝西北風去嗎？

蕭瀝不是個會委屈自己的人，這麼多年過去了，正兒八經提起婚事的就顧妍這麼一家，以後再要找上別人，就更不容易了。將這份危險的萌芽趁早扼殺在搖籃裡，絕對是上上之策。

太皇太后拍拍成定帝的手。「老吾老以及人之老，幼吾幼以及人之幼，你能時時刻刻想著弟弟，這點十分好。」

「兒臣是兄長，自得為阿毅打算。」成定帝躍躍欲試，就要叫魏都派人去西德王府宣讀聖旨。

太皇太后看了看魏都，眼眸輕閃。「慢著！既然是賜婚，不如好事成雙。伊人都快及笄了，婚事也沒個定論。平昌侯府小世子年有十八，相貌堂堂一表人才，將來又是承繼爵位的，與伊人恰恰門當戶對。」

平昌侯是鄭太妃的兄長，那小世子鄭大郎，正是平昌侯的嫡親長孫。

蕭若伊自小就是養在太皇太后身邊的，太皇太后將她當成女兒來養，哪裡捨得人受一點委屈？既然太皇太后都開這個金口為伊人郡主賜婚，不用說了，肯定是為了她好的。

成定帝想也沒想就一口應下，回頭讓魏都又擬了一份聖旨出來。

於是兩道聖旨一前一後就各自送到了西德王府和鎮國公府上。

顧妍如同被一道驚雷砸得外焦裡嫩。

成定帝居然給她賜婚！為她和信王夏侯毅賜婚？她這輩子都不想有任何牽扯的那個人！

顧妍一雙杏眸睜大，死死瞪著前頭宣旨的公公。

繪著五爪金龍的明黃卷軸深深刺痛了眼，顧妍只覺得胸口絞絞生痛，喉間一陣腥甜。

那內侍唸完聖旨就笑咪咪地雙手托舉，催促著顧妍趕緊接旨。

顧妍充耳不聞，她腦子裡很亂，明明這一世，她都盡可能地躲著避著夏侯毅，盡力不與他有交集了。他們之間的關係寡淡如水，至多便是見了面出於禮節打個招呼，更莫提談婚論嫁……事情怎麼會發展到這種地步！她的婚事，什麼時候需要別人來指手畫腳！

顧妍跪著梗住了脖子，昂起頭無動於衷。

柳昱與柳氏面面相覷，柳昱蹙眉問了句。「皇上當真要為配瑛和信王賜婚？」

「那還有假！」尖細的嗓音拔得高高的。

尋常人家收到聖旨，感激還來不及呢，這是祖上積了多少德，才能修來今天的福氣，婆婆媽媽的……高興傻了吧！

內侍耐著性子給眾人道喜。「信王殿下年少有為，文韜武略，配瑛縣主秀外慧中，天香國色，真是天造地設的一對！」

信王可是皇家人，真正的龍子龍孫，地位尊崇，性情又很溫和，定是知道疼人的。像配瑛縣主這樣嬌嬌柔柔的小姑娘，還不讓人捧在手心裡啊？嫁給信王做王妃，上無公婆要伺候，下無姪甥，中間只有個年幼的小姑，未來張皇后與縣主又是閨中相識的密友，定能處處照應。何況信王與成定帝感情深厚，日後哪怕就藩，成定帝也不會委屈了他的，自在逍遙得很呢！

至少在內侍看來，這門親事好得不能再好了，柳昱可不以為然。

身分、地位、榮華富貴，實在是太膚淺了！龍子皇孫有多好？呵，表面上看起來好罷了。

皇宮瞧著有多光鮮，背後就有多陰暗。夏侯毅可是成定帝唯一的兄弟，這種身分不尷不尬的，必得小心翼翼做人，哪天出來蹦躂一下，就能教人碾死，他倒是寧願阿妍嫁一個鄉野匹夫，都不要去做什麼勞什子王妃。

柳昱瞇了眼。「當真是皇上下的聖旨？是皇上的意思？」

他這是懷疑有人矯詔了？

內侍勃然大怒。「西德王，禍從口出，可要注意言行！」目光開始變得冰涼，那內侍直直看向顧妍。「配瑛縣主，還不接旨？違命不從，可是要砍頭的大罪……」

語氣從重到輕，橫豎人家只是個小姑娘罷了，威脅一下她，內侍還是有把握的。

顧妍雙眼空洞，手指一根根地蜷緊。「噗」的一聲，一口鮮血吐出來，人軟軟地倒了下去。

驚呼、慌亂都在一瞬間，誰也沒料到會是這麼個結果。

柳氏忙將顧妍摟在懷裡，小姑娘巴掌大的小臉慘白如紙，額上汗津津的，嘴角還有幾縷血絲，青石地磚上那塊紅豔豔的血跡觸目驚心。

「阿妍！」柳氏與顧婼急得眼眶通紅。

那內侍頓感十分無措，他不過就是說了幾句話唬人，哪裡知道配瑛縣主這麼不禁嚇？

「這……這聖旨……」內侍已語無倫次。

「夠了！」柳昱大怒，「噌」地站起來。「配瑛都這樣了，你還想要她接聖旨？是誰給你的膽子，還是說……皇家就是這麼逼迫人的？」

我去，這種話能應嗎？他不過就是個宣旨的內侍，哪裡當得起這種莫須有的罪名？

內侍的腿不由抖了抖，強撐著道：「西德王誤會了，奴婢沒有這意思。」

「沒有就趕緊滾！」

內侍瞪圓了眼睛，翹起蘭花指。「西德王，咱家可是來宣旨的！」頭一昂，他清了清喉嚨。「既然配瑛縣主無法親自接旨，就由西德王代勞吧。」

他可不想再多廢話，得得得，今日算是倒楣，非但沒討著好處，還惹了一身腥。

內侍自顧自地想，冷不防柳昱獰笑了一聲。「皇上就是這麼讓你宣的旨？本王回頭可要好好問問，皇上究竟是個什麼意思，臣這下可就看不明白了。」

柳昱沒去管這個小內侍怎麼樣，他徑直將顧妍抱起來往內院走去，柳氏和顧婼瞪了那內侍幾眼，急匆匆跟上。

內侍氣得面頰通紅。「你、你們……你們好大的膽子！」

沒人回應他，連僕婦及下人都沒拿他當回事。

柳昱有這個膽子不接旨，內侍可沒這個膽子回宮去覆命。

怎麼說？說配瑛縣主被他一句話嚇得吐血昏迷？說西德王護短心切要為外孫女討個公道？

內侍看著手裡的明黃色卷軸，長吁短嘆一番，只好留下來，等看過配瑛縣主的情況，再尋機會將聖旨送出去。

殊不知，外人眼裡昏迷不醒的配瑛縣主，這時候正端坐在柳昱對面，直直看著他。「外祖父，我不嫁！我絕不嫁夏侯毅！」

說話吐字有些不流暢，若細看便會發現，顧妍的舌頭上染紅了一片，方才情急之下只好咬傷舌頭裝暈。

血是真的，疼也是真的，她深信外祖父會想辦法拖延，但再怎麼拖，始終都只是一時，無法長久解決問題。

柳昱安撫地拍拍她的手。「妳別說話了，我再想想辦法。」

劍眉攏在一塊兒，可一時間去哪兒找什麼兩全之策？正如剛剛那個內侍所說的，違抗聖命，是要殺頭的大罪。自古以來，有誰抗旨不遵能活下來的？別說賜婚了，即便是賜死，你也只能引頸就戮。

若說顧妍上輩子曾經想過要嫁給夏侯毅，然這份念想，早在噩夢來臨之際就已經斷得乾乾淨淨……不，不對，其實是更早的，在夏侯毅選擇與沐雪茗共結連理的那一刻起，當沐恩侯府前的聘禮長長擺到了街頭巷尾，從他認認真真執起沐雪茗的手，溫柔對望的那一刻起，她就已經不抱任何虛妄幻想了。

她從沒說過她喜歡他這種話，但夏侯毅那麼聰明的人，肯定是知道的……可他不會有什麼回應，他只裝作不懂的樣子，然後利用她的好感喜歡，從她的嘴裡套出他想知道的東西。

年少的心思單純也膽怯，至少她沒能有這個勇氣去為自己爭取……她也沒這麼賤，非要往人家身上撲。

自尊、自愛、自重、自珍，舅母說的，顧妍好歹還能明白，所以默默地退到一邊，只靜靜喜歡他就好……

經歷了這麼多，她早就累了，夏侯毅這個人是好是壞、是死是活與她再無干係。可是要她嫁給他，與他共度餘生，抱歉，她做不到！

顧妍依舊定定看向柳昱，耐著舌尖鑽心般的疼痛，一字一頓。「誰都可以……只要不是他。」

這個曾經教會她愛也教會她恨的人，她真的沒有任何力氣再去與他周旋糾纏了……各自放過吧。

顧妍閉了閉眼。都結束了，她早該放下，也早該學著解脫的。

柳昱倏然一怔。一個小姑娘如同看盡了人生一樣感慨唏噓，這種衝擊，一點也不比方才賜婚的刺激來得要小。

柳昱只覺得這個小外孫女比常人都要聰明懂事些，但真到此時，又不得不重新審視。

「阿妍，妳可是說真的？這是妳的終身大事。」

他知道顧妍的意思。聖旨已下，他們只能被動承受，沒有反口的機會，除非死，除非要成定帝收回成命……然而成定帝是皇帝，金口玉言，一言九鼎，由著他收回說過的話，天家顏面何存？所謂的天威皇權，豈不就成了一場笑話？

誰願意冒天下之大不韙，去觸成定帝的霉頭？放眼整個京都，大抵只能找出一、兩家，平昌侯鄭氏一族算是其一的話，鎮國公蕭家就是其二。前者是因為宮裡有幾個女人把持著；後者就完全是靠實力、軍功和威望。

蕭瀝之前既有意和西德王府結親，稍稍動個手腳，對外宣稱二人早已交換庚帖，雙方意有所屬。蕭瀝算起來還是成定帝的長輩，成定帝這就成了要信王強奪臣妻……名聲不好不說，還要得罪鎮國公府。

要麼，成定帝就收回旨意，趁著他們還沒接旨，悄悄地各自心裡都當沒這回事，算是鎮國公府和西德王府欠了天家一個大人情，日後精忠報國，銘記於心；要麼，他就繼續任性妄為，罔顧倫理道義，在往後史書上添上一筆吧！

柳昱想，這事可不是這麼簡單好處理的，怎麼都算得罪人、倒面子的活兒，更何況對方還是天家……蕭家軍功過人，威懾蠻夷，安守四方，大夏需要他們……可自來功高蓋主，焉知鎮國公府不打算低調處世？他們又樂意出這個頭？

顧妍身子虛軟地蜷縮在太師椅裡，淡淡說道：「試試吧。」

如果是蕭瀝，她願意相信。若未來一定要嫁人的話，他其實是個很好的人選，恰好她也不是那麼排斥他。

柳昱嘆口氣，讓柳氏去取了顧妍的庚帖來，鄭重地交由托羅。「從後門出去，記得注意點，別被人盯上……還有，把話都說仔細了。」

托羅不敢怠慢，趕忙喬裝打扮一番，拔腿就跑。

鎮國公府也十分混亂，幾乎同一時間，為蕭若伊和平昌侯小世子賜婚的聖旨也到了。

蕭若伊搶過那聖旨過來一看，明黃鑲邊，白底黑字，鮮紅大印，一字一句看過去，蕭若伊眼睛越睜越大，沈聲問道：「這是皇上下的聖旨？」

內侍摸了摸鼻子。「縣主不是都看到了，奴才不過是奉命來傳旨……」

話沒說完，那內侍就「哎喲」一聲，原來是蕭若伊抄起聖旨的卷軸，直接敲在他頭上。

「胡說八道！皇上怎麼會下這種聖旨？」蕭若伊氣得胸脯一起一伏。

平昌侯府？鄭家？呸！

蕭若伊一腳踹在那內侍的小腿肚上。「你說，是不是鄭昭昭跟皇上說了些什麼？一五一十如實招來！」

那女人最會裝無辜、扮可憐了，隨意幾句話就能歪曲事實，成定帝定是被豬油蒙了心，上了當。

蕭若伊大手大腳招呼在內侍身上，內侍趕忙抱著頭蹲下。

小鄭氏讓左右僕婦上來拉住蕭若伊，語重心長。「伊人，妳別這麼激動，大郎還是不錯的，妳與大郎也是自幼相識，他的條件，配妳綽綽有餘。」

平昌侯府的嫡長孫呢，家世、樣貌、才華樣樣不差，要她說，蕭若伊這種不著調的性子，才配不上他們家鄭大郎。

蕭若伊呵呵冷笑。「蕭夫人，既是綽綽有餘，就不用委屈了。鄭小世子這麼優秀，我可高攀不起！」

小鄭氏是鄭大郎的小姑祖母，她當然是幫著自己人說話的。

鄭大郎長得確實不差，才情在勛貴子弟中也能排得上，可他風流成性，除卻還未娶正妻，院裡已有七、八房小妾，通房更是不計其數，庶子、庶女弄了一堆，還成天去秦樓楚館眠花宿柳。

這種人，好意思往她這裡塞？打包送給她，她都不要好嗎？

前段時日還聽聞他公開調戲良家婦女，那時蕭若伊乘了軟轎正巧路過，掀了簾子往外頭一看，那人臉色青白，雙眼凹陷，用晏叔的話來說，就是被酒色掏空了身子，光想想就覺得無比噁心。

她逮住那個內侍。「你給我說清楚了，這是誰的主意？」

內侍抱頭，大聲叫著姑奶奶。蕭若伊在宮裡住了十多年，宮人大多知曉她的脾性，來鎮國公府這趟差事他們躲還來不及，最後猜拳輸了，才由他硬著頭皮上。

「是、是皇上下的旨……」內侍見一腳又踹了過來，他馬上全招了。「奴才說，奴才都說！是、是太皇太后……」

說完，他趕忙蜷緊身子，生怕蕭若伊下一刻又往自己身上招呼。

誰知等了半天不見動靜。

內侍睜開緊閉的雙眼，怔怔看過去，見蕭若伊滿身的氣勢一瞬間煙消雲散，眼眶紅了一圈，手指緊緊絞著衣襬不鬆開。

「來人，備轎！」蕭若伊大步往前門走，剛動兩步，又不忘回過頭來踢那個內侍兩腳，轉身就小跑出二門。

小鄭氏讓人將內侍扶起來，滿臉歉意。「真是抱歉了，公公，伊人脾氣大，您受苦了。」她命人送上滿滿的兩個荷包。「一點點敬意，還請笑納。」

內侍好一番感激，一瘸一拐地就走了。

小鄭氏彎了豔紅的唇，抿嘴直笑，哼哼兩聲便往內院去。

——未完，待續，請看文創風504《翻身嫁對郎》4

2017年2月出版

冤家勾勾纏

文創風 497～498

上一世，他為了忠君令她抑鬱而終，
這一世，他誓言再不負她、傷她，
所有阻礙在他們之間的人，他都要一一除去……

願得一人心　白首不相離／紅葉飄香

即便她是身分尊貴的郡主，還有個皇帝舅舅又如何？
他身邊及心中最重要、最關心的人永遠不是她寧汐。
新婚之夜，他那青梅竹馬的表妹突然生病，還昏迷不醒，
他在表妹屋外守了一夜，而她則天真地認為兩人兄妹情深；
兩年後她懷孕了，尚在驚喜中就被表妹的一番話打蒙了，
表妹說自小在侯府長大，願意屈身給她夫君做妾，望她成全。
笑話，她為何要與其他女子分享丈夫？何況這人還是自己的摯友！
不料她拒絕後，表妹竟下藥生生打掉她的孩子，害得她再不能受孕！
為了安撫她，侯府將表妹遠嫁江南，呵，這算哪門子的懲罰？
於是，她與舒恒的夫妻緣分走到了盡頭，至死都是對相敬如冰的夫妻，
幸而上天垂憐，讓前世抑鬱而終的她重生回到了未嫁人前，
這一世，她不奢求潑天的富貴，也不奢望什麼情愛了，
只求能活得肆意些，想笑就笑，想哭就哭，不再委屈了自己便好，
無奈，只是這麼個小小的希望，竟也是求之卻不可得。
她不懂，他既不愛她，又何苦與她糾纏不清，甚至求了皇帝賜婚呢？

為流浪貓狗加油

和貓寶貝 狗寶貝
廝守終生(一定要終生喔！)的幸福機會

對人來說，貓寶貝狗寶貝只是生活的一部分，
但妳（你）對牠們來說，卻是生活的全部，領養前請一定要考慮清楚——

▲ 隨和又可親的毛小孩　曉舞

性　　別：女生
品　　種：西施
年　　紀：約7～8歲
個　　性：熱情活潑，喜歡與人互動
健康狀況：收容所領出時已完成結紮與年度預防針、
通過四合一檢查、2016年8月血檢正常
目前住所：新北市新店區

本期資料來源：台灣認養地圖

『曉舞』的故事：

曉舞原是被好心民眾發現送至收容所，所方聯絡到原飼主後，卻得到「不擬續養」的回覆。那時的牠，外觀並不討喜，加上所方備註的資料，讓牠遲遲得不到關愛。後來，中途在被朋友說動及幫忙之下，就決定將牠帶離收容所。曉舞在中途家生活時，完全好吃好睡，也很活潑，唯獨在照顧上需要費點心思。

經過一連串詳細檢查，曉舞有通過四合一檢驗，無感染；做血檢，也顯示一切正常，是個健康的小朋友，只是有皮脂漏和乾眼症。由於先前生活條件不佳，導致曉舞有皮脂漏，需每3、4天洗一次澡，建議戴頭套避免啃咬；而雙眼的乾眼問題，需早晚清潔並點眼藥水，避免惡化。另外，曉舞的後腳也有輕微膝關節異位，但完全不影響日常生活。曉舞在正常情況下，無須就醫服藥，只要給予均衡的營養、乾淨的生活空間及勤勞的洗澡即可。

曉舞的個性很好，和人、狗的互動都沒問題；牠也不太挑嘴，即便是乾糧，都能在短時間內一掃而空；此外，牠也是個很快能融入新環境的孩子，很好相處，現在，就等有緣人出現。若您想當曉舞的有緣人，請來信u811825@yahoo.com.tw或致電0922-627-796（毛小姐），或臉書私訊：Joan Mao。

認養資格：

1. 認養者須年滿20歲，有獨立經濟能力，並考慮清楚自身未來的狀況。
2. 須同意簽認養寵物切結書。
3. 同意送養人日後之追蹤探訪，對待曉舞不離不棄。
4. 不可長期關、綁著曉舞，限制其活動，亦不可隨意放養。
5. 請準備好曉舞的生活必需品，以及請支付醫療費用3000元（含全套血檢、驅內外寄生蟲，和皮膚、眼部相關用藥）。
6. 讓曉舞每年施打八合一及狂犬疫苗，每月按時服用心絲蟲預防藥。

來信請說明：

a. 個人基本資料：姓名、性別、年齡、家庭狀況、職業與經濟來源等。
b. 想認養曉舞的理由。
c. 過去養寵物的經驗，及簡介一下您的飼養環境。
d. 若未來有當兵、結婚、懷孕、畢業、出國或搬家等計劃，將如何安置曉舞？

文創風
503

翻身嫁對郎 3

國家圖書館出版品預行編目資料

翻身嫁對郎 / 方以旋著. --
初版. -- 臺北市 : 狗屋, 2017.03
冊 ; 公分. --（文創風）
ISBN 978-986-328-704-9（第3冊 : 平裝）. --

857.7　　106000360

著作者　方以旋
編輯　黃鈺菁
校對　黃薇霓　林安祺
發行所　狗屋出版社有限公司
地址　台北市104中山區龍江路71巷15號1樓
電話　02-2776-5889～0
發行字號　局版台業字845號
法律顧問　蕭雄淋律師
總經銷　知遠文化事業有限公司
電話　02-2664-8800
初版　2017年3月
國際書碼　ISBN-13　978-986-328-704-9

本著作物由起點中文網（www.qidian.com）授權出版

定價250元
狗屋劃撥帳號：19001626
網址：love.doghouse.com.tw　E-mail：love@doghouse.com.tw